D1918159

SCIENCE FICTION

Herausgegeben
von Dr. Herbert W. Franke
und Wolfgang Jeschke

Weitere Auswahlbände aus
The Magazine of Fantasy and Science Fiction
erschienen als Heyne-Bücher:

Saturn im Morgenlicht · Band 3011 (214)
Das letzte Element · Band 3013 (244)
Heimkehr zu den Sternen · Band 3015 (236)
Signale von Pluto · Band 3017 (248)
Die Esper greifen ein · Band 3019 (260)
Die Überlebenden · Band 3021 (272)
Musik aus dem All · Band 3023 (286)
Irrtum der Maschinen · Band 3025 (299)
Die Kristallwelt · Band 3027
Wanderer durch Zeit und Raum · Band 3031
Roboter auf dem Kriegspfad · Band 3053
Die letzte Stadt der Erde · Band 3048
Expedition nach Chronos · Band 3056
Im Dschungel der Urzeit · Band 3064
Die Maulwürfe von Manhattan · Band 3073
Die Menschenfarm · Band 3081
Grenzgänger zwischen den Welten · Band 3089
Die Kolonie auf dem 3. Planeten · Band 3097
Welt der Illusionen · Band 3110
Mord in der Raumstation · Band 3122
Flucht in die Vergangenheit · Band 3131
Im Angesicht der Sonne · Band 3145
Am Tag vor der Ewigkeit · Band 3151
Der letzte Krieg · Band 3165
Planet der Selbstmörder · Band 3186
Am Ende aller Träume · Band 3204
Das Schiff der Schatten · Band 3219
Stürme auf Siros · Band 3237
Der verkaufte Planet · Band 3255
Planet der Frauen · Band 3272
Als der Wind starb · Band 3288
Welt der Zukunft · Band 3305
Sieg der Kälte · Band 3320
Flug nach Murdstone · Band 3337
Ein Tag in Suburbia · Band 3353
Ein Pegasus für Mrs. Bullit · Band 3369
Traumpatrouille · Band 3385
Der vierte Zeitsinn · Band 3402
Reisebüro Galaxis · Band 3418
Stadt der Riesen · Band 3435
Der Aufstand der Kryonauten · Band 3454
Insel der Krebse · Band 3470
Das Geschenk des Fakirs · Band 3486
Wegweiser ins Nirgendwo · Band 3502
Ein Affe namens Shakespeare · Band 3519
Tod eines Samurai · Band 3537
Frankensteins Wiegenlied · Band 3553
Cagliostros Spiegel · Band 3569
Jupiters Amboß · Band 3587
Die Cinderella-Maschine · Band 3605
Katapult zu den Sternen · Band 3623

ALTAR EGO

Eine Auswahl

aus dem
MAGAZINE
OF FANTASY AND
SCIENCE FICTION

52. Folge

zusammengestellt und herausgegeben
von Manfred Kluge

WILHELM HEYNE VERLAG
MÜNCHEN

HEYNE-BUCH Nr. 3642
im Wilhelm Heyne Verlag, München

Deutsche Übersetzungen von Rose Aichele,
Keto von Waberer, Ronald M. Hahn, Bernd Holzrichter
und Ulrich Kiesow

Redaktion: Wolfgang Jeschke

Printed in Germany 1979
Umschlagbild: Helmut Wenske
Umschlaggestaltung: Atelier Heinrichs, München
Gesamtherstellung: Mohndruck Reinhard Mohn GmbH, Gütersloh

ISBN 3-453-30555-8

Inhalt

PHYLLIS UND ALEX EISENSTEIN

Altar Ego

Der Ledersessel, in dem er saß, war weich und bequem, aber Pfarrer Kirkwood konnte sich nicht entspannen. Er ließ seinen Blick über die Wände schweifen, über die Bücher, das gerahmte Diplom neben dem Schreibtisch, nur den Doktor sah er nicht an. Er hatte noch nie einen Psychiater besucht. Er hatte noch nie gehört, daß ein Priester, es sei denn bei Ausübung seines Amtes, einen Psychiater besucht habe.

»Natürlich hat Bischof Martin Ihr Problem mit mir besprochen«, sagte Dr. Loomis.

Er war ein kleiner kahlköpfiger Mann in einem braunen Anzug, und sein Gesicht trug den sorgsam kultivierten Ausdruck wohlwollender Neutralität.

»Trotzdem wäre es mir lieb, wenn Sie zu mir sprechen würden, als wären Sie eben gerade hereingekommen und könnten noch keine Vorkenntnis meinerseits voraussetzen.«

Er verschränkte die Hände unter dem Kinn.

Kirkwoods Finger auf der gepolsterten Armlehne zuckten ruhelos.

»Ich bedarf der Führung!«

Sein Gesicht blieb ruhig, doch seine Augen waren rot und verschwollen.

»Die Wahrheit trage ich in mir, aber ich habe sie nicht zu Tage fördern können.«

Er betrachtete den Teppich zwischen seinen Füßen.

»Ich habe . . . beunruhigende Träume.«

Der Doktor nickte ermutigend.

Kirkwood bemerkte diese Bewegung aus seinen Augenwinkeln.

»Keine gewöhnlichen Alpträume, jedenfalls keine Kinderangstträume, meine ich.«

»Und trotzdem haben sie vielleicht ein frühkindliches Erlebnis zur Wurzel«, erwiderte Loomis.

»Warum fangen wir nicht damit an, daß Sie mir etwas von sich und Ihrer Herkunft erzählen?«

Der Priester zögerte.

»Ich war ein Findelkind.«

Man hatte ihn auf den Treppen von St. Henry's gefunden, damals, als der Krieg zu Ende ging und wieder allgemeiner Wohlstand herrschte. Es war die Nacht der Kerzenweihe 1928, und der zweite Priester trat hinaus, um vor der Abendmesse den Schnee an der Türe wegzuschaufeln. Pfarrer Jerome schaufelte hastig und stieß dabei einen abgestoßenen Karton voller Lumpen zur Seite. Im selben Augenblick traf ein hoher Jammerton sein Ohr. Erst glaubte er, das sei der Schrei einer läufigen Katze gewesen. Aber als er die Schachtel untersuchte, entdeckte er das rote und vom Schreien verzogene Gesicht eines Neugeborenen. Er ließ die Schaufel fallen und riß das Bündel samt Karton und Lumpen in seine Arme. Im Licht, das durch die offene Tür auf den Schnee fiel, sah er, daß die Lumpen mit frischem Blut getränkt waren und daß ein klebriger roter Film Kopf und Torso des Säuglings bedeckte. Jerome hastete mit dem Baby hinüber ins angrenzende Waisenhaus. Die Babyschwester beugte sich angstvoll über das kleine Wesen, reinigte es und entdeckte, o Wunder, keine Wunde an seinem Körperchen.

Auch der Doktor konnte keine Verletzungen feststellen. Die Polizei dagegen fand eine Blutspur im Schnee. Man folgte dieser Spur bis zum Wald, dort verlor sie sich zwischen den Brombeersträuchern. Die Lumpen enthielten keinen Anhaltspunkt über die Herkunft des Babys, auch fand man keine Botschaft im Karton. Der Fall blieb eine Weile offen und ungelöst, bis man auch ihn ad acta legte.

Eine Zeitlang blieb das Baby namenlos, aber bald wurde es getauft. Schwester Cecilia war die Patin. Sie nannte ihn Stephan wie ihren Lieblingsheiligen. Auch Pfarrer Jerome war mit dem Namen einverstanden, und so wurde ein Stephan aus ihm, dazu nannte man ihn Smith, einer der vielen Smith, die ihren Namen denkfaulen Standesbeamten verdanken.

Später, als er alt genug war, um sich selbst um seinen Nachnamen zu kümmern, wählte er einen etwas ausgefalleneren.

Mit sieben Jahren ähnelte Stephan anderen Kindern dieser Altersgruppe. Er prahlte gerne und war mitunter melancholisch. Im Umgang mit Erwachsenen war er fügsam und leicht lenkbar. Bei seinen Altersgenossen gab er den Ton an. Als er in die Klosterschule eintrat, hatte man ihn über seine Herkunft aufgeklärt. In der ersten Klasse machte er die Entdeckung, daß es Kinder gab, die im Gegensatz zu ihm und seinen Freunden aus dem Waisenhaus bei ihren Eltern zu Hause lebten. Einige seiner Kameraden, die dasselbe erlebt hatten und Worte wie ›Vater‹ und ›Mutter‹ schreiben lernten, verfielen über ihr verlorenes Glück in Depressionen, befragten die Nonnen, ja, erlitten sogar Tobsuchtsanfälle in ihrer Hilflosigkeit – Stephan aber nahm sein Los gelassen hin.

»Ich kenn' meinen Vater aus meinen Träumen«, erzählte er der Schwester Cecilia.

Sie tätschelte seine Hand.

»Der liebe Gott ist jetzt dein Vater, Stephan. Er ist unser aller Vater!«

Stephan sah zu ihr auf, seine dunklen Augen glänzten in seinem schmalen Gesichtchen.

»Er war groß, und er lächelte mich an, und er sagte, ich solle mir keine Sorgen machen, alles würde gut werden.«

Sie nickte.

»Und das stimmt, alles wird gut werden, Stephan!«

Sie umarmte ihn, er war ihr Lieblingszögling.

»Er hat mich der Kirche gegeben, Schwester. Er war's, der mich auf die Stufen gelegt hat.«

Sie neigte den Kopf zur Seite und lächelte traurig.

»Vielleicht war er's wirklich!«

Sobald wie möglich wurde er Ministrant.

»Hier ist mein Platz«, sagte er zu Pfarrer Jerome, als er in das weite Spitzenhemd schlüpfte.

»Ich werde mein ganzes Leben hier bleiben.«

Er wuchs, wurde groß, ernsthaft und gläubig. Wenn seine Pflicht in der Kirche getan war, stellte er sich an die Kommunionbank und betrachtete lange Stunden sinnend den Altar. Während des Krieges füllte sich die Kirche mehr und mehr. Er stand und blickte, wenn sein Amt es erlaubte, über ein Meer gebeugter Häupter. – Und er wußte genau, eines Tages würde er ihre Gebete leiten.

Pfarrer Jerome, nun erster Priester, war stolz auf seinen Ministranten, aber er wünschte sehr, Stephan möge in die Welt hinausgehen, ehe er sich dazu entscheiden würde, Priester zu werden. Auf sein Betreiben hin begann Stephan, einen Tag nach seinem Abitur nach einem Job zu suchen. Es war zu dieser Zeit nicht leicht, Arbeit zu finden, besonders für einen unerfahrenen Halbwüchsigen. Der Krieg war eben zu Ende gegangen, und auf die heimkommenden Soldaten warteten die Stellen, die der Staat ihnen reserviert hatte. Die Arbeiter, die diese Arbeitsplätze zwischenzeitlich ausgefüllt hatten, suchten nun nach neuen.

Stephan legte große Strecken zu Fuß zurück, und Pfarrer Jerome führte manches Telefongespräch zu seiner Unterstützung. Am Ende fand er eine Stelle als Verkäufer in einem nahegelegenen Gemüseladen. Dort stapelte er Waren in die Regale, begoß die Salatköpfe und lernte mit einer Registrierkasse umzugehen. Sein Lohn war erbärmlich, trotzdem gab er die Hälfte davon der Kirche, als Zeichen seiner Dankbarkeit für die, die ihn all die Jahre erhalten und genährt hatten. Er war nun zu alt geworden für das Leben im Waisenhaus, und so mietete er sich bei einer katholischen Familie ein bescheidenes Zimmer, nicht weit entfernt von der Kirche. Er arbeitete bis zu zwölf Stunden täglich. An die zwei bis drei Stunden kniete er danach in der Kirche und grübelte über seine Zukunft nach. Nach einem Jahr als Gemüseverkäufer sprach er wieder bei Pfarrer Jerome vor, und er eröffnete ihm seinen sehnlichen Wunsch, die Weihen zu nehmen. Kurz bevor der 19. Tag seiner Aussetzung sich jährte, trat er ins Priesterseminar ein.

Er war ein hervorragender Student, und seine guten Noten stellten eine Quelle heimlicher Freude für seine Pateneltern dar. Die Theologie und vergleichende Religionslehre faszinierten ihn, und er verbrachte lange Abende in der Bibliothek, wo er nach Abschluß seiner Pflichtstudien weitere Gebiete seines Faches erforschte. Er bestürmte, ja quälte seine Professoren mit Fragen, die über die Grenzen ihrer Fähigkeiten hinausgingen. Sie verwiesen ihn an die erfahreneren Mitglieder der Fakultät, und so gelangte er an Folianten, die sonst den Studenten vorenthalten wurden und die oft so lange unbenutzt gestanden hatten, daß dicker Staub sich auf ihnen gesammelt hatte. Die Essays, die diesen Nachforschungen entsprangen, heimsten viel Lob ein – die Genauigkeit und die Methodik der Untersuchungen wurde anerkannt, und so machte seine akademische Karriere stetig Fortschritte, durch alle sieben Grade des geistigen Ordens vom Akolythen über den Diakon bis zur höchsten Weihe. Seine Mitstudenten glaubten, er werde nun seine Studien fortsetzen und Fakultätsmitglied irgendeiner bekannten katholischen Universität werden, aber er überraschte alle mit seiner Bitte, als Priester einer Gemeinde zugeteilt zu werden.

»Ich bin Scholar, weil es mir Freude gemacht hat«, sagte er dem Bischof, der ihm die Hände auf den Kopf gelegt, ihn geölt und gesegnet hatte.

»Aber mein Ziel ist der Dienst am Altar. Ich weiß, mein Platz in dieser Welt ist dort.«

Der Bischof lächelte.
»Ich glaube, St. Henry's wäre kein schlechter Vorschlag.«

Der Bauboom der Nachkriegszeit hatte seine kleine Heimatgemeinde verändert. Das Waldland verschwand mehr und mehr und machte neuen Häusern, Läden, Bars und Restaurants Platz.

Auch die Kirchengebäude waren vergrößert worden. Am augenfälligsten war das neue Waisenhaus. Der moderne Betonbau mit den großen Fenstern war in Stephans Abwesenheit aus dem Boden gewachsen und mißfiel ihm, als er den Bau kritisch musterte. Die strenge moderne Form stand im Gegensatz zu den roten Backsteinhäuschen, die ihn umgaben.

Schwester Cecilia wickelte eben einen Säugling in der Babystation, als sie ihren Patensohn kommen sah. Sie legte das Kleine eilig in sein Bettchen und lief, um Stephan zu umarmen und an ihren umfangreichen Busen zu drücken. Gemeinsam machten sie sich zur Kirche auf, um Pfarrer Jerome zu suchen. Die beiden Priester standen sich einen Augenblick schweigend gegenüber. Jung der eine, alt der andere. Einer dunkelhaarig und einer graumeliert – dann grinsten sie sich beide zu wie zwei Schulbuben.

»Wann willst du die erste Messe lesen?« fragte Pfarrer Jerome.

»Jederzeit, wann du willst. Ich bin bereit!«

»Du bist eigentlich dazu bereit, seit du zwölf bist.«

Stephan befühlte seinen Priesterkragen.

»Kommenden Sonntag?«

Jerome schlug ihm auf die Schulter.

»Komm, wir wollen dich hier heimisch machen!«

Als sie durch das Kirchenschiff gingen, überfiel Stephan das Glücksgefühl, wieder zu Hause zu sein.

Plötzlich erschienen ihm die Studienjahre unwirklich. Teile eines anderen Lebens – er selbst war hier geblieben, hier am Altar von St. Henry's, hier in diesem stillen Kirchenschiff. Jetzt war er nicht mehr der Bandenführer der Kinder, nicht mehr der Ministrant noch der Liebling der Priester und Schwestern. Er nahm jetzt eine neue Stellung ein. Er war zufrieden.

Der schwarze Anzug, der weiße Kragen – all die vielfarbigen schweren Meßgewänder, der Kelch, das Ciboreum, die gehörten zu der Welt, die er sich so lange herbeigesehnt hatte, der Welt, in der er von nun an für den Rest seines Lebens weilen wollte.

Seine Pflichten waren mannigfaltig und schlossen die geliebten Rituale der Kerze, des Tuchs und der Reinigung ein. Hostie, Wein,

Wasser, Öl. Pfarrer Jerome war der Meister, und doch trat er in der aufblühenden Gemeinde viele Aufgaben an Stephan ab. Dieser hielt die Morgenmesse, Taufen und einige Hochzeitsfeiern. Jerome hatte sich selbst den Beichtstuhl vorbehalten – ihm schien Stephan, jung und unerfahren, wie er war, ungeeignet für diese Art von Pflichten. An hektischen Tagen allerdings kam es vor, daß sie beide die hölzernen Kammern des Beichtstuhls besetzten, und die Gemeindemitglieder nahmen gerne die Absolution aus dem Munde des neuen Geistlichen entgegen. Jedermann behandelte Stephan mit Freundlichkeit. Viele kannten ihn von der Schule, andere als hingebungsvollen Ministranten, und ein paar der Anwohner, alte und neuzugezogene, kamen während seiner ersten Woche in St. Henry's einzeln zu ihm, um sich von dem frisch geweihten Priester segnen zu lassen.

So vergingen zwei friedliche Jahre mit Orgelspielen und lateinischen Wohlklängen; dann begannen die Träume.

Er fühlte Entsetzen und wußte nicht, wer er war noch wo er sich befand. Er rannte nackt durch ein dichtverschneites Waldgebiet, bereifte Zweige schlugen gegen seinen nackten Körper. Eiskristalle ritzten seine Haut, aber ihm war nicht kalt. Der helle Mondschein glitzerte auf dem stiebenden Schnee. Er rannte, Eis krachte unter seinen eiligen Füßen. Er machte weiche, schwerelose Sprünge. Er rannte mühelos, ohne zu ermüden, ohne zu wissen, wohin er lief noch woher er kam. War er Jäger oder Wild, floh er die Gefahr, oder eilte er, um selbst zu erlegen . . . oder rannte er nur aus Freude an der Bewegung, am schneidenden Wind, der gegen seine Flanken schlug, an der eisigen Luft, die seine Lungen füllte?

Er erwachte atemlos. Sein Herz raste, seine Glieder bebten, Kissen und Laken waren schweißgetränkt.

Eine heiße Dusche vertrieb das Zittern seiner Glieder, und frisches Bettzeug sicherte den Schlaf für den Rest der Nacht. Am Morgen hatte er den seltsamen intensiven Traum fast vergessen.

Er hätte sich keine weiteren Gedanken gemacht, wäre nicht jener Traum nach zwei Nächten erneut in seinen Schlaf getreten. Auch in der darauffolgenden Nacht und wieder in der nächsten. Endlich glaubte er die Wälder zu kennen – es waren die Wälder seiner Kindheit, die den modernen Bauprojekten hatten weichen müssen. Dort hatte er gespielt, damals unter diesem Baum, im Schnee . . . aber nie nachts. Er lächelte über sein Unterbewußtsein, das so beharrlich und intensiv mit Kindheitserlebnissen in seine Träume drängte. Als er zwischen den Häusern spazieren ging, die nun anstelle der alten Bäume standen, bemerkte er erst, wie traurig er um seine Wälder war. Er seufzte; er, ein Fürsprecher des Fortschritts, konnte nichts gegen jenen Teil seiner selbst unternehmen, der sich der Nostalgie um Verlorenes hingab. Bald darauf verblaßten die Traumwälder, und der normale tiefe Schlaf eines jungen Priesters füllte seine Nächte.

Zwei Monate später rannte er erneut durch die Wälder.

Diesmal war er ein Hirsch mit dichter Decke, sein Geweih war noch vom Bast umschlossen, und die Frühlingsluft um ihn her war schwer vom Duft der Blütenpollen. Wieder umgaben ihn Wälder, aber diesmal war es eine dichte Wildnis, riesige alte Tannen und Laubbäume, deren dichte Kronen sich über ihm wölbten und verflochten. Er jagte geschwind und behende durch Moos und Kräuter, brach durch dichte Brombeerranken und scheuchte die kleineren Tiere mit seinem Hufgetrappel aus dem Unterholz. Er fegte einen steilen felsigen Abhang hinan und tauchte, an der Spitze eines Hügels angelangt, aus dem Laubwerk auf, um auf die Welt hinabzublicken. Im Westen sank die Sonne in einem roten Wolkenmeer. Die Bäume warfen lange Schatten – und der Wald breitete sich über Hügel und sanfte Täler aus. Hie und da blinkte irgendwo ein silberner Flußlauf zu ihm empor. Wald reichte bis zum Horizont – und weiter, das flüsterte ihm sein Blut zu! – viel weiter bis zu den zerklüfteten Bergzügen, die wie hingestreckte Riesen in der blauen Ewigkeit der Ferne schlummerten. Sein übernatürliches Auge entdeckte etwas am nahen Bergabhang – ein milchweißes Aufleuchten. Er fühlte, wie sich die Muskeln seiner Hüften und seiner Schultern spannten, und mit einem Satz tauchte er wieder hinab in die Wälder, ein gieriger Verfolger . . .

Erwacht, konnte er sich nicht erinnern, was seine Beute gewesen war, obgleich er das im Traum fraglos genau gewußt hatte. Je mehr er den Traum zu ergründen suchte, desto mehr entzogen seine Bilder sich ihm. Am Ende wußte er mittags nicht mehr genau, was er nun gesehen und was er getan hatte. Er wußte nur, wie ungewöhnlich die Erfahrung gewesen war, ein Hirsch zu sein. Die folgende Nacht wurde ihm das erneut klar.

Wieder jagte er das weiße Aufleuchten, wußte wieder instinktiv, was er verfolgte, ohne Namen oder Gestalt der Beute genau zu erkennen, und wiederum erwachte er, ohne sich an das erinnern zu können, was er im Traume so genau gewußt hatte. Nach ein paar Wochen fühlte er, wie er in seiner Jagd der Beute immer näher kam, er war dabei, sie einzuholen, und dann würde er sehen, was er verfolgt hatte – aber da hörten seine Träume auf.

Er wanderte zum See hinunter, ein paar magere Baumgruppen standen noch, und er setzte sich auf eine grüne Bank, ganz in seine Gedanken verloren. Es tat ihm leid, daß die Träume nicht mehr kamen. Er hatte sie faszinierend gefunden; eine endlose Filmserie, auf deren Ende er neugierig war. Jedoch ahnte er, daß sie wieder kommen würden. Sein Unterbewußtsein, so glaubte er, hatte ihm noch mehr mitzuteilen über jene Wälder und über seine Jagd. Daneben streifte ihn eine leise Vorahnung. Er mochte es nicht, wenn sein Geist ihm Streiche spielte, wenn er sich so ganz seiner Kontrolle entzog, als würde er vom Willen eines anderen gelenkt. Er beschloß, die Sache ruhen zu lassen. Seine Zeit war zu kostbar für diese unsinnigen Gedanken.

Er kehrte um und wanderte zur Kirche.

Die Morgenmesse gehörte meist zu seinen Pflichten, Pfarrer Jerome stand ungern früh auf. Viele junge Leute besuchten diese Messe. Oberschüler und Studenten, die zum Unterricht gingen. Junge Arbeiter, ehe sie ihren Werktag begannen. Was sie anzog, war der leidenschaftliche junge Geistliche. Stephan kannte die Gesichter der Gläubigen, die regelmäßig kamen, und wenn es seine Zeit erlaubte, begrüßte er sie einzeln. Die meisten saßen täglich auf dem gleichen Platz. Da war zum Beispiel die Gruppe junger Frauen in der zweiten Reihe. Stephan hatte angefangen, diese Frühaufsteher als *seine* Herde zu bezeichnen, und wenn er eines seiner Schafe später am Tage hereinkommen sah, um eine Kerze anzuzünden, oder nur, um etwas zu meditieren, wartete er eine Weile und näherte sich dann mit einem leisen Gruß. Ein paar kamen oft vorbei, als verbrächten sie ihre freien Stunden in der Kirche, wie er es damals als Bub oft getan hatte. Er fragte sich, ob sie wohl dasselbe fühlten wie er.

Eine junge Frau – aus der Gruppe, die stets die zweite Reihe besetzte – kam oft zwischen halb sechs und sechs Uhr abends in die Kirche. Stephan bemerkte es, da das die Zeit war, die er für seine eigene Abendandacht gewählt hatte. Nachdem sie vor dem Altar die Knie gebeugt hatte, ging sie bis zur Mitte des Kirchenschiffes und setzte sich dort an das Ende einer Bank, Hände gefaltet, Augen auf den Altar geheftet. Sie blieb nie lange. Einmal in der Woche jedoch schlüpfte sie in den Beichstuhl – das kleine Licht leuchtete dann über der Tür und bedeutete Stephan, hinüberzueilen und seinen Platz hinter der perforierten Holzplatte einzunehmen. Diese Zeit hatte man als Beichtzeit für die Gemeinde bestimmt. Wenige aber nutzten sie aus. Er lauschte ihrem mageren Sündenregister: Wut, Stolz, Neid – alles läßliche Sünden. Ihre Übergewissenhaftigkeit beunruhigte ihn. Er verordnete ihr stets eine leichte Buße, und wenn sie manchmal enttäuscht schien, warnte er milde vor Übereifer. Trotzdem konnte er nicht umhin zu wünschen, auch seine anderen Schäflein kämen so treulich zur Beichte.

Eigentlich sollte er nicht wissen, wer auf der anderen Seite des Gitters saß, aber meist wußte er es trotzdem, es war unvermeidbar. Er kannte ihre Stimmen, ihre Manierismen, die üblichen Sünden, die Namen ihrer Verwandten und ihrer Chefs – all den Klatsch der katholischen Nachbarschaft und auch den Klatsch der Nichtkatholiken. Er war Priester und hielt all dies Wissen in seiner Brust verschlossen, besprach es nicht einmal mit Jerome, es sei denn, die Allgemeinheit hatte bereits Kenntnis davon, und er tat sein Äußerstes, um seine christliche Liebe gerecht zu verteilen. Kein Mitglied der Gemeinde war ihm wichtiger als ein anderes, keines war ihm willkommener in der Kirche oder in seiner Nähe, *alle* brauchten seine Aufmerksamkeit, und *alle* erhielten so viel er geben konnte von seinem Beistand.

Alle außer eben dieser einen; ihr Name war Caroline.

Der Unterschied war nur gering, und doch gab es ihn. Stephan konnte es sich erst gar nicht selbst eingestehen; und doch, wenn sie die Kirche betrat, suchten seine Augen nach ihr, blieben sekundenlang auf ihrem Gesicht, ihrer Person hängen, selbst wenn er am Altar stand. Ihre Stimme erkannte er schneller als alle anderen, wenn sie ihn um die wöchentliche Absolution bat. Oft drängte sich ihr Gesicht unter seine Tagträume, eilig entließ er sie aus seinen Gedanken – und doch war sie darinnen, wenn auch nur am Rande. Stephan beruhigte sich mit dem Gedanken, ihm gefalle einfach ihre tiefe Gläubigkeit.

Und dann begannen die Träume wieder. Dritte Runde!

Wald im Hochsommer, eine schwüle, mondhelle Nacht, Zweige schwer von glänzend dunkelgrünem Laub. Wieder rannte er, er war ein Mann, leichtfüßig durch das üppige Unterholz; der federnde Moosboden unter seinen nackten Sohlen. Etwas Schweres trug er auf seinem Kopf – vielleicht etwas wie einen unbequemen Helm –, aber er dachte nicht daran, hinaufzugreifen, um ihn abzuwerfen. All seine Aufmerksamkeit war auf seine Beute gerichtet, nichts konnte ihn von seiner Verfolgungsjagd abbringen – er bemerkte sie kaum, die Äste, die seine keuchende Brust zerkratzten, die Wurzeln, die sich um seine Knöchel zu ringeln drohten . . . die massigen Steinbrocken, die ihm den Weg versperrten, noch die Wildbäche, die seinen Pfad kreuzten und die um seine Schenkel spritzten. Unter den fernen Bäumen erspähte er sie, milchweißhäutig, nackt, unter einem Weinlaubschurz, Narzissen und Winden im Haar. Ihre sanften Brüste, ihre geschmeidigen Schenkel. Bunte Blütenblätter stäubten um sie her, als sie davonstürzte, und eine Woge süßen Duftes traf seine Nüstern.

Sie löste sich von den Bäumen und verhielt in einer großen Lichtung, um nach ihm zurückzuäugen, und als er ihr Gesicht sehen konnte, erstarrte er unter dem Schock des Wiedererkennens. Sie lächelte, langsam teilten sich ihre feuchten Lippen, dann schoß sie davon durchs hohe Gras ins üppige Farnkraut zwischen den Stämmen. Er wußte jetzt, er konnte sie fangen. Sie wartete darauf, daß er ihr folge – sie würde nicht mehr weit rennen, nicht mehr schnell. Und doch rührte er sich nicht, er hob den Kopf und schaute hinauf zu dem hellen runden Mond.

Und wachte auf.

Nur zu deutlich wußte er, wer die Beute gewesen war – Caroline.

Die Kirche lag still und dunkel da, als er sich zwischen die Bänke schob, um nachzudenken. Er verstand die Traumbotschaft und versuchte leidenschaftlich, es vor sich selbst zu leugnen. Er lebte im Zölibat, und er war's zufrieden. Tagsüber überkam ihn, während er seine Pflicht tat, nie auch nur das geringste erotische Sehnen. Keine lüsternen Wachträume plagten ihn. Die Freuden des Fleisches waren für ihn von klinischem Interesse . . . das hatte er sich eingeredet und daran glaubte er auch. Er betete ein wenig, schob dann die Träume beiseite und bereitete sich auf die Morgenmesse vor.

Sie kam. Da saß sie, unübersehbar, in der zweiten Reihe; eine großgewachsene junge Frau, mit wohlproportioniertem Körper und einem ruhigen lieblichen Gesicht. Sie lächelte ihm zu, und er lächelte selbstvergessen zurück, ehe er die Augen abwandte. An diesem Abend beschloß er, statt der gewohnten Stunde in der Kirche einen langen Spaziergang zu machen und statt vor dem Altar am See zu meditieren. Er kehrte vollkommen verwirrt heim und ging zu Bett.

Der Traum wiederholte sich, aber ihm schien die Jagd diesmal länger, die Beute zum Greifen nahe, die Verfolgung fast am Ziel.

Wieder weckte ihn der Anblick des vollen Mondes, der im Zenit stand. Diesmal trat er zum Fenster und schaute, sich hinausbeugend, den wirklichen Mond an. Er stand im zweiten Drittel. Er mußte sich mit steifen Armen auf das Fensterbrett aufstützen. Sein Körper und sein Gesicht waren wie betäubt. Nach ein paar Minuten quälender Unentschiedenheit weckte er Pfarrer Jerome, um ihm zu sagen, er könne morgen keine Messe lesen.

»Krank, Stephan?«

Er schüttelte den Kopf, ohne sprechen zu können. Die Wahrheit konnte er nicht bekennen, lügen wollte er nicht.

»Bitte, Vater Jerome!«

Jerome fühlte, daß irgend etwas mit seinem Patensohn nicht in Ordnung war.

»Ist gut, wir unterhalten uns später«, antwortete er nur und fragte nicht weiter.

Vor dem Kruzifix in seinem Zimmer betete Stephan um Hilfe. Er war schwach gewesen, als er sich der Messe entzog, und er haßte sich für diese Schwäche. Sein ganzes Leben lang hatte er sich zu kennen geglaubt. Nun wußte er nichts weiter, als daß sein Denken nicht mehr ihm selbst gehörte. Impulse, die sich nicht mit seinen priesterlichen Schwüren vereinbaren ließen, bestimmten über sein Bewußtsein. Wieder befragte er sich selber aufs genaueste, aber konnte er sich noch selbst trauen? Nach der Messe ging er zu Jerome und beichtete den Traum und alle vorangegangenen.

Jeromes Befragung kreiste um Stephans bewußtes Eingehen auf die Träume und auf Caroline. Er versuchte Stephan darauf anzusprechen, aber der wollte nur von den Träumen berichten.

»Ich fühl' mich . . . all das entzieht sich meiner Kontrolle.«

Jerome legte seine Hand auf die Schulter seines Patensohnes.

»Stephan«, sagte er, »solche Träume sind nichts Ungewöhnliches, nicht mal für einen Priester. Dein Talar kann dich nicht vor den Versuchungen des Fleisches abschirmen. Du weißt doch auch, daß wirkliche Sünde die ist, daß du dich in Gedanken so lange mit der Sache beschäftigst.«

Stephan seufzte.

»Natürlich hast du recht.«

»Gibt's sonst noch etwas?«

Stephan schüttelte den Kopf.

»Als Buße gebe ich dir einen Rosenkranz.«

»Nicht mehr?«

Jeromes Gesicht wurde für einen Augenblick wieder streng.

»Für Übereifer ein zusätzliches Vaterunser.«

Stephan nickte beschämt.

»Außerdem werde *ich* eine Zeitlang die Morgenmesse halten.«

»Ich will nicht wegrennen vor mir selbst, Pater!«

Jerome schwieg. Dann sagte er:

»Gott erlaubt dir einen kurzen Urlaub.«

Stephan sank in seinem Stuhl zusammen. Er fragte sich, wie diese Situation sein Dilemma verbessern sollte.

An diesem Abend blieb er lange auf, er las und betete. Er kniete am Fenster und sah zu, wie der Mond langsam über den Himmel zog. Er fürchtete den Schlaf und wußte doch, daß er ihm nicht entkommen konnte. Am Ende konnte er sich nicht länger wachhalten. Sein Kopf dröhnte vor Müdigkeit, seine Knie schmerzten, als habe er einen Krampf. Völlig angezogen ließ er sich aufs Bett fallen, seine Hände umschlossen das Kruzifix und den Rosenkranz. Der vertraute Traum umfing ihn augenblicklich – die endlose Hetzjagd. Er rannte durch die Wälder, bis ihn die Mittagssonne durchs Fenster weckte . . . Die Beute vor ihm war zum Greifen nahe.

Er erhob sich und fühlte sich zerschlagen, duschte und zog frische Sachen an. Er betete den Rosenkranz und begann sich besser zu fühlen. Er hatte den Entschluß gefaßt, den Traum aus seinen Gedanken zu drängen und sich ganz seinem verkürzten Tageslauf zu widmen. Mittagessen, Treffen der Holy Name Society, eine Hochzeit zwischen verschiedenen Konfessionspartnern, danach Beichte und Reinigung. Seine Tage waren noch immer ausgefüllt, seine Nächte mündeten nach bebender, schwitzender Schlaflosigkeit in den Traum. Er tat so, als wären seine Gedanken ungetrübt. Pater Jerome bemerkte die dunklen Augenringe seines Patensohns, sagte aber nichts.

Wie vorher verblich auch dieser Traum nach einiger Zeit. Der Wald wurde dünn und ungenau. Die Beute ein schwacher Nebelstreifen. Eines Morgens erwachte er und wußte nicht, ob er überhaupt geträumt hatte. Er seufzte, drehte sich auf die andere Seite und schlief wieder ein.

Stephan erlangte bald seine alte Fröhlichkeit und Ruhe zurück. Die dunklen Triebe seines Fleisches, so schien ihm, hatten ihre Energie entladen. Er bat, die Morgenmesse wieder halten zu dürfen, und Pater Jerome, dem es nicht entging, wie frisch und ausgeruht sein junger Assistenzgeistlicher war, stimmte freudig zu.

Stephan hatte eben das *Kyrie* zu singen begonnen, als er bemerkte, daß Caroline nicht an ihrem gewohnten Platz saß, obgleich ihre Freundinnen alle versammelt waren. Im Geiste zuckte er die Achseln. Selbstverständlich galt seine Sorge einzig und allein ihrem seelischen Wohle.

Später machte er sich zu einem kleinen Spaziergang ans Seeufer auf, er wollte dort meditieren. Er begrüßte die Menschen, denen er begegnete – die jungen Frauen mit den Kinderwagen, die Großmütter mit den Plastiktüten, die Kinder mit den Handtuchrollen unterm Arm, die von einem Tag am See heimkehrten. Ein paar Fußgänger kannte er nicht. Sie wohnten nicht hier. Andere gehörten einer anderen Religion an, alle grüßte er mit demselben freundlichen Lächeln. Er fühlte einen tiefen Frieden in sich.

Ein Asphaltweg schlängelte sich durch das gezähmte Grün des Parks, und er wanderte ohne zu überlegen den Weg hinunter. Nach einer Zeit hörte er Schritte hinter sich. Anfangs war er so in Gedanken vertieft, daß er das Geräusch ignorierte, aber als er nach langen Minuten noch immer das Klappern hinter sich vernahm, drehte er sich um, es interessierte ihn, wer auf demselben Wege am Seeufer spazierte wie er.

Caroline.

Als sie ihn sich umdrehen sah, blieb sie abrupt stehen, warf sich herum und rannte quer über die Wiese davon.

Er starrte ihr kurz nach und ging dann weiter. Als er sich noch einmal umsah, war sie verschwunden.

Am nächsten Morgen saß sie in der Messe auf ihrem gewohnten Platz. Er freute sich, sie wieder in der Kirche zu sehen. Später wurde er unruhig, die ganze Messe über warf sie ihm eigentümliche Blicke zu. Später wischte sie an ihm vorbei, als sie ging, obwohl er nicht auf ihrem Weg zur Tür gestanden hatte. Sie sagte nichts, aber sie schaute ihm mit einem nervösen halben Lächeln um die Lippen in die Augen. Er lächelte zurück, sein freundliches, offenes, priesterliches Lächeln.

»Manchmal kommt es vor«, sagte Pater Jerome, »daß ein weibliches Gemeindemitglied sich einbildet, sie habe sich in einen Priester verliebt, besonders, wenn er jung und hübsch ist.«

Er lehnte sich in seinem Stuhl zurück und betrachtete Stephan mit gehobenen Brauen.

»Du kannst dich ja wohl nicht alt und häßlich machen, oder?«

»Ich muß ihr Interesse gespürt haben«, erwiderte Stephan. »Deshalb ist sie in meinen Träumen aufgetaucht.«

Jerome hob die Schultern.
»Kann wohl sein!«
»Aber . . . was mach' ich jetzt bloß?«
»Mit ihr?«
»Ja.«
»Nichts kannst du da machen. Wenn du sie nicht ermutigst, wird ihr Interesse nachlassen und sie wird sich einen netten jungen Mann suchen, der frei ist und mit dem sie ihre Zeit verbringen kann. Hübsch ist sie ja. Du brauchst bloß abzuwarten.«
»Gut!«
»Sonst noch was?«
»Nein, Vater«, Stephan grinste.
»Keine Träume? Nun, vorzüglich.«
Das Wetter wurde am Ende des Sommers milde, und ein langer goldener Herbst erlaubte Stephan, viel Zeit im Freien zu verbringen. Er spielte mit den Waisenkindern Fußball auf der Wiese hinter dem Waisenhaus. Er war glücklich, die Luft kühl und frisch, das Gelächter und Geschrei der Kinder und die körperliche Bewegung, all das erfreute sein Gemüt. Wieder verschrieb er sich ganz dem Dienst an Gott und den Menschen.
Caroline sah er lange Zeit nicht. Bei der Morgenmesse glitten seine Augen über die Menge hin, ohne bestimmte Gesichter zu registrieren. Er ahnte sie am gewohnten Platz, hielt es aber für besser, sich nicht zu vergewissern, um ihr nicht seine Aufmerksamkeit zu zeigen. Er hatte kurz nach dem Zwischenfall im Park seine einsamen Abendandachten in der Kirche wieder aufgenommen. Sie war seitdem nie mehr um diese Zeit in die Kirche gekommen. Gläubig, wie sie war, mußte sie wohl oder übel bei Pater Jerome zur Beichte gehen, dachte Stephan, und er hielt das für eine gute Lösung. Er hatte niemals ihre Stimme erwartet, doch da war sie plötzlich an seinem Ohr, nachdem er schon mehrere Beichten abgenommen hatte.
»Segnen Sie mich, Vater, denn ich habe gesündigt, und seit zwei Monaten habe ich nicht gebeichtet. Ich habe . . . Ich habe Begehren . . . ich habe einen Priester begehrt.«
Seine Kehle wurde ihm eng bei diesen Worten, bei dieser Stimme, und er konnte nichts erwidern. Jetzt war's heraus, drohend. Sein mühsam aufgebauter Frieden war erschüttert – hier im Beichtstuhl stand es zwischen ihnen im Raum, es umschloß sie und ihn. Er faltete die Hände, er preßte sie zusammen, seine Knöchel traten weiß hervor.

Aber sie sprach weiter mit leiser Stimme, fast konnte er sie nicht hören:

»Ich habe geträumt, Pater, immer wieder habe ich diesen Traum – ich weiß nicht, wie oft, es ist Monate her, seit es anfing. Die Träume sind immer gleich . . . Ich . . . sehe ihn. Er ist nackt, er verfolgt mich durch den Park. Manchmal bin ich auch nackt. Ich laufe ihm davon . . . nur, ich laufe ihm nicht *wirklich* davon. Ich möchte, daß er mich fängt. Ich kenne ihn, ich weiß, daß er Priester ist, aber das ist gleichgültig. Ich möchte mich dir hingeben – *ihm* hingeben!«

Sie zog scharf die Luft ein, und eine lange ohrenbetäubende Pause entstand. Als sie weitersprach, bebte ihre Stimme.

»Also, das ist mein Traum, Pater, das ist mein Traum.«

Er hatte Schwierigkeiten, zu sprechen.

»Und wie . . . wie fühlen Sie sich, wenn Sie aufwachen?«

Er hörte sie durch das Gitter auf der Bank hin und her rutschen.

»Genauso«, murmelte sie.

Er schwieg, beide schwiegen. Eine Ewigkeit, viele schwere Herzschläge lang. Dann sagte er ganz ruhig:

»Sie müssen von dieser verbotenen Leidenschaft ablassen, mein Kind, sie kann niemals erwidert werden.«

Ihre Stimme klang ganz nahe, als sie nun sprach, unwillkürlich hob er die Hand ans Gitter, um sich gegen ihre Nähe zu schützen.

»Ich verstehe, Pater.«

»Zur Buße werden Sie einen Monat lang am Sonntagabend zur Messe kommen und Pater Jerome hören.«

»Ja, Pater.«

Er hörte sie den Beichtstuhl verlassen, erst da hob er die Hand vom Sprechgitter. Jemand betrat den Beichtstuhl – ein Mann aus der Nachbarschaft –, er beichtete, und es gelang Stephan, ihm seine Aufmerksamkeit zuzuwenden.

An diesem Abend lag er wach auf seinem Bett. Er lauschte dem Wind, der tote Blätter gegen seine Fenster klatschte. Er glaubte, das Problem an der Wurzel gefaßt und ausgerissen zu haben. Er war erschöpft, körperlich und seelisch, und doch dauerte es Stunden, ehe er einschlief.

Schlaf, Tor der Träume. Wieder stand der Vollmond am Himmel, aber er rannte nicht. Er stand vor einer riesigen knorrigen verzweigten Eiche; er war nackt und zwischen seinen Schenkeln hob sich sein mächtiges erigiertes Glied, heiß pulste das Blut in seinen Lenden. Carolines Körper glänzte vom Öl, sie war mit Efeuranken an den Stamm des Baumes gefesselt. Ihre Beine, weit gespreizt, waren an zwei dicken gebogenen Wurzeln festgebunden. Ihr Oberkörper lag gegen den Stamm des Baumes gepreßt. Ihr Kopf hing nach hinten, ihr wirres Haar stand wild um ihr Gesicht, sie starrte ihn an, in ihren Augen stand irres und angstvolles . . .

Flehen?

Zwischen ihren Schenkeln steckte ein polierter Eichenpflock in der Erde. Er glänzte im Mondlicht. Sein knotiges Ende bildete einen roh bearbeiteten Knauf, der bis gegen das gelockte Haar ihres Schoßes stieß, als trage er einen Teil ihres Gewichtes. Er griff nach dem Pflock, seine Finger streiften ihr warmes, moosig feuchtes Geschlecht. Er stieß den Pflock nach oben. Das Holz glitt in ihr zartes Fleisch: das Geräusch eines Schwertes, das in seine Scheide gesteckt wird.

Als er erwachte, standen die Haare seines ganzen Körpers zu Berge.

Er warf sich auf die Knie, drückte schuchzend den Kopf an die Matratze und flüsterte:

»Herr, bitte, prüfe mich nicht noch mehr.«

Der Traum stand nur allzu lebendig vor seinem geistigen Auge; seine Finger fühlten noch das Holz, das sie umspannten, fühlten das feuchte Haar, das seine Knöchel kitzelte. Er umfaßte seine Hände, suchte sie am Zittern zu hindern, er betete, bis es hell wurde.

Jerome zog sich gerade an, als sein Patensohn hereintrat.

»Du siehst elend aus, Stephan.«

Er sprudelte den Traum hervor, ließ sich auf einen Stuhl fallen und verbarg den Kopf in den Händen.

»Was soll ich nur machen, Vater?«

Jerome berührte leicht sein Haar.

»Es ist nur ein Traum, Stephan.«

Stephan schüttelte den Kopf.

»Ich ertrage es nicht mehr, ich ertrage nicht *einen* solchen Traum mehr.«

Langsam erhob er den Kopf, bis er in Jeromes besorgtes Gesicht blickte.

»Nur ein Traum, Vater . . . aber wenn du solche Träume hättest, würdest du meine Qualen begreifen. Keine solche Nacht mehr, Vater – gütiger Gott, *keine solche Nacht mehr!*«

Der alte Priester seufzte:

»Du weißt doch gar nicht, ob du wieder träumen wirst – du hattest doch andere Träume, die nie wieder aufgetaucht sind.«

»*Der* kommt wieder«, sagte Stephan und ballte die Fäuste. »Ich weiß es genau!«

Sein Gesicht verzog sich vor Angst und Verzweiflung.

»Hilf mir, Vater. Ich kann mir selbst nicht helfen.«

Jerome griff nach Stephans Händen und hielt sie ganz fest.

»Das geht über meine Fähigkeiten«, sagte er.

»Wir rufen den Bischof an und erzählen ihm alles. Er ist ein Mann, der viel weiß, und ich bin sicher, er kann dir weisen Ratschlag dazu erteilen.«

Mit einer Hand hielt er beide Hände seines Patensohnes umfaßt, während er nach dem Telefon griff.

Kirkwood starrte auf das gerahmte Diplom Dr. Loomis' an der Wand, aber seine Augen nahmen es nicht wahr, innere Visionen hielten seine Aufmerksamkeit gefangen. Er hatte den Psychologen viermal in den verflossenen vier Tagen besucht, bis er in der Erzählung der Geschichte so weit gekommen war. Nun endete er.

»Ich beichtete dem Bischof alles: die Träume, was für Gefühle sie mir verursachten, das Mädchen. Er . . . nun, er konnte nur mit Schwierigkeiten verstehen, wie diese Träume mich berührten. Wie Pater Jerome sagte er, es handele sich eben nur um Träume. Versuchungen, die es zu überwinden gelte. Er schlug vor, zu fasten und zu beten.«

Er legte die Hand auf seine Stirn, als schmerze ihm der Kopf.

»Ich habe gebetet, ich habe gefastet. Ich hab' mich in mein Zimmer zurückgezogen und habe Pater Jerome den Altar überlassen. Aber die Träume kamen wieder . . . die Träume . . . stärker denn je.«

Er schloß die Augen wie im Krampf.

»Stärker?« fragte Loomis. »Wie meinen Sie das?«

»Deutlicher, ausgeklügelter. Jede Nacht wurden sie schlimmer. Jedes Detail dieser Szene wurde deutlicher und immer deutlicher, jeder Knoten am Stamm der Eiche, jede Rundung ihres Körpers, ihr Mund, ihre Brüste – jede Nacht etwas deutlicher, jede Nacht etwas entsetzlicher: Erst ihre Seufzer in Todesangst, dann das Blut, das an ihren Schenkeln herunterrann.«

Er hob ruckartig den Kopf und blickte dem Arzt in die Augen.

»Letzte Nacht habe ich sie berührt; ich bin mit meinen Händen über ihre Brust gestrichen.«

Er bohrte seine Finger in die Armlehnen des Stuhles.

»Ich kann keinen Traum mehr ertragen. Ich kann nicht heute nacht wieder träumen. Ich kann es nicht.«

»Glauben Sie also, es ginge noch weiter?«

»Ich weiß, daß es weitergeht. Die anderen . . . die haben wochenlang gedauert.«

»Und der?«

»Bis jetzt neun Tage.«

Loomis blätterte in den Papieren auf seinem Tisch und ordnete sie sodann ohne Hast in die unterste Schublade seines Schreibtisches.

»Es will mir scheinen, Pater Kirkwood, als hätten Sie ein recht behütetes Leben geführt. Sie sind in einem katholischen Waisenhaus großgeworden, sind in einer katholischen Schule erzogen worden und haben den Hauptteil Ihrer Freizeit in der Kirche verbracht.«

Er hielt inne.

»Ist Ihnen denn nie der Gedanke gekommen, daß Sie der säkularen Seite der Welt eigentlich nie eine Chance gegeben haben?«

»Ich hatte immer mein Ziel vor Augen.«

Der Doktor griff nach einem Bleistift und zeichnete Männchen auf seinen Block.

»Sie haben nie eine Freundin erwähnt.«

Kirkwood zuckte die Achseln.

»Im Waisenhaus hatte ich Freunde, auch Mädchen . . . aber nein, keine Freundinnen. Ich wollte noch nie eine Freundin. Ich hatte gar keine Zeit dazu!«

»Weil Sie immer in der Kirche waren?«

Kirkwood nickte.

»Nun, wenn ich zu Ihnen sprechen darf wie ein Fachmann zu einem Kollegen, Pater, würden Sie nicht auch sagen, daß Sie sich nicht wie ein . . . wie ein Durchschnittsjunge benahmen?«

»Ich war berufen, das ist nichts Durchschnittliches.«

»Ach«, sagte Loomis und dann schwieg er ein paar Minuten lang und kritzelte ziellos auf seinem Block herum. Als er wieder sprach, schlug er einen Unterhaltungston an.

»Bischof Martin und ich, wir sind alte Freunde – wir spielen zusammen Golf, oft sogar. Er ist ein ungemein verständiger Mann.«

Er hob die Augen und schaute direkt in Kirkwoods Gesicht.

»Wir sind uns einig, daß Ihr Unterbewußtsein Ihnen durch Ihre Träume etwas sagen will. Ich würde da noch weiter gehen als Bischof Martin – ich glaube, Ihr Unterbewußtsein wünscht, daß Sie Ihren Priesterberuf aufgeben.«

Kirkwood sprang auf.

»Nein!«

»Setzen Sie sich, Pater, bitte setzen Sie sich wieder.«

Aber Kirkwood faltete die Hände auf dem Rücken und wanderte durchs Zimmer.

»Das glaube ich nicht, nein, das glaube ich einfach nicht. Ich weiß, wo ich hingehöre, hab' es immer gewußt.«

Loomis legte den Kopf schief.

»Wirklich, Pater? Immerhin ist das Leben eines Gemüseverkäufers nicht das einzig mögliche Leben draußen.«

»Draußen? Was meinen Sie mit *draußen?* Ich *bin* draußen und helfe den Leuten, mit ihren Problemen fertig zu werden, helfe ihnen, zu Gott zu finden. Ich bin doch kein Mönch, der auf einem Bergesgipfel haust.«

Loomis lehnte sich in seinem Drehstuhl zurück und schaukelte sich sanft.

»Das religiöse Leben hat seine Begrenzungen, Pater. Der stark erotische Kontext dieser Träume deutet darauf hin, daß Ihr Unterbewußtsein diese Grenzen aufs deutlichste erkannt hat – und sich dagegen auflehnt!«

Der Priester atmete mühsam.

»Hören Sie, alles, was ich will, ist, daß diese Träume aufhören.«

Seine Hände verkrampften sich um die Stuhllehne.

»Mehr will ich nicht.«

Loomis lächelte das glatte Berufslächeln, das er für solche Fälle parat hatte.

»Überdenken Sie noch einmal Ihren Lebensstil. Ich glaube, die Träume hören auf, wenn Sie sich fürs Richtige entscheiden.«

Kirkwood schloß die Augen.

»Vielen Dank, Doktor«, sagte er kalt.

»Überlegen Sie es sich ernsthaft und gründlich, Pater. – Machen Sie sich's nicht leicht damit. Erlauben Sie sich, zu prüfen und zu zweifeln. Leben Sie eine Zeitlang wie ein normaler Mann, gehen Sie in eine Bar, schauen Sie sich die Mädchen an. Sprechen Sie eine an, gehen Sie essen mit ihr oder ins Kino – tanzen vielleicht. Es ist gut möglich, daß Ihnen das Spaß macht. Sie sind noch jung, um sich noch einmal anders zu entschließen.«

»Vielen Dank, Doktor.«

Er schlug die Tür zum Behandlungszimmer zu.

Mit großen Schritten entfernte er sich auf der Straße, er ruderte mit den Armen, weiße Rauchfahnen seines Atems stieß er in die Luft. Kirkwood war unfähig, nachzudenken. Die Worte des Psychologen klangen noch immer in seinen Ohren, wie Totenglocken. Er kam zu seiner Straße, blieb stehen, hilflos, weder von Gott noch von den Menschen gestützt, das Unbekannte öffnete sich wie ein Abgrund. *Nur* Träume . . . *nur* ein Traum . . . und doch, er konnte keinen mehr ertragen.

Heute nacht würde er kein Auge zutun.

Er wanderte weiter ostwärts, am See entlang. Der Wind blies ihm ins Gesicht, und das Wasser schlug grau gegen die Ufersteine. Es war kalt, und selbst der See sah drohend aus. Nur wenige Menschen waren hier um diese Jahreszeit zu finden. Stephan fand eine kleine Muschel im Sand. Zerbrechlich und zart wie eine winzige Eiswaffel. Er streifte den Sand ab und drehte sie zwischen den Fingern. Als Kind war er hier manchmal spazieren gegangen und hatte Muscheln aufgehoben und grüne Glasstückchen, die das Wasser rundgeschliffen hatte. Oft hatte er seine Fundstücke heimgetragen und sie dort auf den Kollektenteller gelegt. Stephan lächelte leise über die Unschuld seiner Kindertage. Selbst damals schon stand ihm sein Ziel vor Augen.

Er senkte den Kopf, und zum ersten Male fragte er sich: *Habe ich wirklich recht?*

Plötzlich überfiel ihn schlechtes Gewissen, als er sich an sein unhöfliches Benehmen im Behandlungszimmer des Doktors erinnerte. Der hatte das Beste, was er konnte, getan, hatte ehrlich seine Meinung geäußert, ein Mann mit Kenntnissen und einiger Erfahrung. Es war keine Entschuldigung für sein rüdes Wesen, daß er, Stephan, seit neun Tagen im Streß lebte.

Schnell lief er zum nächsten Telefon in einem Drugstore und wählte Dr. Loomis' Nummer, um sich kurz zu entschuldigen. Aber in seinem Büro antwortete niemand, der Telefondienst versprach, die Botschaft weiterzuleiten.

Nachdem er aufgelegt hatte, lehnte er sich einen Moment lang mit der Stirn gegen den Apparat. Draußen ging die Sonne unter. Lampen verbreiteten ein schwachgelbes Licht. In der nebeligen Straße über den Bars und Restaurants zuckten schon die Neonreklamen. Jemand tippte ihm auf die Schulter, wollte telefonieren, und Stephan trat hinaus auf die Straße. Ohne zu denken, strebte er der Kirche zu, aber am Portal hielt er schlagartig inne und eilte zu seiner Wohnung. Er betrat sein Zimmer, ohne daß jemand ihm begegnet wäre, er setzte sich an seinen Schreibtisch. Er fühlte, wie die Muskeln in seinen Armen und Beinen sich verkrampften. Er erhob sich und schritt im Zimmer auf und ab. Er kam am Schrank vorbei, sah den schwarzen Anzug hängen. Doch da in der Ecke hing noch ein anderer, ein hellbrauner – seit Jahren hatte er ihn nicht mehr getragen. Er fragte sich, ob er ihm wohl noch passen würde. Er nahm ihn vom Bügel, fand ein weißes Hemd ganz hinten in der Schublade und zog sich an. Er fühlte sich fremd in den Kleidern. Alles paßte vortrefflich, er hatte seitdem kein Gramm zugenommen. Wie merkwürdig fühlte sich der Hals in einem Hemdkragen an – entblößter, aber beengter.

Er verließ das Haus durch die Hintertür, und wenn einer der Schatten, die im Hof lauerten, ein Mensch war, begrüßte er ihn nicht.

Hungrig fand er ein Restaurant und setzte sich an die Theke. Er bestellte einen Cheeseburger. Er hatte das Gefühl, als stehe mit Riesenlettern auf seinem Rücken geschrieben: DAS IST EIN PRIESTER. Aber niemand schien es zu bemerken. Der Mann, der neben ihm saß, verwickelte ihn in ein Gespräch über eine Schlagzeile in der Zeitung, und Stephan antwortete mechanisch, bis sein Cheeseburger serviert wurde.

Er aß und konnte sein Schweigen damit entschuldigen, daß er kaute. Schnell hatte er aufgegessen, zahlte und trat wieder hinaus auf die Straße.

Er entdeckte, daß er sich in einer Gegend befand, in der es viele Bars gab. Er war schon früher hier vorbeigekommen, aber nie hatte er die vielen zuckenden Bierreklamen bemerkt, die rot und schwarz zugestrichenen Fenster, die dunklen Räume, die dahinter verborgen lagen. Er ging an verschiedenen Bars vorbei, ehe er eine betrat. Sie hatte eine ›Blatz‹-Bierreklame.

Drinnen lärmte eine Musikbox am einen Ende des Raums, am anderen strahlte ein Fernseher die letzten Nachrichten aus. Dazwischen lag der polierte Mahagonitresen. Der Barkeeper wischte behende über die Theke, schenkte Gläser voll und schnatterte dabei mit den Kunden. Stephan setzte sich auf einen leeren Hocker am Tresen und bestellte ein Bier.

»Vom Faß?« Stephan nickte.

Als sein Bierseidel vor ihm stand, trank er es auf einen Zug bis zur Hälfte aus. Es half nichts, sein Hals blieb trocken und eng. Dann stützte er sich auf die Bar und sah sich um.

Als sich seine Augen an die dämmrige Beleuchtung gewöhnt hatten, betrachtete er seine Umgebung. Die Spiegel hinter der Bar, vor dem die Flaschen aufgereiht standen, reflektierten das matte Licht der bunten Glühbirnen. Neben ihm saßen etwa zwölf Leute auf den hohen Barstühlen, dahinter, an den kleinen Tischen neben der Wand, entdeckte er weitere sechs bis acht Menschen. Die meisten davon waren Männer in Anzügen, Hemdkragen geöffnet, manche hatten die Jacken ausgezogen und sie über die Stuhllehne gehängt. Auch ein paar Frauen saßen herum – eine kleine Gruppe an einem Tisch, eine, die in Begleitung an der Bar saß, und zwei weitere, die offensichtlich allein gekommen waren.

Stephan betrachtete die beiden. Eine war blond, die andere dunkel. Beide trugen ihr kurzes Haar toupiert, waren um die Augen herum stark geschminkt, steckten in engen Kleidern, durchsichtigen Strümpfen und hochhackigen Schuhen. Die Dunkle bemerkte seinen Blick und lächelte ihn an. Er starrte in sein Bierglas, zur Tür, an die Wand.

Alle vier Wände der Bar hingen voller Erinnerungsstücke – Fotos, gerahmte Dollarscheine, Urkunden, Kegel und Fußballtrophäen, ausgestopfte Fische und Rehköpfe auf Brettchen.

Sein Auge blieb auf einem riesigen ausgestopften Elchkopf hängen, der über der Kasse an der Wand befestigt war, das gigantische Geweih hob sich wie zwei große Hände in die Luft . . . die Spitzen berührten fast die rotgestrichene Decke. Er versuchte mit zusammengekniffenen Augen das Schildchen zu entziffern, auf dem stand, wo und wann man den Elch erlegt hatte.

Im Spiegel unter dem Elch sah er, wie die dunkle Frau sich an seine Seite setzte.

»Tagchen«, sagte sie und lächelte, »kennen wir uns nicht von irgendwoher?«

Sein Gesicht gefror zu einem matten Grinsen. Er erinnerte sich nicht, sie in der Kirche gesehen zu haben, das hieß aber nicht, daß sie nicht in der Kirche war.

»Möglich«, sagte er. »Ich wohne in der Nachbarschaft.«

»Ich heiße Bonnie«, sagte sie.

»Ich . . . ich heiße Steve. Kann ich Sie zu was einladen.«

Sie neigte ihren Kopf zur Seite, hob ihr halbleeres Glas und sagte:

»Whisky Sour.«

Er bestellte ihren Drink und für sich noch ein Bier.

»Kommen Sie oft hierher?« fragte sie.

»Das ist heute abend das erste Mal.«

»Ach – dann trinken Sie wohl sonst zu Hause im stillen Kämmerlein, was? Na, is' ja auch billiger so.«

Er nickte.

»Aber man is' so alleine dabei!«

Er zuckte die Achseln.

»Sind Sie verheiratet, Steve?«

»Nein.« Er hob sein Glas und stieß mit ihr an.

»Prost.«

Sein Blick glitt an ihrem Körper entlang, zu den überkreuzten Beinen, den nackten Knien unter dem hochgerutschten Rock. Ihr V-Ausschnitt erlaubte einen tiefen Einblick auf zusammengepreßte, schwere Brüste und einen schwarzen Träger ihres Büstenhalters, der ins Fleisch schnitt.

»Sie sind sehr attraktiv«, sagte er.

Sie lächelte.

»Na – vielen Dank, Sir! Das find' ich aber nett von Ihnen.«

Er betrachtete ihr Spiegelbild hinter der Bar zwischen den Flaschen, und sie betrachtete ihn ebenfalls über den Rand ihres Glases. Ihre Augen glänzten zwischen schwarzgetuschten Wimpern. Dann wanderte sein Blick hinauf zu dem gewaltigen Elchkopf, die majestätischen Augen wirkten blind, die gewaltige Geweihkrone streckte sich zur Decke – er schauderte. Die Frau saß noch immer neben ihm, sie sprach im leisen Plauderton mit ihm, aber ihre Worte zogen wie Rauch an ihm vorbei.

Sie rückte sich zurecht und berührte mit ihrem Knie seinen Schenkel. Automatisch rückte er ab.

»Wird ein bißchen voll hier, jetzt, finden Sie nicht?« sagte sie.

Er löste seinen Blick von dem Elchkopf und sah sie an.

»Wie wär's, wenn wir 'n kleinen Spaziergang machten?« schlug sie vor. »Ich weiß 'n ruhiges Plätzchen.«

Seine Blicke verfingen sich in dem schweren Kollier an ihrem Hals – die Steine glitzerten in allen Farben und verdeckten so die Falten und Flexen ihres Halses. Sie hielt den Kopf hoch erhoben, um möglichst wenig von ihrem Doppelkinn zu zeigen. Stephan bemerkte, daß sie viel älter war, als er anfangs gedacht hatte. Er ertappte sich dabei, wie er ihre mühsam geschminkte Fassade mit Carolines frischer, kunstloser, natürlicher Jugend verglich.

Er schluckte.

Er trank sein Bier aus.

»Tut mir leid, ich muß jetzt gehen. Es war nett, Sie kennenzulernen.«

Er lächelte, wie er hoffte, freundlich, und strebte der Tür zu. Auf dem Weg warf er einen letzten Blick auf den einsamen Elch.

Wieder trugen ihn seine Füße zur Kirche. Ein kühler Wind blies von Osten her. Stephan hielt ihm sein Gesicht entgegen, da sah er den vollen Mond über die Häuser am Seeufer steigen. Riesig und aprikosenfarben übergoß er das ganze Himmelszelt mit seinem Licht und löschte die wenigen strahlenden Sterne, die den Dunst über der Stadt durchdrungen hatten, aus. Stephan war, als ätzte das Mondlicht seine Augäpfel. Er wandte den Kopf ab.

Die gewohnten Stufen hinauf tappte er. Sein Herz war schwer und müde wie seine Füße. All die Erschöpfung und Verzweiflung schlug über ihm zusammen wie ein schwerer feuchter Umhang. Heute nacht wollte er nicht schlafen. Statt dessen wollte er im Allerheiligsten neben dem Altar wachen. Es war unnötig, überlegte er, sich umzuziehen und seine priesterlichen Kleider anzulegen – wenig Menschen würden vor Tagesanbruch in die Kirche kommen.

Im Vorraum verhielt er den Schritt und blickte das Kirchenschiff entlang zum Altar. In der Bank hinter der Kommunionbank saß eine Gruppe Frauen, meist Teenager und junge Frauen Anfang Zwanzig.

Der leise Laut der sich öffnenden Tür hatte alle aufmerksam gemacht und nun wandten sich die Köpfe, um zu sehen, wer hereingekommen war. – Dann standen sie auf, eine nach der anderen.

Stephan fühlte ein plötzliches Schwindelgefühl. Er hielt sich am Geländer fest, um nicht zu fallen, und schloß die Augen. Mit geschlossenen Lidern hatte er eine Vision: – eine junge Frau, sie kniete, schwarzes Haar zu einem langen Zopf geflochten, Kleider einfach, arm, ja fast in Fetzen, in ihren ausgestreckten Armen hielt sie ein neugeborenes Kind, das in Lumpen gewickelt war – eine Opfergabe, ein Opfertier. Ein Wesen, nicht Mensch, nicht Tier, nahm das Opfer entgegen, Oberkörper eines Menschen, aber Kopf und Hinterleib eines großen Hirsches – ein riesiges, vielästiges Geweih krönte den Schädel. Dann sah er, daß es ein Mann war, der Fellhosen trug und dessen menschliches Gesicht unter der zeremoniellen Hirschkopfmaske hervorlugte. Als der Hirschmensch mit einer ungeduldigen Geste die Opfergabe mit seinen hageren Armen umschloß, erkannte Stephan sich selbst als das Neugeborene.

Dann plötzlich ragte der Mann über ihm auf, ein nackter Koloß, aller zeremoniellen Verkleidungen entledigt, ein riesiges Feuersteinmesser in der ausgestreckten Hand. Das Messer zuckte herab in blitzschnellem, tödlichem Bogen. Stephan fühlte eine Sturzflut klebriger Feuchtigkeit um sich branden . . . eine kurze Explosion von Schmerz.

Er öffnete die Augen – und da war er wieder in der Kirche . . . die Frauen, die auf ihn warteten. Es waren zwölf mit Caroline, die sie anführte. Ohne das Weihwasserbecken zu berühren, ohne sich zu bekreuzigen, ohne das Knie zu beugen, glitt er den Gang zwischen den Bänken entlang. Er fühlte, wie sich sein Körper beim Laufen veränderte, fühlte das Gewicht des verästelten Geweihes auf seinen Kopf drücken, fühlte, wie das Wissen um seine eigene Identität sein Innerstes durchströmte. Er stampfte mit seinen ehernen Hufen und sprang über das Holzgitter vor der Kommunionbank. Endlich verstand er die Träume, die ständige Gewißheit: sein Platz war am Altar.

Seine Anbeterinnen traten näher und beugten tief die Häupter vor ihm. Dann begannen sie, sich zu entkleiden. Sie ölten ihre nackten Glieder, sie sangen seinen verbotenen, lang vergessenen Namen. Der alte gehörnte Gott, befreit und endlich wahrhaft Fleisch geworden, breitete die Arme weit und warf den schweren massigen Kopf zurück.

Er rief ihnen aus tiefer rollender Kehle einen unbändigen, seligen Willkommensgruß entgegen.

Aus dem Amerikanischen übersetzt von Keto von Waberer

Keith Roberts

Ariadne Potts

Der Sommertag war ruhig und heiß. Die Sonne brannte von einem tiefblauen Himmel herab. Am Ufer des Sees war die Luft kühler, so daß Henry Potts hier gern verweilte. Seit mehr als einer Stunde war er, bildungsbeflissen, an Mammut- und Kastanienbäumen, an Ilex- und Eukalyptuswäldchen vorbeimarschiert, ohne auch nur einmal anzuhalten. Jetzt holte er aus seiner Hosentasche ein nicht mehr ganz sauberes Taschentuch hervor, mit dem er sich die Stirn abzuwischen begann. Als gewissenhafter Mensch hatte er sich natürlich einen Führer gekauft und klapperte gehorsam alles ab, was darin gepriesen wurde: Er hatte Floras Tempel und die Eremitenquelle bewundert, hatte über die Konstruktion der palladianischen Brücke und des gotischen Landhauses nachgedacht; und natürlich hatte er auch den Fernblick mit dem Pantheon, das sich im dunkelgrünen, gekräuselten Wasser des großen Sees widerspiegelte, gebührend bewundert. Wie es im Führer hieß, näherte er sich jetzt der Grotte mit der bemalten Nymphe aus Blei (die man J. Cheere zuschrieb). Sie war ja wirklich eine ganz bezaubernde Nymphe! Er lockerte den Riemen, an dem sich seine Kameratasche befand, und überlegte, ob es für einen Schuß aus der Hand wohl hell genug sei.

Gewiß hatte das ganze große Anwesen, von dem viele behaupteten, daß es über die schönste Gartenlandschaft der Welt verfüge, etwas Magisches an sich, und Henry war trotz seines prosaischen Aussehens nicht unempfänglich für solche Umgebungen.

Henry war groß, hager und ging etwas gebeugt. Charakteristisch für ihn war, daß er eine besonders abscheuliche Art von handgestrickten Pullovern bevorzugte, die man ihm absolut nicht abgewöhnen konnte. Ein anderes Merkmal war der Hang zur Zerstreutheit, der sich besonders bei der Arbeit zeigte. In der kleinen Zweigstelle der Bank, in der er seit einigen Jahren arbeitete, erzählte man sich, daß er mehr als einmal mit einem seiner farbenprächtigen Pullover unter der Dienstkluft erschienen sei. Sofort hätte ihn der entrüstete Zweigstellenleiter, Mr. Christopher, dann zum Umziehen wieder nach Hause geschickt.

Selbstverständlich kamen Pullover an diesem ganz besonders

schönen Tag ausnahmsweise einmal nicht in Frage. Henry wischte sich übers Gesicht. Man konnte wirklich sagen, daß es beinahe ein bißchen zu warm war. Hier am Wasser herumzulungern, war ja ganz schön, aber eigentlich hätte er weitergehen sollen. Man mußte sich ja nicht mit aller Gewalt eine Erkältung holen! Vor ihm spannte sich eine Brücke über einen Ausläufer des Sees. Er überquerte sie und atmete den abgestandenen Geruch des trübgrünen Wassers ein. Hohes Schilf wuchs hier im Überfluß. Über ihm schwebten und schwirrten Libellen hin und her, ihre Flügel waren wie zarte braune Farbtupfer über den hellen Funken ihrer Leiber. Hinter dem Schilf sah er Hortensienbüsche, die am Rand des Wassers wuchsen, sie waren zu dieser Jahreszeit ein lila-blaues Blütenmeer.

Der Pfad machte einen Bogen und neigte sich dann. Er gewährte so abwechslungsreiche Ausblicke nach beiden Seiten, daß Henry ganz unvermutet vor der Grotte stand, deren Wuchtigkeit und Volumen ihn überraschte. Über ihrem Eingang wuchsen Bäume aus einem Geflecht von Wurzeln, das aussah wie knorrige alte Fäuste, die sich dort festklammerten. Der Pfad ging plötzlich steil nach unten und mündete in einen Serpentinenweg ein, der von zerklüfteten Felswänden begrenzt wurde.

Der Raum, in den er schließlich gelangte, war rund, ungefähr vier Meter im Durchmesser und aus den gleichen, unregelmäßigen Felsblöcken wie die Außenwand. Sein Boden bestand aus kleinen Steinchen, die in regelmäßigen konzentrischen Kreisen angeordnet waren. Eine gewölbte Öffnung gab in Augenhöhe den Ausblick auf den See und eine Kirche aus Stein frei, die sich zwischen den Bäumen erhob. Auf beiden Seiten waren kleine Sitze in die Wände eingelassen, die wie ein Chorgestühl aus Stein aussahen. Im Hintergrund ruhte auf einem moosbewachsenen Lager die Nymphe.

Henry starrte sie an. Sie war so wirklichkeitsgetreu, daß es schon beinahe beunruhigend war. Auf dem einen, kräftigen, aber wohlgeformten Arm ruhte der Kopf. Mit dem anderen lehnte sie sich auf ihr felsiges Lager zurück. Sie senkte den Blick, so daß es aussah, als ob sie den kristallklaren Quell betrachtete, der unter ihrem Lager entsprang und sich hell glucksend in ein halbrundes Becken ergoß, bevor sein Wasser weiter in den See floß. Ein Knie, das ebenso wohlgeformt war wie die Arme, war gebogen und ein bißchen angezogen. Ihre bloßen Zehen schauten verführerisch unter dem Saum ihres Gewandes hervor.

Henry räusperte sich und hielt seinen Belichtungsmesser weit von sich, als ob er den Gegenstand seines prüfenden Blicks beschwören wollte. Sonnenlicht, das durch die runde Öffnung im Kuppeldach fiel, brachte überraschend helle Reflexe zustande. Er drehte die Kamera, stellte ein, trat zurück und blinzelte. Er machte ein Foto, dann ein zweites und auch noch ein drittes. Ob es wohl von diesem Blickwinkel aus möglich wäre . . .? Er ging im Kreis herum wie ein Krebs, keuchte ein bißchen und konzentrierte sich dann. Das Klicken des Auslösers ging im Widerhall des plätschernden Wassers unter. Er spannte, schaute noch einmal prüfend durch den Sucher, seufzte und drehte sich schließlich weg. Er mußte zugeben, daß sie wirklich eine ganz auserlesene Nymphe war. Henry war von Natur aus kein lüsterner Mann, aber diese Nymphe hätte er, wenn sie eine Frau gewesen wäre, schon sehr gerne mit nach Hause genommen und für sich allein gehabt.

Unwillkürlich trat er zur Seite, als er eine Stimme hinter sich sagen hörte: »Also, daß die Leute auch niemals an ein Honorar denken!«

Verwirrt stand Henry still. Er traute seinen Ohren nicht. Da war es ihm doch so gewesen, als ob er . . . gehört hätte . . . Er schaute sich um, und ihm wurde schwindlig. Er hatte das Gefühl, daß sich die Grotte drehte. Als sie wieder stillstand, schaute er nach der Nymphe. Er konnte keine Veränderung bemerken. Immer noch blickte sie ihn aus diesen merkwürdigen, bräunlichgrünen Augen an, die so klar wie das Wasser des Sees waren.

Nein, er mußte sich getäuscht haben . . . Natürlich war die Hitze daran schuld. Er strich sich mit der Hand über die Augen, als ob er etwas wegwischen wollte. Er fühlte sich schwach und mußte sich an die felsige Wand der Grotte lehnen. Er zitterte am ganzen Leib. Als er wieder zu ihr hinschaute, sah er, daß sich die Nymphe aufgerichtet hatte.

»Vielleicht entscheidest du dich heute noch, ob du ohnmächtig wirst oder nicht. Wenn nicht, kannst du mir vielleicht von diesem Dingsda herunterhelfen . . .« Ihre Stimme klang hell und klar. Äußerst reizvoll war, daß sie ein bißchen lispelte. Vorsichtig tauchte sie die Zehenspitzen ins Wasser, raffte ihren Faltenüberwurf zusammen und stand auf. In einer Art Trance ging ihr Henry entgegen. Die Hand, die sie ihm entgegenhielt, war fest und kalt. Sie glitt von ihrem Sockel herunter und stand nun vor Henry auf dem Kies. Sie bedankte sich bei ihm. Er sah, daß auch ihr Haar braun war, mit seltsamen grün-golden glitzernden Fäden dazwischen. Sie war größer, als er gedacht hatte. Er schluckte, würgte, fand aber schließlich seine Stimme wieder, die eher ein Krächzen war.

»Aber du kannst doch nicht . . . Ich meine, es kann nicht sein, daß . . .«

Mit dem Saum ihres Gewandes trocknete sie ihre Füße. »Warum auch nicht? Schließlich hast du dir ja gewünscht, daß ich eine Frau sein möge. Gelegentlich passieren solche Dinge eben noch.« Als ob es ganz selbstverständlich wäre, richtete sie sich auf und sagte: »Nun, sind wir so weit?«

Die Grotte begann sich wieder um Henry zu drehen. Einen Augenblick sah es so aus, als ob er das Bewußtsein verlieren würde. Dann fragte er ganz kläglich: »W-wohin gehst du?«

Ungeduldig warf sie ihr Haar zurück und sagte: »Frag nicht so unnötig. Mit dir geh' ich natürlich. So undankbar bin ich dann auch wieder nicht!«

Henry hatte das Gefühl, daß er sich an einen Strohhalm klammerte.

»Ja, a-aber das geht nicht!«

»Warum denn nicht?«

Henry machte eine hilflose Geste mit der Hand. Er war wieder einmal vollkommen sprachlos. Die Nymphe fuhr ihn zornentbrannt an: »Ach, daß dich doch der . . .« Nervös und um sich abzureagieren, machte sie sich am oberen Teil ihres Faltenwurfs zu schaffen. »Wenn du nur einiges von dem gesehen hättest, was ich vor kurzem hier unten miterlebt habe, dann würdest du nicht so ein Theater machen. Zum Donnerwetter, nun komm schon . . .«

»Warum hast du's denn so eilig?«

»Wenn du auf diesem harten Dingsda beinahe zweihundert Jahre verbracht hättest, würdest du nicht so dumm fragen . . .« Sie ging zügig voran.

Ein gewundener Weg führte zu einer anderen Kammer in der Grotte. Hier herrschte der gewaltige, bemooste Flußgott. Die Nymphe blieb vor ihm stehen und überlegte. »Weißt du, es ist ein Glück, daß du normal veranlagt bist, stell dir vor, du hättest dir den alten Rumpelbauch gewünscht . . . und ihn jetzt am Halse . . .!«

Der Weg stieg jenseits der Grotte wieder an und ging dann in eine Felsentreppe über, die in der Sonne lag. Als sie ihren höchsten Punkt erreicht hatten, kam unversehens wieder das Pantheon in Sicht, das alles überragte. So ganz aus der Nähe sah es gewaltig aus. Die Nymphe starrte es an und ihre Züge wurden dabei weich. »Ich kann mich noch genau daran erinnern, wie es erbaut wurde – als ob's gestern gewesen wäre!«

Zielbewußt schritt sie voran. Sie sah wahrhaftig aus wie die bezaubernde Primavera von Botticelli ohne ihre Girlanden aus Gänseblümchen.

Henry ging hinter ihr her. Wenn ihnen von Passanten neugierige Blicke zugeworfen wurden, so nahm er sie nicht wahr. Seine Welt war aus den Fugen, und alles drehte sich um ihn. Die Nymphe ging die letzten Stufen zum Pantheon empor, drängte sich zur Schranke vor, die den Eingang absperrte, und schaute fest die weißen Figuren im Innern an. Dort war es kühl und still. Die Skulpturen waren in eine Flut von rötlich-bernsteinfarbenem Licht getaucht. »Lebt wohl, Leute«, sagte sie leise.

Sie hatten den äußersten Punkt des Spazierwegs um den See erreicht und überquerten nun eine schmale Brücke, die sich über große, schwimmende Inseln von Wasserlilienblättern wölbte. »Nymphaea Alba«, bemerkte die Nymphe fachmännisch. »Die einzige, einheimisch britische Wasserlilienart. Natürlich nach mir benannt.«

Sie gingen an einem Wasserfall vorüber und einer steinernen Brücke, sie kamen auf ihrem Weg an einer Einsiedelei und einem Apollotempel vorbei. Wieder einmal wurde Henry übernervös. Direkt vor ihnen befanden sich nämlich die Scylla der Teestuben und die Charybdis des Andenkenladens, wo sich die Leute nur so drängten, und sie mußten an beiden vorbei. Noch einmal bestand die Gefahr, daß die ungenügende Bekleidung der Nymphe allgemeines Aufsehen erregen und sie entdeckt würden. Aber sie warf nur stolz den Kopf zurück, als er die Befürchtung äußerte, daß sie beide bestimmt festgenommen würden. »Ich bin eben ein lebendiges Mitglied der Stiftung; wenn es so etwas wie Gerechtigkeit gäbe, müßte ich sogar ihr Präsident sein. Soll sich nur einer unterstehen, mir in die Quere zu kommen!« Sie schritt an den Teestuben vorbei, ohne belästigt zu werden. Sie passierte den Andenkenladen, als ob nichts gewesen wäre. Seelenruhig überquerte sie die Wiese hinter dem Andenkenladen und ging zu den Reihen blitzender Wagen, die dahinter geparkt waren.

»Nun, welches Auto gehört dir?« fragte sie. Henry fühlte sich elend, als er zurückschaute und sah, welches Aufsehen sie erregt hatten. Immer noch sprachlos, deutete er auf den hübschen kleinen Zweisitzer, sein einziges Bekenntnis zum ›süßen Leben‹. Sie nickte anerkennend. »Dann bist du also doch noch kein ganz hoffnungsloser Fall«, sagte sie frech. »Du mußt verborgene Qualitäten haben.« Sie ließ sich auf den Beifahrersitz fallen. »Wie heißt du eigentlich? Ich heiße Ariadne.«

»Hm – Henry Potts!«

Die Nymphe zuckte zusammen. »Also – Ariadne Potts, na ja, könnte schlimmer sein . . .«

Henry machte einen schüchternen Versuch, ihr zu drohen: »Nun hör mal, du kannst doch nicht so einfach mit mir nach Hause gehen!«

»Und warum nicht? Du bist doch nicht verheiratet oder hast ähnlich langweilige Verpflichtungen!«

»Nein, aber . . .«

Ariadne hatte eine Sonnenbrille auf der Kartenablage gefunden, die sie nun auf ihr zierliches Näschen setzte. »Jetzt beeil dich doch ein bißchen, Henry. Bevor die herausfinden, daß ich fehle . . .«

›Kostbares Kunstwerk entwendet. Standbild aus berühmtem Nationalpark verschwunden.‹ Beim Frühstück – er war beim Marmeladenbrot angekommen – las Henry den Zeitungsartikel laut vor, der sie beide betraf.

»Gestern wurde ein Standbild der Nymphe Ariadne aus der Grotte des weltberühmten Stourhead-Parks gestohlen. Die Polizei, die zum Tatort gerufen wurde, mußte bekennen, daß sie vor einem Rätsel steht. Offensichtlich geschah der Diebstahl am hellichten Tag. Die Polizei würde dazu gerne ein seltsam gekleidetes Paar verhören, das am Nachmittag desselben Tages in der Nähe gesehen wurde . . .«

»Seltsam . . . also wirklich seltsam!« ereiferte sich Ariadne. »Verdammte Frechheit . . .« Sie schenkte Tee ein. »Gib deine Tasse her, Henry, du mußt dich jetzt beeilen, sonst kommst du zu spät.«

Henry schaute verstohlen hinter seiner Zeitung hervor und betrachtete sie. Die Nymphe hatte eine von Henrys Pyjamajacken an, die ein bißchen zu groß war und die sie salopp zugeknöpft hatte. Ihre klassischen Proportionen kamen darin voll zur Geltung, so daß der Pulsschlag des armen Henry Anlaß zur Besorgnis gab. Ariadne bemerkte von all dem nichts. Gelassen strich sie Butter auf ihr Toastbrot. »Übrigens mußt du mir ein bißchen Geld dalassen, damit ich mir noch ein paar Kleider kaufen kann. Ich ziehe die alten Jeans und einen deiner Pullover zum Einkaufen an. Dann werde ich mir auch deine Speisekammer vornehmen müssen. Also ehrlich, nichts als dieses Dosenzeugs . . .«

»Wieviel brauchst du?« fragte Henry matt.

»Hundert Pfund reichen für den Anfang. Nein, sagen wir hundertfünfzig, wenn der Haushalt dabei ist. Dann sehen wir weiter.«

Henry schluckte. »Ich habe aber nicht so viel hier!«

»Ist nicht schlimm, dann geh schnell bei der Bank vorbei und hol's mir. Das beste wäre natürlich, wenn du uns gleich ein gemeinsames Konto eröffnen würdest. Dann muß ich dich nicht mehr die ganze Zeit belästigen.«

»Das geht nicht!«

»Und warum nicht, wenn man fragen darf?«

Verzweifelt suchte Henry nach Worten. »Du hast keine Papiere. Du brauchst Papiere, um ein Konto zu eröffnen. Du existierst offiziell ja nicht mal!«

Die Nymphe holte tief Luft und sah ihn mit einem durchdringenden Blick an. »Jetzt hör mal gut zu. Nach heute nacht kann ich nur sagen, daß ich mich doch sehr über dich wundern muß, Henry Potts!«

Henry kapitulierte. Es stimmte, daß die vergangene Nacht die aufregendste seines Lebens gewesen war, aber so erschöpft wie heute morgen hatte er sich auch noch nie gefühlt.

Ariadne nickte zufrieden. »Das geht dann also in Ordnung«, sagte sie ruhig, »du kannst deinen Kollegen in der Bank ja sagen, daß du mich eben erst kennengelernt und auf der Stelle geheiratet hast. Und damit basta. Auf dem Standesamt dauert es ohnehin nur zwei Minuten. Und Papiere dürften überhaupt kein Problem sein. Wenn wir welche brauchen, fälschen wir sie eben. Es dürfte einfach sein mit deinem fotografischen Talent und der ganzen Ausrüstung.«

Henry schnürte es die Kehle zu. Die Nymphe begann unterdessen ungerührt die Teller ineinanderzustellen.

»Du besorgst dir auch besser eine Kreditkarte«, fuhr sie fort. »Du weißt, wir haben hier eine Inflationsrate von 26 Prozent, bei der sich Schulden lohnen. Also, bis später dann!«

Henry stand hastig auf. »Hör mal, komm heute nicht ins Büro. Ich werde gegen zehn hier mal kurz vorbeischauen. Mr. Christopher läßt mich, wenn ich mich beeile.«

»Gut. Vergiß es aber auch nicht . . .« Dann fiel es ihr plötzlich wieder ein, daß es schon spät war. »Liebling, du mußt dich jetzt aber beeilen. Vergiß deinen Hut nicht . . .«

Henry hastete zur Tür. Die Nymphe aber rief ihn zurück. Er stand vor ihr, den Hut hielt er in der Hand und wußte nicht, was sie nun schon wieder von ihm wollte. Mit gespieltem Ernst hielt sie ihm die Wange hin. »Gib mir einen Kuß zum Abschied. Dies ist so üblich bei Eheleuten . . .«

Bei seiner Stippvisite am späten Morgen konnte Henry Ariadne nirgends entdecken. Das Wohnzimmer war leer. In der winzigen Küche war das Geschirr vom Frühstück wieder zurück an seinen Platz in den Schrank gestellt. Der Spültisch war aufgeräumt, das Spültuch ordentlich gefaltet und auf die Abtropfplatte gelegt worden. Alles sah aus, als ob nichts gewesen wäre. Mit unsicherer Stimme rief er nach ihr und stieß die Türen zum Schlafzimmer und Bad auf. Es war aber niemand da. Er hatte also die ganze Zeit über eine Halluzination gehabt. Dann kam es ihm plötzlich, daß er ja noch einmal in der Morgenzeitung nachschauen könnte. Er fand sie, säuberlich gefaltet, auf der Anrichte im Wohnzimmer, wo er sie immer liegen ließ. Der Bericht über den Raub in Stourhead war allerdings drin. So hatte er wenigstens diesen Teil der Geschichte nicht geträumt. Merkwürdig war nur, daß gerade *er* zu der fraglichen Zeit dort gewesen sein sollte. Aber es gab eben nun mal merkwürdige Zufälle. Vielleicht wäre es aber doch ganz sinnvoll, später einmal beim Arzt vorbeizuschauen und die Sache mit ihm durchzusprechen. Wer weiß, vielleicht könnte er ihm sogar ein Mittel geben.

Er war ein bißchen verlegen, als er dann doch den Briefumschlag mit dem Geld auf die Anrichte legte. Denn nun hatte sich ja alles so geklärt, wie er es schon die ganze Zeit über erwartet hatte, und vielleicht gäbe es für seinen Traum sogar eine ganz natürliche Erklärung. Aber immerhin, es hatte keinen Sinn, etwas zu riskieren. Sein Abenteuer wirkte sich allerdings nachteilig auf die Arbeit in der Bank aus. Er ertappte sich mehrmals dabei, daß er über seinen Hauptbüchern und Bilanzen träumte. Zweimal schon hatte ihm Mr. Christopher einen Verweis erteilt, als er vorbeiging. Das Bild eines Gesichts mit Augen, die so grün-golden wie Seewasser waren, und mit Lippen, die sich öffneten, um regelmäßige, kleine Zähne wie Perlen zu enthüllen, hatte sich zwischen Henry und die sauber gemalten Zahlen gedrängt.

Zur Mittagszeit ging er wie immer zu dem kleinen Restaurant, das abseits der verkehrsreichen Hauptstraße lag. Seit das Stadtzentrum zur Fußgängerzone erklärt worden war, war es ruhig hier. Es sah schon fast ein bißchen südländisch hier aus: Auf einem kleinen, rechteckigen Platz waren Tische und Stühle herausgestellt worden. Bunte Sonnenschirme belebten das Bild. Er bestellte sich ein Käsesandwich und ein kleines Bier und blieb dann noch eine Weile sitzen, um verstohlen auf das Geklapper von hochhackigen Schuhen auf dem Pflaster zu lauschen. In der Stadt waren nun jede Menge Mädchen in bunten Sommerkleidern unterwegs, aber keines von ihnen gefiel ihm so gut wie Ariadne. Auch sah er sie nicht unter den Mädchen, an denen er auf dem Rückweg vorbeiging.

Gegen halb vier, als die Bank geschlossen wurde und der letzte Kunde draußen war, hatte er sich schon ganz damit abgefunden, daß sie nur ein Fantasiegebilde gewesen war. Er wollte nun doch nicht mehr zum Arzt gehen, aber in Zukunft würde er auf sich achtgeben müssen. In seinem Alter konnte er es sich eben noch nicht leisten, solche Vorstellungen zu haben. Es gehörte sich einfach nicht. Er machte seinen Tagesabschluß in der Bank und fuhr anschließend nach Hause. Als er die kleine Wohnung im ersten Stock betrat, wußte er nicht, ob er froh sein sollte, daß Ariadne nur ein Fantasiegebilde war oder nicht.

Im Korridor wurde er durch die temperamentvolle Begrüßung der Nymphe beinahe zu Boden geworfen. Er keuchte und mußte sich zuerst wieder von dem Schreck erholen. Ariadne führte einen Freudentanz auf. »Denk dir nur, ich habe die süßeste kleine Boutique gefunden, die du dir vorstellen kannst! Wie findest du es? Ist es nicht toll?«

Henry wußte nicht, was er sagen sollte. ›Es‹ bestand aus einem blusenartigen Rüschchenoberteil, das ziemlich weit oben, knapp unter Ariadnes Busen, gebunden war. Wenn es etwas geben sollte, das schlimmer als die klassische Drapierung war, dann war es dies. Sie hatte ein paar enganliegende Hosen in einem abscheulichen Rosa an, die das, was sie bedecken sollten, eher enthüllten. Sie waren alles andere als ein anständiges Kleidungsstück, dazu hörten sie einfach zu tief unter dem Nabel auf. Ihre Füße steckten in kleinen Sandaletten, die eine kunstvolle Handarbeit aus ineinandergeflochtenen Riemchen waren.

»Und dies«, rief sie übermütig, »und diese!« Röcke und Kleider, noch eine Bluse und hellrote, dazu passende Pantinen kamen nacheinander zum Vorschein. »Sie hatten auch einen niedlichen, kleinen Bikini«, sagte die Nymphe, »in einer Art Goldbraun, also haargenau in meiner Farbe. Aber ich war doch etwas knapp bei Kasse. Ich muß eben noch mal hin. Aber so alles in allem habe ich sehr preiswert eingekauft . . . fünfzig, sechzig Pfund . . . Hier habe ich auch eine Rechnung . . .«

Beschwingt verschwand sie in der Küche. Henry tappte ihr benommen nach. Die Wohnung sah aus, als ob sie von einem Wirbelsturm verwüstet worden wäre. Regale waren abgeräumt, Schränke hinausgeworfen worden. Der Kühlschrank taute ab und hinterließ eine große Pfütze auf dem Boden. Überall standen Tragtüten und Kartons herum. »Es macht dir doch nichts aus, daß ich all diese entsetzlichen alten Teebeutel hinausgeworfen habe«, sagte Ariadne. »Ich verstehe einfach nicht, daß dir dieses scheußliche Zeug schmeckt! Ich habe uns dafür einen ordentlichen Tee besorgt. Der Teekessel ist aufgesetzt, es wird keine Minute mehr dauern.« Sie begann, die Schüsseln aufzuräumen. »Ich habe auch gleich ein paar neue Kochtöpfe gekauft. Schau her, Henry, sind sie nicht schön? Was wir natürlich gut gebrauchen könnten, wäre eine Kühltruhe. Ich dachte, hier bei euch hätte jeder eine.«

Das Abendbrot bestand aus einem schnell angerichteten Salat: Berge von Kopfsalat, Radieschen, Karotten und Äpfel. All dies war in einem wohlschmeckenden Öl geschwenkt worden. Nach dem Essen setzte sich Ariadne dem immer noch vollkommen verwirrten Henry auf den Schoß. So nahe bei ihr, bemerkte er den schwachen, aber köstlichen Duft, der von ihr ausströmte. »Das Rezept dafür habe ich von zu Hause«, belehrte sie ihn. »Ein Bàgno Cleopatra verzaubert einen, wußtest du das etwa noch nicht?« Sie kitzelte ihn. »Man haucht Pferden in die Nasenlöcher, damit sie sich an einen gewöhnen«, sagte sie ziemlich unvermittelt. »Was würde wohl passieren, wenn ich dir ins Ohr blasen würde?«

Am nächsten Morgen war sie eine geschlagene halbe Stunde vor ihm auf und rumorte in der Küche herum. Henry stieg der köstliche Duft von gegrilltem Schinken in die Nase, als er aus dem Badezimmer kam. »Eigentlich bin ich gegen gebratene Nahrung«, meinte Ariadne, »aber ich muß dich ein bißchen herausfüttern, Henry Potts.« Sie schob ihm knusprige Schinkenscheiben auf einen vorgewärmten Teller, ein Spiegelei folgte nach. Henry überlegte. In dem weichen Eiweiß sah der Dotter aus wie die Sonne, die plötzlich durch die Wolken bricht. »Man meint, daß dich das ganze schwerverdauliche Zeug da drinnen zu einem Ballon hätte aufblasen müssen. Aber an dir ist ja nichts dran.« Sie kicherte glücklich vor sich hin. »Wenigstens nicht gerade viel . . . Aber du weißt ja, was ich meine . . .«

Als Henry zur Arbeit ging, ertappte er sich dabei, daß er ziemlich unmotiviert strahlte – wenigstens mußte es den anderen so vorkommen. Er strahlte förmlich alles an: Häuser, Straßen, die Menschen, die zur Arbeit gingen. Und natürlich erschien ihm auch der Himmel blauer als sonst. Es kam ihm sogar so vor, als ob der Motor seines kleinen Wagens noch nie so ruhig gelaufen wäre. In seinen Mußestunden hatte er wieder wichtige Entdekkungen gemacht, die er jetzt noch einmal genießerisch in der Erinnerung nachvollziehen konnte. »Dreh dich um, Schatz«, hatte Ariadne geflüstert, »ich zeig' dir, wie's die alten Römer gemacht haben.« Und dann hatte sie bewiesen, daß sich ihre klassische Bildung in jeder Hinsicht sehen lassen konnte.

Was Sein oder Nichtsein der Nymphe anbetraf, so hatte er seinen Kampf aufgegeben, der zu nichts führte. Wenn sie nämlich nur eine Ausgeburt seiner Fantasie war, dann genügte ihm eben seine Fantasie vollauf. Wenn sie aber das Symptom einer seelischen Erkrankung war, dann wollte er erst gar nicht geheilt werden. Mit Elan ging er an die Arbeit; er strahlte die Kunden an, er hatte sogar für Mr. Christopher und Miß Peabody, die seit Jahren seine Erzfeindin gewesen war, ein freundliches Lächeln übrig. Der hübschen, neueingestellten Kollegin gegenüber, die diesen Mr. Potts als ziemlich trockenen, alten Stockfisch abgetan hatte, bot er seinen ganzen Charme auf. In seinem Lächeln lag dabei etwas, was sich das erstaunte Mädchen später nur noch als Anzüglichkeit erklären konnte. Seine Arbeit gelang wie nie zuvor. Glücklich und zufrieden, summte er den ganzen Nachhauseweg über vor sich hin.

Allerdings war der Anblick, der sich ihm zu Hause bot, womöglich noch beängstigender als der vom Vortag. Sein ganzer Kleiderschrank, seine Kommode, die Kleiderhaken im Korridor waren geräumt worden. Wahllos hatte Ariadne alte und neuere Kleidungsstücke von ihm überall aufgehäuft. Auf dem größten Stapel, auf dem ein Zettel mit der vielsagenden Aufschrift ›Ramschverkauf‹ lag, sah er seine heißgeliebten Pullover liegen. Er stieß einen Klagelaut aus und wollte sie wieder herunternehmen, aber die Nymphe hinderte ihn daran. Sie hatte es sich mit einem dicken Katalog auf dem Schoß in einem Sessel bequem gemacht. In ihrem Hemdblusenkleid, das sie, wie Henry bemerkte, am Vortag noch nicht gehabt hatte, sah sie kühl und elegant aus.

»Henry, untersteh dich«, sagte sie . . . »Komm lieber hierher und gib mir einen Kuß.« Mit einem zerknirschten Gesicht fügte sich Henry. Seinen Einwänden gegenüber, daß er die Pullover doch immer noch an gemütlichen Abenden zu Hause tragen könnte, blieb Ariadne taub. »In Zukunft wirst du deine gemütlichen Abende zu Hause nur noch mit mir verbringen und dazu brauchst du deine Freizeitpullover nicht. Welche Größe hast du eigentlich?«

Der Katalog, so erklärte sie, müßte es bis zu den nächsten Ausverkäufen tun. Bei den Leuten im unteren Stockwerk war jemand vom Versandhaus dagewesen, der anscheinend ganz reizend war und von dem sie dies erfahren hatte. Er hatte auch ein paar Kleider dabeigehabt, und so war Ariadne zu dem neuen Kleid gekommen. Henry nahm es widerstandslos hin, als sie ihm einen Vortrag über die Wichtigkeit des persönlichen Images hielt. Er hatte sich noch nie zuvor ernsthafte Gedanken darüber gemacht. Außerdem hatten ihn die Ereignisse bereits überrollt.

»Und da ist noch was«, sagte die Nymphe beim Abendessen – ein Mahl bei Kerzenlicht mit Avocados als Vorspeise. »Als ich im Hinterzimmer die Schubladen ausräumte, habe ich dies hier gefunden.« Vor Henrys erstaunten Augen legte sie sein Bank- und Bausparbuch auf den Tisch. »Hast du eigentlich eine Vorstellung davon, was du wert bist?« fragte sie.

Henry war ein gewissenhafter Mensch und hatte in der Tat eine sehr genaue Vorstellung. Durch den Tod seiner Eltern war er, wenn auch nicht gerade reich, so doch ganz wohlhabend geworden. Anscheinend hatte sein Vater aus einem unerklärlichen Altersstarrsinn heraus im letzten Moment darauf bestanden, daß das elterliche Wohnhaus und die Einrichtung verkauft würden, was dann zur Folge hatte, daß er in seine jetzige Wohnung umziehen mußte. Wenigstens klang es so ähnlich, was er jetzt stammelte, aber die Nymphe schnitt ihm kurzerhand das Wort ab. »Menschenskind, warum rackerst du dich dann in diesem stickigen, kleinen Loch ab«, sagte sie ungeduldig.

Henry versuchte, ihr seinen Standpunkt klarzumachen. Es sei nun wirklich nicht ratsam, das fest angelegte Geld flüssig zu machen. Aber seine Rede war auch dieses Mal von nur kurzer Dauer. »Mit einer Inflation, wie wir sie haben, ist fest angelegtes Kapital hinausgeworfenes Geld«, meinte Ariadne.

Sie schenkte ihm ein Glas gutgekühlter Liebfrauenmilch ein. Henry fühlte, wie ihm die feine Blume des Weins zu Kopf stieg.

»Laß sehen . . .«, sagte sie. Sie überschlug rasch die Möglichkeiten. »Wir brauchen natürlich nicht alles bar zu bezahlen . . . also, sagen wir einmal, dreimal dein jährliches Gehalt, das wären dann rund zehntausend Pfund, bis fünfzehntausend könnten wir sie uns, meine ich, leisten. Für das Geld bekommen wir dann eine recht anständige Wohnung! Wenigstens für den Anfang müßte sie genügen . . .«

Henry hatte Mitleid mit sich selber: Die Zukunftsvisionen von Häusermaklern, die ihn nicht mehr in Ruhe ließen, von endlosen Suchaktionen, von Verträgen, die überprüft und unterzeichnet werden mußten, jagten ihm Angst und Schrecken ein. »Aber Hypotheken werden mit 12 Prozent verzinst!«

»Minus fünf Prozent Steuerermäßigung«, verbesserte ihn die Nymphe. »Sag mir, wo du sonst Geld zu sieben Prozent leihen kannst? Henry, du kannst einfach nicht anders als *ja* sagen!«

»Aber . . .«

»Was ist denn nun schon wieder? Du machst es einem aber auch schwer!«

»Ich hasse Häusermakler!« Henry konnte die abschätzenden Blicke, mit denen sie einen ansahen, nicht ausstehen. Ihm mißfiel, wie sie die Leute ständig belästigten und sie dann mit den Preisen übers Ohr hauten. Alles in allem waren es höchst zweifelhafte Geschäfte, die sie tätigten . . .

»Überlaß die Immobilienhändler mir«, sagte Ariadne ruhig. »Liegt hier irgendwo eine Abendzeitung herum?«

»Nur das Echo . . .«

»Dann bring mir morgen eine mit, wenn du von der Arbeit kommst. Und ich werde anfangen, meine Runde zu machen. Je schneller wir umziehen, desto besser!«

»Bitte, Henry«, sagte Ariadne sehr viel später, »wirst du's nicht tun, nicht einmal für mich? Bitte!« Sie saß aufrecht neben ihm, ihr zerzaustes Haar war in Mondlicht getaucht, und sie wendete ihm ihr Gesicht zu mit den unergründlichen, großen Augen.

»Und das ist alles, was ich dazu zu sagen habe. Ich brauche es, es ist eine Notwendigkeit. Wir werden uns eben damit abfinden müssen. Du mußt es als Investition ansehen«, sagte die Nymphe.

Aber . . . Collyer, Sohn & Co., die ältesten und exklusivsten Sattler und Fachhändler für den Reitsport am Platze! Ausgerechnet Collyers, die ihren Sitz immer noch an der Hauptstraße von Midchester hatten und deren großes Fachgeschäft für die Uneingeweihten eine Aura von Heiligkeit und Leder hatte . . . Schüchtern versuchte Henry, den Preis einer kompletten Reitausstattung von dieser Firma zu schätzen, und gab es dann auf. »Wenn du doch nur irgendwohin gehen würdest, wo's billiger ist . . .«

»Nein«, sagte Ariadne nachdrücklich, »ich und mich in eine schlechtsitzende Reitjacke hineinzwängen! Wo denkst du hin . . .!«

»Aber du magst ja nicht einmal Pferde! Wenigstens nicht besonders!«

»Ich gebe zu, daß ich nicht gerade verrückt nach ihnen bin«, sagte die Nymphe ruhig. »Und was die Zentauren anbetrifft, die fand ich auch schon immer ziemlich grotesk. Aber das ist nicht der springende Punkt. Ich mach's nicht zu meinem Vergnügen, sondern für Mr. Vanderkloss . . .«

»Dieser alte Schwindler!« brüllte Henry. »Er ist der größte Gauner in der Stadt!«

»Es ist zwar wahr, daß er schon in fortgeschrittenem Alter ist«, sagte die Nymphe zerstreut, »aber er ist wahnsinnig nett. Und er hat nun einmal das Reiten für sein Leben gern.«

»Aber *die* Art, mit der er die meisten Geschäfte macht, ist skandalös. In meiner Stellung hört man so manches.«

»Du . . . und Stellung«, sagte Ariadne verächtlich. »Wenigstens hast du bis jetzt noch keine. Was die Immobilienliste von Mr. Vanderkloss anbetrifft, so weiß *ich* nun zufällig, daß er bald ein sehr, sehr hübsches Einzelhaus auf den Wohnungsmarkt bringen wird. Ein Wohnzimmer mit acht Metern, ein Innenhof, drei Schlafzimmer, Bad, Einbauküche, separate Toilette, die kürzlich modernisiert wurde, Gaszentralheizung in allen Räumen . . .«

»Kommt gar nicht in Frage . . .«

»Garage, ein richtiger Garten . . .«, träumte die Nymphe weiter. »Ruhige Verkehrslage, Teppichboden gegen Ablösung. Nicht, daß wir ihn wirklich haben wollen, er wird entsetzlich sein . . .«

»Sie werden achtzigtausend Mark dafür haben wollen!«

»Und wenn schon«, sagte die Nymphe trocken.

»Aber eins kann ich dir schon jetzt sagen: Mr. Vanderkloss wird bei der Hausinspektion überall an den Wänden und unter dem Dach Trockenfäule entdecken . . .!« Schmeichlerisch glitt sie auf Henrys Schoß und schlang ihre Arme um seinen Hals. »Ich mag es nicht, wenn du böse auf mich bist«, flüsterte sie sanft, »gehen wir ins Bett . . .«

Am folgenden Tag fuhr Henry Ariadne nach Midchester. Im Gegensatz zu ihr war er ziemlich schlecht aufgelegt. Sie hatte sich ein solides, bemerkenswert gut geschnittenes Tweedensemble für den Ausflug angezogen und sah auf eine dezente Art unwahrscheinlich elegant aus. Henry ließ sie vor den Stufen von Mr. Collyer, Sohn & Co. aussteigen. Ein paar Tage später fuhr er sie, ebenso unwillig, zu den Reitställen, die sie sich ausgesucht hatte, und parkte vor den hohen Torpfeilern aus rotem Ziegelstein mit ihren beeindruckend kunstvollen Laternen. Er hatte sich inzwischen seinen Schnauzbart abrasiert. Auch dies war Ariadnes Idee gewesen. »Laß dir lieber die Haare dafür länger wachsen«, hatte sie gemeint.

»Du kommst besser nicht mit rein«, sagte Ariadne nachdenklich. »Du bist noch nicht ganz soweit. Ich kann es nicht haben, daß du die Pferde erschreckst!« Spielerisch kitzelte sie ihn mit der Reitgerte hinterm Ohr. Dann war sie plötzlich weg.

Henry sah ihr nach, wie sie die Auffahrt hinaufging. Ihre Stiefel, ihre Mütze und ihre Reithosen waren perfekt. Ihre Jacke saß wie angegossen. Nichts hätte die Anmut ihres Schwanenhalses, um den ein helles Chiffontuch gebunden war, besser unterstreichen können als der klassische Knoten, zu dem ihr Haar geschlungen war.

Sein Gesichtsausdruck war äußerst seltsam. Er war eine Mischung aus Bewunderung, sexueller Gier und etwas anderem, Fremden.

In einem Zeitraum, der Henry unverschämt kurz vorgekommen war, war ihm ein Angebot gemacht worden, das er angenommen hatte. Die Nachforschungen waren beendet, die Besichtigungen durchgeführt. Zum Schluß hatte man die Verträge unterzeichnet und ausgetauscht. Man hatte ein kleines Heer von Arbeitern kommen lassen, die sich überall, wo sie nur konnten, nützlich machten. Neu gestrichen hatten sie fast alles. Nun waren auch sie wieder weg.

»Und das Schöne an dem allem ist«, sagte die Nymphe und schwang dazu einen Hammer, mit dem sie gerade Reißzwecken einschlug, »daß alles eines Tages dir gehören wird. Mit Mietezahlungen kommt man auf keinen grünen Zweig . . .« Sie ging in die Hocke. »Nun, schaut es etwa nicht prächtig aus?«

Leicht verwirrt, drehte sich Henry um. Er hatte ihr Hinterteil betrachtet, über das sich die Jeans spannten. Das lange Zimmer, das nach Westen ging, war in die Strahlen der untergehenden Sonne getaucht. Die Balkontüren standen offen. Weiter entfernt waren der Rasen und Steingärten, eine Baumschule und ein Fischteich, in dem eine kleine Quelle plätscherte. Ariadne hatte entdeckt, daß es auf dem Grundstück jede Menge Gartenzwerge gab. Mit einem Ausdruck des Ekels hatte sie sie allesamt in die Mülltonne geworfen. Henry machte es sich in einem der großen, tiefen Ledersessel bequem, die von der Nymphe im Antiquitätengeschäft in Midchester entdeckt worden waren und für die der Eigentümer eigenartigerweise den Preis auf dem Verkaufsetikett halbiert hatte. Henry lag lässig da und betrachtete sein neues Heim. Das Geld, das bereits ausgegeben worden war, hatte ihn nun schon wochenlang um den Rest seines Schlafs gebracht. Aber auch das gehörte nun der Vergangenheit an. Er hatte eine Pfeife im Mund und eine Karaffe mit Whisky und einen Syphon mit Sodawasser neben sich stehen. So erschien ihm die Welt schöner als je zuvor.

Die Nymphe ging zu ihm hinüber. Da sie barfuß war, konnte man sie nicht hören. Sie schmiegte sich an ihn und sagte: »Dein Haar ist schon ganz schön lang. Sieh nur – es hat Locken. Du beginnst, nach was auszusehen . . .«

Henry zwickte sie mit der Ungezwungenheit, die auf eine langwährende, gegenseitige Vertrautheit schließen ließ. Sie kicherte und zahlte es ihm heim. Bei dem Ringkampf, der sich entspann, landeten sie beide auf dem Boden. Keuchend richtete sich Henry auf. »Der Whisky! Paß auf. Nein – paß doch auf!«

Er strich sich die Haare aus den Augen und sagte: »Weißt du, Ary, ich hab' mir's überlegt . . .«

»Hmm, überleg nicht mehr weiter. Wir schauen uns lieber nochmals die Sträucher an.«

»Nein, hör doch zu. Die Arbeit, von der ich gesprochen habe. Zweiter Geschäftsführer in der Midchester-Bank. Ich spiele mit dem Gedanken, mich dafür zu bewerben.«

»Was sagt Mr. Christopher dazu?«

»Glaubt nicht, daß ich eine Chance habe.«

»Hmm. Dann zum Teufel mit ihm. Er soll sich bloß in acht nehmen. Sonst geh' ich zu ihm hin.«

»Was ist? Glaubst du etwa auch, daß ich den Job nicht kriege?«

Die Nymphe warf den Kopf zurück. »Natürlich kriegst du ihn. Es war nicht deswegen ... Es ist nur, daß ...« Sie neigte den Kopf ein wenig zur Seite und überlegte. »Zweiter Geschäftsführer, dann Geschäftsführer. Hmm ...«

»Was ist los?«

»Es klingt alles so ... na ja, eben fade. Du hast was Besseres verdient!«

»Aber es ist eine solide, sichere Stellung.«

Sie rümpfte die Nase. »Du weißt, was ich davon halte!«

»Man muß aber diese Dinge in Betracht ziehen.«

»Ja, natürlich. Aber ich habe mich zu lange sicher gefühlt. Der bloße Gedanke daran! Es ist kaum auszuhalten ...!« Dann weiteten sich plötzlich ihre Augen. »Henry, beinahe hätte ich's vergessen! Ich ... ich habe sie ja noch nicht einmal gesehen!«

»W-was?«

»Deine Fotos. Die, die ich gesehen habe, sind super. Du könntest dir damit ein Vermögen scheffeln!«

»Ariadne, ich hab' dir doch schon zigmal gesagt ...!« Aber sie war schon wieder nicht mehr von ihrem Vorhaben abzubringen. Sie zog die Vorhänge zu, schaltete die Lampen an der Wand ein und stellte die Leinwand auf. »Schnell«, sagte sie. »Bring den Projektor her ...«

Die Flügelblende des kleinen Diaprojektors summte kooperativ. Henry kümmerte sich um den Bildtransport. Die Nymphe, die auf dem Boden saß und ihre Arme kameradschaftlich um Henrys Beine geschlungen hatte, hörte auf, am Daumen zu lutschen. »Donnerwetter ...«, sagte sie.

Zuerst hatte er ihr seine Sammlung von Blumenstudien gezeigt. Die Schachteln, in denen er sie aufbewahrte, waren sauber beschriftet: ›Britisch‹ (›wildwachsend‹), ›Gartenpflanzen‹, ›Exoten‹; ›Rosen‹ (›Sträucher‹), (›Kletterrosen‹), (›Teerosen‹). Dann die Bilder von seiner Reise nach Schottland, seine Kanalbilder. Im Anschluß daran zeigte er ›Meeresansichten, diverse‹, ›Vögel und Tiere‹, ›Hunde, zahm‹ und Kirchenarchitektur. Früher hatte er einmal vorübergehend eine Schwäche für Brunnen gehabt, auch sie bildeten eine eigene Kategorie. Ariadne schwankte zwischen Oohs und Aahas und hüllte sich schließlich in Schweigen. Das war, als er Schachteln hervorholte, die er ein bißchen gesondert von den übrigen aufbewahrt hatte: ›Statuen in britischen Parks‹, hatte er sie beschriftet. Zuerst wollte er sie nicht zeigen, eine natürliche Scheu hielt ihn zurück, aber, dachte er, wenn die Nymphe sich auch ihrer Herkunft erinnerte, so ließ sie es sich nicht anmerken. Vom ersten Dia an war ihre Aufmerksamkeit voll auf die Leinwand gerichtet. Die Oohs und Ahas kehrten wieder in Crescendo. Schließlich sprang sie auf und rief: «Henry, du bist ein Genie!«

Bescheiden wandte er ein: »Nun, das würde ich nicht sagen. Schau, das sind noch eine Menge andere.«

Sie setzte sich wieder hin. »Zeig sie mir alle!«

Er entsprach ihren Wünschen. So wie sie der Fantasie des achtzehnten Jahrhunderts entsprungen waren, zogen nun Neptune und Tritonen, die in Schneckenmuscheln bliesen, Kupidos und der Held Herakles über die Leinwand. Und natürlich waren auch Mädchen mit Lorbeerkränzen, kleine Jungen mit Pudeln, Götter, Königinnen und Fischerknaben, Affen, Chimären, Reiter und Löwen mit dabei. Die Krönung des Ganzen stellten aber die Nymphen dar.

Sie waren seit Jahren seine heimliche Leidenschaft gewesen: Nymphen in der Sonne, Nymphen im grünen Halbschatten, Nymphen in der Morgendämmerung, Nymphen in der Abenddämmerung, regenbenetzte Nymphen, die vor einem dunkelgrauen Himmel glänzten. Nymphen, die sprangen und tanzten, Nymphen, die sich an kühlen Seeufern niedergelassen hatten, Nymphen, die Gewänder von klassischer Schönheit trugen, Nymphen, um die sich Blumen- und Fruchtkränze rankten, und Nymphen, die überhaupt nichts anhatten. »Sich dir das an«, rief Ariadne, »die sieht genauso aus wie ich . . . oh, und die! Die ist fantastisch! . . . Henry, das ist wirklich frech! Nein, fahr zurück. Ich will das noch mal sehen . . .«

Die Vorführung war erst in den frühen Morgenstunden zu Ende. Henry machte das Licht an, drehte den Projektor ab und ließ ihn zum Abkühlen noch stehen. Die Nymphe machte sich in der Küche zu schaffen. Sie machte Kaffee und bereitete kleine Appetithäppchen. »Die Bilder waren wundervoll, Henry. Es war ja soo aufregend . . .«

Niemand hatte jemals zuvor Henrys Sammlung gesehen. Niemand hatte jemals den Wunsch dazu geäußert. Er begann die Kabel aufzurollen und sagte: »Es sind ein paar gute Bildkompositionen drunter.«

»Ach, Quatsch, Kompositionen!« rief die Nymphe aus dem Korridor, »die sind einfach sexy, eins wie das andere.«

Henry begann die Leinwand aufzurollen. »Das würde ich nun wieder nicht sagen . . .«

»Wahrscheinlich siehst du es nicht mal! Die haben mich ganz verrückt gemacht!«

»Jetzt reicht's aber, Ariadne«, sagte Henry bestimmt. Aber sie war nicht zu bremsen. »Henry, wie schon gesagt, wir haben noch nicht mal angefangen.« Sie stellte Teller und Tassen auf den Tisch. »Nun werde ich dir's beweisen. Ich gehe nach London!«

Henry stöhnte. »Es hat keinen Sinn, ich hab' dir's doch schon gesagt. Ich habe meinen Namen seit Jahren bei einem halben Dutzend Agenturen auf der Liste. Dieser ganze Kram ist in der Hand von richtigen Profis. Amateure haben da keine Chance.«

»Was du hast, ist nicht ›dieser ganze Kram‹. Deine Bilder sind anders! Und vorher hast du mich als Vermittlerin gehabt. Ich werde sie schon an den Mann bringen!«

»Pure Zeitverschwendung!«

»Für anspruchsvolle Erotik gibt es immer einen Markt«, sagte sie altklug. »Von der anderen Art kriegen die Leute schnell genug.« Sie lutschte wieder gedankenvoll am Daumen. »Natürlich werde ich ein paar neue Kleider brauchen. Du weißt ja, daß ich großen Wert auf die äußere Erscheinung lege.«

Als sie dies sagte, verschüttete Henry seinen Kaffee. »Aber du hast doch erst letzte Woche drei neue Kleider gekauft!«

»Ich kann in *denen* doch nicht nach London gehen! Vor allem kann ich keine Tweedsachen anziehen. Die würden ja denken, daß ich aus der Provinz komme . . . Wir sollten auch einen neuen Projektor kaufen, einen automatischen. Dann kann ich weitersprechen, wenn die Dias durchlaufen . . .«

Henry stöhnte. »Es wird Hunderte kosten . . .«

Ariadne kam auf ihn zu. Wie ein Kind saß sie ihm zu Füßen und schmiegte sich an ihn. Sie sah ihn fest mit ihren großen Augen an. »Als wir das letzte Mal eine Investition machten, haben wir dafür dieses Haus bekommen. Traust du mir immer noch nicht?«

Die Nymphe schaute über ihre Schmetterlingsbrille mit Hornfassung, zu der sie nun zuweilen griff. Sie sah wie um die Zwanzig aus, aber sie behauptete, daß ihr die Brille ein reiferes, verantwortlicheres Aussehen gäbe. »Der ›Observer‹ spricht von einer neuen Reihe, Henry. Das Honorar ist nicht so übel, aber dein Manager sagt, daß du abwarten sollst, er kann wahrscheinlich noch mehr dabei herausschlagen. Und er spricht immer noch davon, daß der ›Playboy‹ ganz bestimmt interessiert ist. Das wären mit Inflationszuschlag bestimmt zweitausend pro Bild. Sagen wir also abzüglich Provision fünfzehnhundert. Ach, und da ist noch ein neuer Auftrag für einen Kalender, den ich bereits angenommen habe. Motto: ›Eine Nymphe für alle Jahreszeiten‹. Nur mit einem Mädchen. Etwas Neues also.«

Henry sagte: »Wen nehmen wir dazu?«

Sie senkte die Augen. »Ich werd's wohl machen. Ich dachte, daß wir damit die Kosten fürs Fotomodell sparen. Was machst du mit dem ›Observer‹?«

»Wir richten uns am besten nach dem Manager. Er hat bisher meistens recht gehabt.«

Die Schreibmaschine klapperte. Ariadne fluchte und drückte auf die Rücktaste. »Was wir wirklich brauchen, ist eine neue Schreibmaschine. Die hier ist alt und klapprig. Besonders wenn wir die andere Sache in Angriff nehmen, über die wir schon gesprochen haben.«

»Ariadne, Liebling, ich glaube, wir haben im Augenblick wirklich schon genug am Hals.«

Henry hatte es sich in einem Sessel bequem gemacht, die Beine übereinandergeschlagen und ausgestreckt. Er trug rehfarbene Hosen mit messerscharfen Bügelfalten und einen farblich darauf abgestimmten Pullover. Sein Haar, das sich elegant wellte, hatte einen Anflug von Silber, was sehr zur Abrundung von Henrys vornehmem Aussehen beitrug. Er überprüfte gerade die Korrekturfahnen seines neuesten Buchs ›Exotische Reise‹ (illustriert von dem berühmten Fotografen Henry Potts, geschrieben von seiner Ehefrau Ariadne). Sein erstes Buch ›Lebende Ornamente‹ hatte den etwas flauen Markt der teuren Glanzpapierausgaben wie eine kleine Bombe getroffen und es, was kaum zu fassen war, auf sechs Auflagen gebracht. Mit dem Erlös konnte er die Hypothek auf seinem Haus abtragen. Aber die Potts schauten sich schon wieder nach einer neuen Wohnung um. Übrigens waren nach der Publikation der ›Lebenden Ornamente‹ Parknymphen allgemein in Mode gekommen. Ja, es hatte sich sogar ein richtiger Kult daraus entwickelt, der laufend neue Anhänger anlockte, bis schließlich die Medien auf ihn aufmerksam wurden.

Henry hatte mit beispielloser Geschäftstüchtigkeit die Kontrollteilhaberschaft an einer kleinen, heruntergewirtschafteten Fabrik am Rand von Midchester erworben, die nun unermüdlich Fiberglaskopien seiner berühmtesten fotografischen Objekte für den Versand in alle Welt herstellte. Die Produkte gelangten an so entfernte Orte wie Kalifornien und Hongkong. Und auch Ariadne, die Talente an den Tag legte, die man bisher nicht bei ihr vermutet hätte, entwarf eine Serie, der sie den Namen ›aufregende Vogelbäder‹ gab und die aus dem gleichen Material wie Henrys Objekte hergestellt wurden. Sie verkauften sich ebenfalls wie warme Semmeln. Die Zukunft sah wirklich sehr rosig aus.

Die Nymphe nahm ihre Brille ab und gähnte. Sie ging zu Henry hinüber, nahm ihm die Fahnen aus den Händen und warf sie auf den Tisch. »Davon hast du für heute genug gemacht. Nun bin ich dran.« Sie küßte ihn hinters Ohr und begann, ihm zärtlich das Haar zu streicheln. »Ich will mit dir über unser Buch sprechen, Henry.«

Henry protestierte. »Du weißt doch, daß ich keine Romane schreiben kann . . .«

»Das brauchst du auch nicht. Ich werde dir diktieren. Es wird ein enormer Hit werden, du weißt ja, wie beliebt romantische Prosa ist.«

»Aber es ist Neuland für uns. Ich finde, wir sollten bei dem bleiben, was wir können.«

»Vielseitigkeit ist das Sprungbrett zum kommerziellen Erfolg«, sang Ariadne vor sich hin. »Mit den pikanten Stellen, mit denen ich unseren Roman nur so spicken werde, können wir gar nicht danebengreifen. Verstehst du, ich bin dabeigewesen. Ich weiß wirklich, was passiert ist. Der Stoff ist unerschöpflich. Und einige der Dinge, die passiert sind, würdest du einfach nicht glauben . . .«

Henry griff nach seinem Whisky, aber sie hielt seinen Arm fest. »Ich laß dich nicht, nicht, bis du ja gesagt hast . . .«

»Du wirfst den Stuhl um!«

»Sag ja!«

»Meinetwegen. Wenn du mich dann in Ruhe läßt . . .«

Sie küßte ihn. »Du bist ein Schatz . . . Und ich kann dann auch eine neue Schreibmaschine haben? Bitte . . .«

»Ich denke schon . . .«

Sie richtete sich auf und schaute Henry feierlich an. »Hmm, ich wußte, daß du ja sagen würdest. Es ist also so . . .«

Er kniff die Augen zusammen und sagte: »Also raus mit der Sprache!«

Sie senkte den Kopf. »Nun, ich habe sozusagen eine gesehen. Neulich, in Midchester. Es war genau, was wir wollten . . .«

»Wo ist sie?« fragte Henry.

»In deinem Arbeitszimmer. Sie ist ein Prachtstück. Wirklich, du wirst sie mögen. Warte, Henry . . .«

Aber er war schon aus dem Zimmer. Einen Augenblick später war ein durchdringender Schrei zu hören. »Eine IBM . . . verdammte siebenhundert Pfund!«

Sie rannte ihm nach. Aber Henry war zum erstenmal so richtig in Wut geraten. Mit zitterndem Finger deutete er auf die kolossale Maschine, die nun in seinem Arbeitszimmer stand.

»Sie geht postwendend zurück . . .«

»Das geht nicht. Ich habe die Hälfte schon bar bezahlt!«

Henry brüllte von neuem. »Wir stecken bis hier in Schulden. Ich sag' dir, bis hier . . . Und nun noch dies . . . dies . . .«

»Aber man kann sie ja von der Steuer absetzen. Und im übrigen ist es nicht unser Geld, sondern das der Firma. Die Schreibmaschine gehört zum Inventar, ist bewegliches Eigentum, mit dem wir arbeiten können . . .«

Wütend fuhr sie Henry an: »Also manchmal komme ich mir in dieser Firma auch schon wie bewegliches Eigentum vor.«

»Red keinen Quatsch! Alles, was ich getan habe, war für dich.«

Henry zog die Bilanz aus seiner Situation: »Also, ich konnte früher nachts schlafen. Neuerdings plagen mich nachts meine Magengeschwüre. Ich hatte früher eine Arbeitszeit von neun bis fünf. Nun arbeite ich zu jeder Stunde, die Gott mir gegeben hat . . .«

»Du bist bloß undankbar!«

»Ich versuche ja nur, uns wieder aus den roten Zahlen herauszubringen . . .«

»Aber das wollen wir ja gar nicht! Dann müssen wir doch mehr Steuer zahlen!«

»Letzte Woche hätte ich es beinahe geschafft . . .«

»Ich weiß! Deswegen mußten wir den Volvo haben!«

»Wir mußten den Volvo haben«, brüllte Henry, »weil du von früh bis spät herumgenörgelt und mich fast an den Rand des Wahnsinns gebracht hast!«

»Ich habe nicht genörgelt! Ich nörgle nie! Ich habe nur überlegt, was das beste wäre!«

»Du weißt alles besser, nicht wahr . . .«

Die Nymphe funkelte ihn an. Außer sich vor Zorn, sagte sie: »Manchmal glaube ich, ja. Und bis jetzt, Henry Potts, habe ich noch kaum einmal danebengegriffen. Überleg dir mal, was du warst, als ich dich aufgelesen habe! Ein schäbiger kleiner Spießer, der in einer Bank arbeitete!«

»Nenn mich nicht einen schäbigen kleinen Spießer!«

»Hab' ich ja nicht! Tu' ich ja nicht!«

Henry holte tief Atem. Mit übertriebener Geduld sagte er: »Alles, was ich will, ist, daß ich darüber mitbestimmen darf, was in meiner Firma geschieht. Nicht immer, nur ab und zu. Oder ist das zuviel verlangt?«

»Du bist ungerecht! Bis jetzt hast du noch jedesmal deine Meinung äußern können!«

»Und wie ist es denn *damit?*« Er zeigte auf die IBM.

Entrüstet richtete sich die Nymphe auf. »Das ist was anderes. Du hättest nein gesagt. Nun kannst du es nicht mehr. Ich habe eine Investition gemacht!«

»Wenn ich das Wort noch einmal höre«, sagte er drohend und blähte seine Nüstern dabei wie ein überfordertes Pferd, »werde ich nicht mehr für meine Reaktionen garantieren können . . .«

»Investition! Investition!«

»Jetzt reicht's mir aber!« Henry versuchte, nachdem er dies gesagt hatte, sich auf die Nymphe zu stürzen und sie zu packen, aber Ariadne entschlüpfte ihm und war außer Reichweite. Die Tür, die sie hinter sich zugeworfen hatte, hielt ihn für entscheidende Sekunden auf. Er bekam sie fast am Fuß der Treppe zu fassen, aber sie wich ihm wieder aus. Er rutschte auf dem glatten Fußboden aus, und es drehte ihn dabei herum. Er war schon im Wohnzimmer, als er zum Stehen kam. Möbel krachten zusammen, eine Stehlampe flog durchs Zimmer. Schließlich sprang er sie an und hielt sie fest. Sie schrie auf und wand sich. Ohne sich darum zu kümmern, legte er sie übers Knie und verhaute sie so lange, bis ihm die Schulter weh tat. Als er einen Moment aussetzte, um nach Atem zu ringen, wand sie sich noch immer und wimmerte leise vor sich hin. »Henry, du bist ja so stark«, sagte sie, »du hast so etwas bis jetzt noch nicht getan. Hör nicht auf damit . . .«

»›Der Gott im Park‹«, las die Nymphe, »das neueste Produkt aus der Feder dieses erstaunlichen Erzählers, Henry Potts, ist nach der Meinung des Rezensenten sein bisher bester Roman. Potts gepfefferte Erzählungen gewähren einen Einblick in das gesellschaftliche Treiben des achtzehnten Jahrhunderts. Mit seinen Erzählungen, die zugleich großartig und anspruchslos sind, hat er ein literarisches Phänomen unseres Jahrhunderts geschaffen. Seine klar herausgearbeitete Bildersprache und sein präziser Stil sind dagegen nur von jemandem zu erwarten, der sich wie Potts, bevor er sich der Schriftstellerei zuwandte, schon einen weltweiten Ruf als Fotograf von vornehmen Wohnsitzen und den oft seltsamen und exotischen Bewohnern ihrer Gartenanlagen gemacht hat . . .«

Sie legte die Zeitung hin. »Das Büro für Zeitungsausschnitte hat heute morgen ungefähr ein Dutzend weitere Rezensionen geschickt. Sie sind alle ziemlich gut. Und der Verleger hat uns davon in Kenntnis gesetzt, daß er eine neue Auflage von der ›Verlorenen Nymphe‹ macht. Wie viele Auflagen sind das bis jetzt?«

»Ich weiß nicht«, sagte Henry, kurz angebunden. »Acht oder zehn. Es ist mir gleich.«

Die Nymphe sah ihn vorwurfsvoll an. Der Erfolg hatte ihn irgendwie verändert. Seine Umgangsformen waren rauher geworden, seine Launen wechselten abrupter. Er hatte sich aufs Trinken verlegt, und zwar mehr, als für ihn gut war. Seine stereotype Antwort war, daß es sein Geld sei und daß er es ausgeben könnte, wie es ihm paßte. Und wenn er Whisky kistenweise kaufte, dann war das seine Angelegenheit.

Der Durchbruch war schließlich mit dem ›Playboy‹-Vertrag gekommen. Die Aufklappserie mit Mädchen, die vor ihren Ebenbildern aus Stein posierten, war von der Idee her recht einfach gewesen. Aber Henrys Kamera hatte wieder einmal wahre Wunder vollbracht. Er hatte einen Kalender herausgebracht, mit dem er internationale Berühmtheit erlangte, die nur noch vom Pirelli-Verlag übertroffen wurde. Die kleine Fabrik in Midchester hatte sich ebenfalls vergrößert, sie hatte eine neue Serie von Figuren auf den Markt gebracht, die nach lebenden Modellen gemacht worden waren. Henrys Ruf war endlich durch eine gerichtliche Verfügung wegen Obszönität gefestigt worden. Ein bekannter, adliger Weltverbesserer hatte sie ihm eingebracht. Für Henry bedeutete die gerichtliche Maßnahme Publicity; sie hatte der Firma genug Aufträge für die kommenden Monate eingebracht. Henry hatte dann noch etwas anderes angefangen: Er hatte eine Firma von Gartenarchitekten unter Vertrag genommen sowie eine Fabrik übernommen, die auf die Lieferung von Bausteinen für dekorative Zwecke spezialisiert war. Danach waren die Potts mit einem Stab, der aus einer Sekretärin, einer Köchin, die zugleich Haushälterin war, und einem ganztägig beschäftigten Gärtner bestand, in eine vornehmere Gegend gezogen. Jetzt gerade schaute Henry durch das Fenster im ersten Stock eines Herrschaftshauses aus dem achtzehnten Jahrhundert auf makellose, weite Rasenflächen und mit Kies bestreute Wege herunter. Neben dem Kombiwagen, dem Volvo, den Henry immer noch für seine fotografischen Spritztouren über Land benutzte, stand ein großer Mercedes. Weiter hinten an der efeubewachsenen Vorderfront des Hauses stand Ariadnes alter, aber heißgeliebter Jaguar. Gespreizt stolzierte ein Pfau über die Terrasse. Drüben sah man über der Mauer, die das Grundstück einschloß, gerade noch die Verdecks von vorbeifahrenden Autos und Lastwagen. Sie waren wie Erscheinungen aus einer anderen Welt.

Henry goß sich gleichgültig Whisky in ein Glas. »Ich werde nächste Woche wieder nach Deutschland müssen, wahrscheinlich am Dienstag. Mach die Arbeit für den Sondermann-Verlag fertig. Ich bin wahrscheinlich zehn Tage lang weg.«

»Nein . . .«, sagte die Nymphe leise.

Gereizt drehte er sich nach ihr um. Der Tag war schwül und stickig gewesen, ein Gewitter zog sich zusammen. Die Abendluft hatte keine Erleichterung gebracht. Er sagte: »Ich kann es nicht mehr länger hinausschieben, und wir brauchen das Geld. Wir leben ja schließlich nicht mehr in einer Dreieinhalb-Zimmer-Wohnung, oder?«

Sie antwortete nicht. Er trank, stellte sein Glas hin, schenkte sich noch eins ein. Sie ging zu ihm, versuchte, sich an ihn zu schmiegen, aber er stieß sie weg. Müde sagte er: »Nein, nur das jetzt nicht. Das ist wohl deine Antwort auf alles!«

Sie trat leise zur Seite und sagte: »Es ist nur, daß ich nicht mitansehen kann, daß du unglücklich bist.«

»Ich bin nicht unglücklich! Und ich zweifle daran, daß du dir jemals Gedanken darüber gemacht hast . . .« Er trommelte mit den Fingern. »Laß mich um Himmels willen in Ruhe. Steh hier nicht so herum und starr mich an. Kannst du mich nicht in Frieden lassen! Es ist doch nicht zuviel verlangt . . .«

»Soll ich gehen, Henry?«

»Ja. Nein. Tu, was du willst. Es ist mir egal . . .«

Sie sagte nichts. Er drehte sich nicht nach ihr um, aber er wußte instinktiv, daß sie den Raum nicht verlassen hatte. Er wußte auch aus Erfahrung, welchen Gesichtsausdruck sie hatte – der stumme Vorwurf, das verletzte Tier in den großen, weitgeöffneten Augen. Es war ein Trick, wie alles Tricks bei ihr waren; Kunstgriffe, um ihren Willen durchzusetzen. Sie hatte ihn dauernd überlistet. Keine Entscheidung, die er getroffen hatte, war seine eigene gewesen. Er kannte sie nun zu gut. Er wußte, daß sie sich in der heißen, stickigen Nacht, die kam, an ihn schmiegen würde. Er wußte im voraus die Methoden, die sie ergreifen würde, um ihn zu erregen; die Posen, die sie einnehmen würde, die vorgetäuschte Widerspenstigkeit und schließlich die geheuchelte Unterwerfung. »Tu mir weh«, würde sie flüstern. »Bitte, tu mir weh . . .« Sie, die Unverletzbare. Manches Mal dachte er nun fast mit Sehnsucht an die alten Zeiten in der Bank zurück: an Miß Peabodys säuerliches Lächeln bei der Begrüßung, an Mr. Christophers ewige Nörgelei. Er fragte sich, warum er jemals Ariadne begehrt hatte und nur sie allein. Ihr Körper war wie tausend andere, nicht besser und nicht schlechter. Er mußte es ja wissen. Als Fotograf hatte er genug davon gesehen im Laufe der Jahre. Der einzige Unterschied war vielleicht, daß ihr Körper niemals altern würde . . .

Mit gebrochener Stimme sagte sie: »Henry . . .«

»Was ist denn nun *schon* wieder?«

»Mir . . . mir würde es nichts ausmachen, wenn du weggehen würdest, Henry. Mit . . . ein paar von den anderen. Du kannst sie dir ja nun aussuchen. Ich wäre immer noch hier, wenn du zurückkommst.«

Er drehte sich langsam um, bis er ihr ins Gesicht sah. »Was . . .?«

Sie senkte den Kopf und sagte: »Ich kann Gedanken lesen. Ich konnte es die ganze Zeit über. Es tut mir leid . . .«

»Jetzt reicht's mir aber!« rief er aus und warf sein Glas auf den Boden. Es zerbrach. Plötzlich fühlte er den Impuls in sich, sie zu verletzen, ein einziges Mal ihre Gefühllosigkeit zu durchbrechen. Es war eine Regung, die er schon früher gehabt hatte, aber als untragbar von sich gewiesen hatte. »Es hat einmal ein großes altmodisches Wort gegeben – Privatsphäre. Das gibt es heutzutage offensichtlich nicht mehr . . .«

Sehr wahrscheinlich war ihm der Whisky zu Kopf gestiegen, aber es war zu spät, sich darüber Sorgen zu machen. Aus der Distanz hörte er sich schreien und ein paar von ihren Antworten.

»Nicht wahr, du bist die ganze Zeit viel schlauer gewesen als ich? Du bist schon immer schlau gewesen. Hast du dich vor allem deswegen an mich rangemacht? Weil du dir gedacht hast, du könntest mich wie Wachs kneten, mich um deine Finger wickeln? War's das?«

»Es war nicht so! Es war überhaupt nicht so!«

»Du hast dich über mich lustig gemacht!«

»Nein!«

»Lüg mich nicht an! Du hast gedacht, ich würde es nicht merken. Nun, ich hab's jetzt gemerkt! Ich weiß nun alles, was ich wissen mußte!«

Sie sagte wieder etwas. Er verstand es nicht, weil sie es vor sich hingemurmelt hatte. Ungeduldig fragte er: *Was?«*

»Ich . . . ach, vergiß es . . . Ich habe nur gesagt . . . daß ich dir verzeihe. Schließlich bist du ja nur ein Sterblicher . . .«

»Na, hör mal, du freches, kleines . . .«

Sie schüttelte den Kopf wie ein Pony, das die Fliegen verscheuchen will, und sagte: »Nein, es macht nichts. Nicht mehr. Ich dachte nur . . . aber es ist in Ordnung . . .«

»Es macht nichts?« schrie Henry, außer sich vor Zorn. »Macht nichts? Du stehst da herum und behandelst mich wie einen Lakaien und hast dann noch die Stirn, mir zu sagen, daß es nichts ausmacht . . .!«

Offenbar konnte sie nur mit Mühe sprechen. »Ich . . . dachte, du wärst anders. Das ist alles. Gütig. Aber du bist wie die anderen, wenn's drauf ankommt . . .«

»Du willst damit sagen, daß du mich satt hast!«

»Das stimmt nicht!«

»Du willst mich nicht mehr haben! Du wolltest mich überhaupt nicht!«

Sie stampfte mit dem Fuß auf. »So allerdings nicht!«

»Gut, ich habe dich auch satt! Ich . . .« Er unterbrach sich, und sie starrte ihn an. Ihre Fäuste waren geballt. »Mach weiter, Henry. Raus mit der Sprache . . .!«

Henry schluckte. »Ich wünschte«, sagte er langsam, und jedes seiner Worte traf sie wie ein Messerstich, »daß du nie zum Leben erwacht wärst . . .«

Nun ereignete sich etwas Seltsames. Sie drehte sich ruckartig weg und wurde herumgewirbelt, als ob sie ein schwerer Schlag getroffen hätte. Einen Augenblick lang stand sie mit hochgezogenen Schultern da, dann drehte sie sich um. »Henry, hast du jemals ein Standbild weinen sehen? Dann sieh mich gut an . . .« Sie rannte hinaus. Er hörte ihre Schritte auf der Treppe; dann fiel die Tür hinter ihr zu.

Einen Augenblick lang saß er wie betäubt da. Dann begann es bei ihm zu dämmern, und er rief: »Ariadne . . .!«

Er rannte zur Treppe hin, zur Eingangshalle. Aber er war zu spät dran. Draußen flog Schotter auf. Er rannte wieder und sah gerade noch das Heck des Jaguars zwischen den steinernen Torpfosten am Ende der Auffahrt verschwinden. Er rannte zum Mercedes und riß die Tür auf. Die Torpfosten flogen an ihm vorüber. Er zog das Lenkrad herum und lenkte in die entgegengesetzte Richtung. Dann drückte er das Gaspedal bis zum Anschlag durch. Aber so schnell er auch fuhr, der rote Wagen fuhr schneller.

Das Tageslicht begann zu schwinden. Er sah den Jaguar zweimal kurz wieder, an der Kreuzung mit der Hauptstraße – und dann noch an der Autobahneinfahrt. Dann war er in der Kette von Rücklichtern untergegangen, die sich, ohne abzubrechen, westwärts bewegte, wo es noch hell war. Er fuhr den Mercedes mit hundertfünfzig und mehr und raste rücksichtslos an den Verkehrszeichen vorbei. Man blinkte hinter ihm, hupte wutentbrannt, aber er scherte sich nicht darum. Der rote Wagen war nirgends zu sehen.

Fünfzig Meilen weiter fuhr er auf den Seitenstreifen. Er saß zitternd da und sog in gierigen Zügen die warme Nachtluft ein. Mit einem Taschentuch wischte er sich das Gesicht ab und trocknete das Lenkrad. Dann fuhr er weiter.

Es war nach Mitternacht, als er sein Ziel erreichte. Aber der Nachthimmel, bisher schwarz und samtig, war es nicht länger. Donner grollte und krachte, rosa Blitze flackerten über den Himmel. Die große, ruhige Fläche des jenseitigen Sees spiegelte den geschlossenen Andenkenladen und die Teestuben wider. Vor dem Geländer, das den Park absperrte, stand der Jaguar. Der Führersitz war leer.

Er bremste und hielt. Die Autotür ließ er offenstehen. Das Drehkreuz am Eingang war festgekettet und zugeschlossen. Er schwang sich über das Geländer und begann zu laufen. Ein Blitzstrahl ließ große, samtige Hügel aus der Dunkelheit auftauchen: das mußten die Bäume sein. Er rief wieder, seine Stimme klang nun kläglich und verloren.

»Ariadne . . .!«

Die Tempel am Seeufer starrten ihn wie Totenköpfe an. Er erreichte die rustikale Brücke und stolperte mit letzter Kraft hinüber. Der Weg machte eine Wendung und fiel steil ab. Er rannte wieder, verlor das Gleichgewicht, fiel hin und rollte weiter. Ein Wasservogel flog erschreckt vom See auf. Henry setzte sich und atmete keuchend. Der Sturm brach los. Blitze und Donnergrollen begleiteten ihn. Undurchdringliche Regenwände prasselten aufs Wasser nieder, Regen strömte durchs Blattwerk der großen, knorrigen Bäume.

Da war der Weg, der sich senkte, und die bucklige Form der Grotte. Er stolperte vorwärts, die Hände tasteten sich an den rauhen Wänden entlang. Von oben her spürte er einen kalten Luftzug. Sein Rufen hallte von den Wänden der Höhle wider. Es vermischte sich mit dem Donnergetöse von draußen. Knietief watete er durchs Wasser der Zisterne, mit seinen ausgestreckten Armen tappte er im Dunkeln. Plötzlich berührte er – eine Statue aus bemaltem Blei.

Aus dem Englischen übersetzt von Rose Aichele

George Alec Effinger

Manndeckung

Es gibt ein paar Dinge in meinem Leben, die wird meine Mutter nie erfahren. Eigentlich sind es natürlich mehr als ein paar Dinge, aber zwei fallen mir immer sofort ein. Zuerst einmal wird meine Mutter niemals wissen, wie es ist, wenn man sieht, wie einen zwölf Weltraumwesen in blauen Anzügen und blauen Masken anstarren, während man ißt, während man die Wände schrubbt oder ins Badezimmer geht. Ich weiß, wie das ist, und ich kann darüber sprechen. Meine Mutter kann das nicht, vielleicht tut sie es dennoch. Aber, glaubt mir, ich kann es.

Die andere Sache, von der meine Mutter nie und nimmer etwas wissen wird, ist diese unglaubliche Freude, die man verspürt, dieses Gefühl plötzlicher, völliger Dankbarkeit, wenn man in die Luft springt, sich herumwirft und einen Basketball in einem absolut perfekten Bogen in den sieben Meter entfernten Korb schickt. Jemand aus der gegnerischen Mannschaft springt mit dir hoch, fummelt dir mit der Hand im Gesicht herum, doch manchmal hast du Gott auf deiner Seite, und nichts in der Welt kann den Ball daran hindern, durch diesen Ring zu schlüpfen. Manchmal weißt du es, du kannst es spüren, noch bevor der Ball deine Hand verlassen hat, während du noch aufsteigst. Dann braucht es nur noch dieses leichte Wippen des Handgelenks, deine Fingerspitzen wehen den Ball fort, perfekt, perfekt, perfekt, du brauchst gar nicht hinzusehen. Du landest auf dem Hallenboden und hast dies stille Lächeln auf dem Gesicht, und der Bursche, der die Hände in deinem Gesicht hatte, murmelt in sich hinein. Auch du redest mit dir selbst, während du zur Verteidigung die Halle entlangläufst. Du bist glücklich. Diese Art Glück wird meine Mutter niemals kennen.

Allzuoft habe ich es auch nicht erfahren.

Jetzt bezahlt mir also dieser Verlag eine Menge Geld für diese exklusive Geschichte. Darum muß ich ihnen wohl liefern, wofür sie mich bezahlen. Aber andere Verlage haben den anderen viel Geld für *ihre* exklusiven Geschichten gezahlt, und die werden wahrscheinlich Geschichten erzählen, die sich stark von meiner unterscheiden. Denn niemand in der ganzen Anlage kannte die Cobae so gut wie ich.

Mein Bericht beginnt ungefähr vor einem Jahr, etwa einen Monat, bevor ich meinen ersten Coba sah. Damals war ich Hauptmann und Major James McNeill unterstellt. McNeill war der leitende Offizier im Lager, und darum kam ich an viele Dinge heran, die ich eigentlich gar nicht hätte sehen dürfen. Aber ich sah die Dinge, und ich las die Berichte des Majors, und, na ja, ich glaube, ich kann zwei und zwei so gut zusammenzählen wie jeder andere. Ich kann also behaupten, daß im Lager kaum etwas geschah, das ich nicht erfuhr.

Die Anlage lag in der Mitte von Nirgendwo. In einer dieser verlorenen Gemeinden im Südwesten von Louisiana. St. Didier. Eine etwas größere Stadt gab es in der Nähe, Linhart, mit vielleicht sechstausend Einwohnern, drei Kinos und einer Menge Bars. Das war alles, in der ganzen Gegend. Südlich von uns lagen die Städte der Cajuns, die Bisams und Nutrias fingen, in den Zuckerrohr- oder Reisfeldern arbeiteten oder mit den Krabbenbooten hinausfuhren und Krabben fingen. Sie sprachen eine eigenartige Mischung aus Englisch und einem Französisch, das ein Pariser sicher noch nie gehört hatte. Um uns herum und weiter nach Norden hinauf gab es nur Gehöfte. Wir waren ganz versteckt untergebracht, in einem abgelegenen Teil der Gemeinde, und nur ein verschlammter Weg führte von uns zu der Hauptstraße, die die Nord-Süd-Verbindung der Gemeinde darstellte. Mit den Cajuns wollte niemand in der Basis etwas zu tun haben. Ob man nun Urlaub bekam oder Wochenendausgang, da fuhren wir schon lieber nach New Orleans, das eineinhalb bis zwei Stunden östlich von uns lag.

Viel gab es bei uns nicht zu sehen, außer den Feldern, die uns umgaben, und dem Stacheldraht davor. Der Sommer dauerte zehn Monate im Jahr. Im Lager wuchs ein großer Teil der unterschiedlichen Pflanzen, die in der Gegend vorkamen, von vielen kenne ich nicht einmal die Namen. Alles gedieh prächtig, und irgendwo blühte immer etwas, fast das ganze Jahr hindurch. Irgendwie war es ganz hübsch. Ich mochte meinen Job.

Ich mochte ihn, bis die Cobae auftauchten.

Allerdings war ich mir vorher nicht sicher, warum wir überhaupt dort stationiert waren. Das Lager stand unter höchster Geheimhaltung, und wir taten fast nichts. Ich wurde mit der täglichen Wartung und Routinegängen beschäftigt. Ich war von Dayton, Ohio, hierher versetzt worden, und es kam mir einfach nicht in den Sinn, Major McNeill zu fragen, wozu wir eigentlich hier lagen, mitten in den Kartoffelfeldern, zwischen den Mooren im Westen und den Sümpfen im Osten. Der Gedanke kam mir einfach nicht. Ich hatte schon vor langer Zeit gelernt, daß man am besten genau das tut, was einem aufgetragen wird. Wenn man das dann richtig machte, dann war alles, einfach alles, in bester Ordnung. Diese Art Leben war sehr angenehm und befriedigend. Alles war für mich vorgeplant, und ich führte es in der richtigen Reihenfolge aus: Befehl eins, dann Befehl zwei, danach drei. Der Tag ging vorbei, meine Freizeit begann, und in regelmäßigen Abständen kriegte ich mein Geld. Im Lager gab es eine Menge Freizeiteinrichtungen. Für mich war wirklich alles in Butter.

Immerhin war ich Hauptmann.

Während der Freizeit war Basketball meine Hauptbeschäftigung. Es gab gute Sportanlagen im Camp. Ich habe immer Spaß an Wettkämpfen gehabt, vorausgesetzt, daß Sieg oder Niederlage keinen dauernden Einfluß auf mein Leben hatten. Scheibenschießen mag ich sehr, weil da der Zufall ausgeschlossen ist. Da gibt es nur dich, die Flinte und die Zielscheibe. Aber wenn man mich an einen ungemütlichen Fleck kommandiert hätte, an dem womöglich Leute zurückgeschossen hätten . . . Ich bezweifle, ob es mir dann noch Spaß gemacht hätte.

Na ja, unwichtig. Ein paar Leute im Lager fanden sich immer, und manchmal nicht nur Männer, die sich locker zu einem Spielchen trafen. Manchmal tauchten Leute auf, die ich Monate nicht mehr in der Halle gesehen hatte. Meistens jedoch war dieselbe Besetzung da. Dienstag und Donnerstag abends liefen die großen Basketballspiele. Das waren die Spiele, an denen ich sogar manchmal nicht teilnehmen durfte. Blutige Spiele nannten wir sie. Es gefiel mir fast genauso gut, sie anzusehen, wie bei ihnen mitzuspielen. Vielleicht hätte ich etwas besser hinsehen sollen.

Es war also Mitte August, und die Temperatur draußen fiel den ganzen Tag über kaum unter fünfunddreißig Grad. Jeden Tag. Die ganze Zeit über. Die Luftfeuchtigkeit lag bei neunzig Prozent. Also blieben wir den ganzen Tag über in den klimatisierten Räumen und schickten die Wehrpflichtigen mit unseren Meldungen ins Freie. Es dauert schon eine Weile, bis man sich an den Hochsommer im subtropischen Louisiana gewöhnt hat, wenn man aus dem milden Klima Ohios kommt. Ich hatte mich noch nicht daran gewöhnt. Ich mochte mein Büro, meinen klimatisierten Wagen und meine klimatisierte Unterkunft. Nur die paar nicht klimatisierten Stellen im Lager machten mir zu schaffen, nahmen mir den

Atem. Ich glaube, als Afrikaforscher – falls es die überhaupt noch gibt – hätte ich es nicht weit gebracht. Ein Ort in der Äquatorzone, dessen einziger Komfort ein handgewedelter Fächer und eine kühle Limonade wären, ist nicht nach meinem Geschmack.

Alles klar? So war also die allgemeine Lage. Wie ich schon sagte, gefiel es mir so, und von mir aus hätte es so weitergehen können, bis ans Ende meiner Tage. Aber leider ging es nicht so weiter.

Ende August tauchte plötzlich ein General auf, mit zwei Obristen im Gefolge. Sie saßen in einer langen schwarzen Limousine. In drei langen schwarzen Wagen dahinter saßen die Cobae. Vielleicht wäre es nicht schlecht, wenn ich etwas näher auf die Cobae einginge und erzählte, wieso sie uns in den Schoß fielen.

Kurz nach ihrer Ankunft habe ich erfahren, daß die Cobae irgendwann im Juli auf der Erde aufgetaucht waren. Das genaue Datum habe ich vergessen. Sie waren sehr vorsichtig. Offenbar hatten sie lange ihr Schiff nicht verlassen, die Umgebung beobachtet und Dinge an Bord befördert und untersucht, bis sie sich schließlich zu einer Tat entschlossen. Eine Nachricht, die auf Major McNeills Schreibtisch flatterte und die ich eigentlich gar nicht hätte lesen dürfen, meldete, daß eines Tages einer von ihnen in den Privatgemächern des Präsidenten auftauchte. Wie er dahin gekommen war, ist immer noch ein Rätsel. Vieles, was mit den Cobae zu tun hat, ist immer noch rätselhaft. Wie dem auch sei, ich denke mir, daß der Präsident und seine Frau einen hübschen Schrecken gekriegt haben. Ha. Manchmal, in einsamen Nächten, versuche ich mir die Szene vorzustellen. Je nach meiner Laune kann die Szene sehr dramatisch oder höchst komisch wirken. Es hängt auch davon ab, was der Präsident und seine Frau gerade taten und wie gewandt und diplomatisch der Präsident in einer solchen Lage ist.

Bedenken Sie aber bitte, daß der Präsident schließlich auch nur ein Mensch ist und vielleicht nicht gerade darauf versessen, daß Fremde plötzlich in seinem Schlafzimmer erscheinen. Vielleicht ist er sogar noch weniger begeistert, wenn es sich überdies um eine kleine, dicke, wirklich häßliche Kreatur handelt, die da in seinem Schlafzimmer Form annimmt. Stellen Sie sich die Szene selbst vor, lassen Sie sich ruhig ein paar Sekunden Zeit dafür, ich werde solange warten – na, haben Sie's?

Also der Präsident rief nach dem, nach dem er in einer solchen Situation eben ruft, und eilig liefen Leute zusammen und niemand sagte etwas sonderlich Intelligentes. Es gab für diese Situation einfach keine Notstandspläne. Es geschieht nicht oft, daß der Präsident mit einer solchen Krisensituation fertig werden muß. Und eine Krise war es, obwohl der Coba bisher nicht ein Wort gesagt hatte. Nicht einen Muskel hatte er bewegt, nicht einmal geblinzelt, soweit die Anwesenden das beurteilen konnten.

So, jetzt stellen Sie sich vor, daß sich die Lage etwas beruhigt hat. Der Präsident ist von seinen Beratern umgeben, alle sind sehr formell gekleidet und durch hilfreiche Tranquillizer auch schon bedeutend ruhiger geworden. Sie betrachten eine Kreatur in einer blauen, glänzenden Uniform, mit einer Maske über dem Gesicht. Denn ein Helm ist es eigentlich nicht. Es bedeckt das, was wir etwas frei als Mund und Nase des Coba bezeichnen könnten. Von der Maske führt ein Schlauch zu einem Kasten, den er auf dem Rücken trägt. Der Präsident hat nicht die Spur einer Ahnung, was zu tun ist. Der Staatssekretär auch nicht, dem die Sache jetzt zugeschoben wird, weil sie irgendwie in sein Ressort zu passen scheint. Die heiße Kartoffel wird von einem zum anderen gereicht. In der ganzen Zeit hat der Coba absolut nichts getan. Tatsächlich hat auch niemand bisher die Kreatur angesprochen. (Ich glaube, ich höre besser auf, ihn Kreatur zu nennen.)

Fünfzehn Minuten nach dem ersten Kontakt unserer Erde mit einer außerirdischen intelligenten Rasse hat jemand den begnadeten Einfall, einen Wissenschaftler hinzuzuziehen.

»Wen?« fragt der Präsident.

»Ich weiß es nicht«, sagt der Staatssekretär.

»Welche Art Wissenschaftler?« fragt einer der Ratgeber, »einen Astronomen? Einen Ethnologen? Einen Linguisten? Einen Soziologen? Einen Anthropologen?«

»Ruft sie alle!« sagt der Präsident, dessen Begabung für schnelles Denken ihn bei uns so beliebt gemacht hat.

»Wen alles?« fragt der Ratgeber.

Zu diesem Zeitpunkt war der Präsident ein wenig gereizt. Er war bereit, seine Stimme zu erheben, ein sicheres Anzeichen dafür, daß er verärgert und frustriert war. Zuvor jedoch entschloß er sich, eine letzte, ruhige Frage zu stellen: »Es muß doch unter diesen Millionen von Menschen einen geben, den man in einem solchen Fall rufen kann«, sagte er. »Einen, der mit einer solchen Situation am besten fertig wird. Wer ist das?«

Tiefes Schweigen antwortete ihm.

Nach einer Weile, das Gesicht des Präsidenten hatte sich leicht gerötet, räusperte sich einer der Ratgeber und ergriff das Wort. »Äh«, sagte er, »warum verstecken wir dieses Exemplar nicht irgendwo. An einem wirklich sicheren Ort. Dann suchen wir ein geeignetes Wissenschaftlerteam zusammen, und die können dann in Ruhe arbeiten. Wie wäre das?«

»Wunderbar«, sagte der Präsident mit dieser besonderen Ironie, die ihn bei weniger Leuten so beliebt gemacht hat. »Was glauben Sie, wird das ›*Exemplar*‹ tun, wenn wir versuchen, es zu verstauen?«

»Fragen Sie es«, sagte der Staatssekretär.

Wieder entstand tiefes Schweigen. Diesmal jedoch sahen alle den Präsidenten an. Er war der Erste Mann im Land und traf mit einem fremden Botschaftswesen zusammen. Irgendwie war es also seine Kartoffel. Das mochte er gar nicht, darauf können Sie wetten.

Schließlich sagte der Präsident: »Spricht es Englisch?«

Niemand antwortete. Nach einer Weile sagte der Staatssekretär: »Fragen Sie es.«

»Ein historischer Augenblick«, murmelte der Präsident. Er stellte sich vor den Coba. Als er ihn genauer ansah, fröstelte er. Das war auch unsere erste Reaktion, bevor wir uns an ihren Anblick gewohnt hatten. Wie gesagt, der Präsident ist auch nur ein Mensch, aber er ist gut trainiert.

»Sprechen Sie Englisch?« fragte der Präsident.

»Ja«, sagte der Coba.

Da wurde es wieder sehr still.

Nach einiger Zeit fragte der Staatssekretär: »Dann haben Sie also die Diskussion mit angehört. Haben Sie sie verstanden?«

»Ja«, sagte der Coba.

»Wären Sie denn gegen unseren Plan?« fragte der Staatssekretär, »wären Sie damit einverstanden, sich von einem Wissenschaftlerteam untersuchen zu lassen?«

»Nein«, gab der Coba auf die erste Frage zur Antwort und »Ja« auf die zweite Frage des Staatssekretärs.

Der Präsident holte tief Luft. »Vielen Dank«, sagte er. »Sie verstehen sicher auch unsere Verwirrung und die Notwendigkeit, die ganze Sache geheimzuhalten. Darf ich fragen, woher Sie stammen?«

»Ja«, sagte der Coba.

Schweigen.

»Woher stammen Sie?« fragte der Staatssekretär.

Schweigen.

»Kommen Sie aus . . . äh . . . unserem Sonnensystem oder wie Sie es nennen würden?« fragte der Präsident.

»Nein«, sagte der Coba.

»Also von einem anderen Stern?« fragte ein beherzter Ratgeber.

»Ja«, sagte der Coba.

»Von welchem Stern?« fragte der Ratgeber.

Schweigen.

Es dauerte einige Minuten, bis die Anwesenden zu begreifen begannen, daß der Coba nur mit ›Ja‹ oder ›Nein‹ auf Fragen antworten würde.

»Toll«, sagte der Präsident, »so kann es ja nur ein paar Jährchen dauern, bis wir irgendwelche interessanten Informationen von ihm bekommen.«

»Seien Sie unbesorgt«, warf der Ratgeber ein, »wenn wir die richtigen Leute aussuchen, werden die auch die richtigen Fragen stellen.«

»Also suchen Sie sie aus!« sagte der Präsident.

»Wir werden die Sache in Angriff nehmen«, meinte ein weiterer Ratgeber.

»Fangen Sie jetzt damit an«, sagte der Präsident. »Legen Sie los!«

»Was machen wir in der Zwischenzeit mit ihm?« fragte der Sekretär aus dem Verteidigungsministerium.

»Ich weiß es nicht«, sagte der Präsident und hob die Hände an den Kopf. »Bringen Sie ihn oder sie in das Lincoln-Schlafzimmer. Achten Sie darauf, daß Handtücher da sind. Jetzt verlassen Sie diesen Raum und lassen Sie mich schlafen.«

»Wir danken Ihnen, Herr Präsident«, sagte der Ratgeber. Der Präsident starrte nur böse vor sich hin.

Ich hab' dies alles von einem Ratgeber, der damals dabei war. Der Bursche erwartet nun ein Gerichtsurteil, das ihn für vier oder fünf Jahre hinter Gitter bringen kann, wegen einer kleinen Sache, die er vor langer Zeit ausgefressen hat. Warum er das gemacht hatte, hat keiner von uns verstanden. Er ist auch gerade dabei, ein Buch über die Cobae zu schreiben.

Ich frage mich, ob der Präsident in jener Nacht gut geschlafen hat.

Am nächsten Morgen gingen sie zum Coba, und jemand klopfte

an die Tür. (Das muß man sich mal vorstellen, wie kann ein Mensch glauben, daß ein Coba weiß, was es bedeutet, wenn man an eine Tür klopft.) Es kam keine Antwort. Der Wachoffizier, einer der Menschen, die wegen ihres Mutes einen besonderen Platz in der Geschichte unserer Nation einnehmen, begann zu transpirieren, druckste ein wenig herum, klopfte noch einmal, schwitzte stärker und öffnete die Tür.

Zwölf Cobae standen wie Statuen im Raum. Der Offizier schlug die Tür zu und lief schreiend durch die Gänge des Weißen Hauses.

Später, als die Ratgeber die Cobae befragten, stellten sie fest, daß nur einer von ihnen antwortete und nur auf Ja-oder-Nein-Fragen. Man nahm an, daß dies der ursprüngliche Coba war, derjenige, der in der voraufgegangenen Nacht im Schlafzimmer des Präsidenten erschienen war. Es gab keinen logischen Grund für diese Annahme, aber man ging dennoch davon aus. Niemand kam je auf den Gedanken, danach zu fragen, das hätte die Sache sofort geklärt. Niemand hielt die Sache für so wichtig, daß er sie überhaupt aufklären wollte.

Wissen Sie, was das Komische an den zwölf Cobae war? Wahrscheinlich wissen Sie es. Das Komische an ihnen war, daß sie alle gleich aussahen. Identisch, meine ich. Nicht etwa so, wie man von Angehörigen einer Rasse sagt, daß sie sich alle ähneln. Ich will es mal so sagen: Wenn man von allen zwölf Cobae Fotografien gemacht hätte und sie übereinander projiziert hätte, wären sie völlig deckungsgleich gewesen.

»Eineiig«, sagte ein gelehrter Mann. »Sie stammen alle aus derselben Erbmasse.«

»Nein«, widersprach ein anderer Experte, »selbst wenn das der Fall wäre, hätten sie sich doch geringfügig unterschiedlich entwickelt.«

»Stark dominierendes Erbmaterial«, beharrte der erste.

»Sie sind verrückt!« sagte der zweite.

Dies war eine typische Diskussion, wie sie die Cobae zwischen den führenden Köpfen unserer Tage entfachten.

Nachdem die Cobae zwei oder drei Tage bei ihm waren, unterzeichnete der Präsident die Befehle, die das geheime Camp bei St. Didier, Louisiana, schufen. Ich wurde dorthin abkommandiert, wir alle aus dem Lager wurden dorthin kommandiert, und für eine Weile lebten wir in relativem Komfort und in Unwissenheit. Endlich kam der Tag, an dem der General und seine Obristen eintrafen und in ihrem Schlepptau die zwölf Cobae. Die vier schwarzen Limousinen fuhren durch zu den Baracken, die nicht benutzt wurden, seit das Lager fertig war. Die Cobae wurden hineingeschafft, jeder in einen eigenen Raum. Major McNeill war anwesend, und ich auch. Ich dachte, ich müßte mich übergeben, aber das ging vorbei, wenn auch nicht so schnell.

Der General unterhielt sich mit Major McNeill. Ich konnte ihr Gespräch nicht verstehen, da es fast nur aus Flüstern und Kopfnicken bestand. Einer der Obristen fragte mich, ob die Cobae es wohl in ihren Unterkünften bequem haben würden. Ich sagte: »Wie soll ich das wissen, Sir?«

Der General hatte uns gehört. Er blickte den Coba an. »Werden Sie es hier bequem haben?« fragte er.

»Ja«, sagte der Coba, der alle Antworten gab.

»Gibt es noch etwas, das Sie im Moment brauchen?« fragte der General.

»Nein«, sagte der Coba.

»Wenn Sie irgendwann irgend etwas brauchen«, sagte der General, »greifen Sie nur zu diesem Telefon.« Der General machte es vor, indem er den Hörer abnahm. Er machte sich offenbar nicht allzuviel Gedanken darüber, daß die Cobae bei ihrem beschränkten Wortschatz Schwierigkeiten haben würden, ihre Bedürfnisse mitzuteilen.

Eine eindrucksvolle Wache baute sich vor den Gebäuden auf. Der General und die Obristen gingen zu ihrem Wagen zurück und machten sich aus dem Staub. Ich sah den Major an, und er sah mich an. Nichts von alledem war vorher mit uns besprochen worden, weil die Sache so geheim war, daß sie einfach nicht dem Papier anvertraut werden durfte, und den gewöhnlichen Kommunikationswegen auch nicht. Keine Codes, keine Verschlüsselung, nichts war vertrauenswürdig genug. So setzte also der General die zwölf Cobae auf unserer Schwelle aus, sprach uns Mut zu und kündigte an, daß die Wissenschaftler bald eintreffen würden, um die Geschöpfe (klingt ›Geschöpfe‹ besser als ›Kreaturen‹?) zu untersuchen. (Ich möchte nicht für einen menschlichen Chauvinisten gehalten werden, von jetzt an werde ich sie ›Fremde‹ nennen. Einzeln nenne ich sie ›Es‹, das klingt, glaube ich, einigermaßen neutral.)

Das war am Donnerstag, wenn ich mich recht erinnere. Nachdem wir die Gebäude verlassen hatten, in denen die Cobae untergebracht waren, blickte ich den Major an. Er blickte mich an und zuckte die Achseln. Keiner von uns sagte etwas. Ich ging zur Sporthalle und zog mich um. Es war Basketballabend, Cobae hin, Cobae her.

Ich erinnere mich noch gut daran, als Major McNeill mich bat, die Fremden herumzuführen, nicht lange, nachdem sie in Louisiana eingetroffen waren. Ich sagte o.k. Ich hatte meine erste Abneigung gegen die Cobae inzwischen überwunden. So ging es auch den anderen Männern im Camp. Sie hatten sich daran gewöhnt, den Cobae überall im Lager zu begegnen. Tatsächlich hatten wir uns schon fast *zu* sehr daran gewöhnt, ihnen zu begegnen. Wenn ich irgend etwas tat, zum Beispiel einen Ketchup-Fleck auf das Tischtuch in der Kantine machte, war da ein Coba, der mir über die Schulter sah. Ich duschte nach dem Basketballspiel, und wenn ich aus dem Duschraum kam, stand ein Coba da und sah schweigend zu, wie ich mich mit einem Handtuch abtrocknete. Ich kann nicht sagen, daß uns das gefiel, aber wir gewöhnten uns daran. Doch die Art, wie sie auftauchten und verschwanden, war immer noch gespenstisch. Man sah sie niemals dabei, sie waren einfach da.

Nach der Ankunft der Cobae wurde unser Lager supergeheim. Kein Ausgang, kein Urlaub, keine Briefe nach draußen, nicht einmal Telefongespräche. Ich glaube schon, daß alle Verständnis dafür hatten, aber niemand mochte es, von Major McNeill bis hinab zum niedrigsten Rekruten. Uns wurde mitgeteilt, daß die Nation langsam darauf vorbereitet werden müßte, daß uns Außerirdische besucht hatten. Ich verfolgte den langsamen, ständig anschwellenden Fluß vorbereitender Zeitungsmeldungen, die in Washington erarbeitet wurden. Sie machten das wohl ganz gut, denn als später die ersten Bilder und Fernsehfilme der Cobae zu sehen waren, gab es nur wenig Aufruhr und keine allgemeine Panik. Eine Menge Neugierde natürlich, die zum Teil heute noch unbefriedigt ist.

Eigentlich wollte ich von dem besonderen Tag erzählen, als ich die Führung für die Cobae machte. Ich zeigte ihnen all die eindrucksvollen Dinge, wie zum Beispiel den hohen Drahtzaun, der eine zusätzliche Krone aus elektrischem Stacheldraht hatte, die Wachttürme mit ihren Maschinengewehrstellungen, die Wachen am Haupttor und ihre Bewaffnung, die Wehrpflichtigen, die ihren täglichen Dienst schoben, Waffen reinigten und in der Hitze gedrillt wurden. Wenn ich ein Coba gewesen wäre, hätte ich damals gleich die Nase von der Erde voll gehabt. Zurück zum Schiff und ab in den Weltraum, Richtung Heimat.

Die zwölf Cobae zeigten jedoch kein Anzeichen von Interesse oder Erregung. Sie zeigten gar nichts. Und immer war es nur der eine Coba, der etwas sagte, und auch nur, wenn er etwas gefragt wurde, das er mit seinen beiden Wörtern beantworten konnte. Er verstand natürlich alles, aber aus einem verrückten Grund, einem Coba-Grund, benutzte er die Wörter, die er verstand, nicht in seinen Antworten.

Ich führte die Fremden durch die Sporthalle. Da erlebte ich eine der größeren Überraschungen meines Lebens. Es lief gerade ein Spiel. Zehn Männer spielten Basketball, über das ganze Feld. Es ging nicht so rauh zu wie bei den Dienstag/Donnerstagspielen, aber körperlos war es nun auch nicht gerade. Ich habe wohl schon erzählt, daß dies eine meiner Lieblingsbeschäftigungen in meiner Freizeit war. Die Cobae standen da, völlig unbeweglich, und sahen zu. Ich ging ein paar Schritte, winkte ihnen, mir zu folgen. Sie wollten nicht gehen. Ich mußte bei den Cobae bleiben. Ich wußte nicht, was sie da so sehr interessierte. Ich seufzte. Zu dem Zeitpunkt hatte ich noch keine Ahnung, was ein Coba wollte oder dachte. Ich sage das so, als ob wir das heute wüßten, doch dem ist nicht so, obwohl wir dem Verständnis näher gekommen sind. Damals konnte ich wirklich noch nicht wissen, daß das Basketballspiel eine Verbindung darstellen könnte zwischen uns und diesen Weltraumreisenden.

Wie dem auch sei, ich mußte mit den Cobae stehenbleiben und warten, bis das Spiel vorbei war. Danach, als die Spieler in die Kabinen gegangen waren, fragte ich die Cobae, ob sie jetzt gern mehr vom Lager sehen würden. Der Antworter sagte: »Ja.« Ich zeigte ihnen noch ein paar Sachen. Es schien mir, als ob sie nichts mehr so recht interessierte, denn jetzt gingen sie zügig an allem vorbei, ausdruckslos blickten sie hinter ihren Masken hervor. Sie blieben nicht noch einmal stehen, so, wie sie es am Basketballfeld getan hatten.

Basketball hat im Sport die gleiche Stellung wie der Jazz in der Musik: beide sind rein amerikanischen Ursprungs. Sicher, schon gut, ich werde zu hören bekommen, daß die Wurzeln des Jazz und des Basketball irgendwo anders gewachsen sind. Das interessiert mich nicht die Bohne. Das Spiel hat sich verändert, seit Dr. James Naismith seine beiden Pfirsichkörbe im Jahre 1891 aufgehängt hat. Die Regeln sind zwar grundsätzlich die gleichen geblieben, aber der Spielstil hat sich innerhalb dieser Regeln beträchtlich geändert.

Andere Regeln gibt es natürlich auch. Es gibt den Profi-Basketball, die Schulmannschaften, die Universitätsmannschaften. In den unterschiedlichen Spielklassen wurden die Regeln abgewandelt, um das Spiel auf den unterschiedlichen Ebenen zu verbessern.

Dann gibt es noch den Hinterhof-Basketball. In den ersten Jahrzehnten, nachdem das Basketballspiel erfunden worden war, waren alle Spieler weiß. In den Profiligen blieb dies länger so als in den anderen Klassen. Warum? Weil alles weiß bleibt, bis der schwarze Mann sich seinen Weg hinein erkämpft hat.

Für den Basketball war dies die bedeutendste Verbesserung, die er erfahren konnte. In den ersten Jahren waren die großen Profis weiß. Nachdem es den Schwarzen erst einmal erlaubt wurde, in der Liga mitzuspielen, beherrschten sie bald das Spiel. Bill Russel, Wilt Chamberlain, Kareem Abdul-Jabbar, Elegin Baylor haben die alten Spielzüge wiederbelebt, Julius Erving, Artis Gilmore, David Thompson. Alle schwarz, alle großartig, ein Vergnügen, ihnen zuzusehen.

Mit einer Hand hat Russel das Profispiel verändert, sein Blokken und sein aggressives Verteidigungsspiel haben seine Gegner eingeschüchtert. Chamberlain nutzte seine Länge, um direkt vor dem Korb zu blocken. Er konnte einen Basketball in einer Hand halten und ihn von oben aus dem Handgelenk durch den Ring schmettern. Wenn man Julius Erving zusah, war es, als ob man einem klassischen Tänzer zusah. Seine Körperkontrolle in der Luft war phänomenal. Ich sah ihn einmal mit zwei Bällen, einen in jeder Hand, und er warf sie beide in den Korb, rückwärts, über den Kopf hinweg.

Warum haben die Schwarzen fast den ganzen Profisport übernommen? Ich habe eine Theorie, natürlich. Aber sie steckt voller Verallgemeinerungen, und diese sind so wertvoll, wie die meisten Verallgemeinerungen. Aber etwas mag doch dran sein.

Woher kommen die schwarzen Ballspieler? Aus den Ghettos, aus armen städtischen und ländlichen Gesellschaften. Natürlich nicht ohne Ausnahme, aber im allgemeinen stimmt es schon. In einem Ghetto, sagen wir mal, in New York, ist einfach nicht genug Platz für Baseball- oder Fußballfelder. Aber Basketballplätze, die gibt es hier überall. Die passen auf den kleinsten Platz. Irgendwo ist immer ein Ring an einem Haus angeschraubt, und darunter springen die Kinder hoch und werfen den Ball hinein, unzählige Male.

Jetzt betrachte die weißen Spieler. Viele von ihnen kommen aus einer besseren Umgebung. Ein weißes Kind, das in einem Wohnvorort aufwächst, hat einen Basketballring an der Garagenwand angeschraubt. Es spielt allein oder mit ein paar Freunden.

In den Ghetto-Hinterhöfen kann das Basketballspiel zu einer boshaften Demonstration der eigenen Identität geraten. Sechs, acht schwarze Jugendliche unter einem Basketballring können das Spiel in etwas verwandeln, das kaum von einem Bandenkrieg zu unterscheiden ist. Inzwischen werfen die weißen Kinder den Ball, fangen den Abpraller wieder auf, werfen noch einmal. Die schwarzen Kinder benutzen jede Bewegung, jede Körpertäuschung, um ihre Überlegenheit zu beweisen. Es ist für viele schwarze Jugendliche die einzige Möglichkeit, überhaupt eine Selbstbestätigung zu erhalten.

Dieser Hintergrund wird im Spiel der Profis sichtbar. Die Weißen sind oft Stürmer und bringen die Weitwürfe von außerhalb herein. Aber die Spieler, die den Zuschauern den Atem nehmen, sind schwarz. Sie fliegen durch die Luft, wirbeln herum, treffen und passen blind. Die größeren Schwarzen spielen meist Center, wie zum Beispiel Jabbar. Es gibt wenig weiße Spieler, die mit den schwarzen Centers mithalten können, was die Treffer und was die Verteidigung angeht. Es gibt natürlich Ausnahmen, Irving war zum Beispiel Stürmer, aber seine Bewegungen zum Korb waren die außergewöhnlichsten, die das Spiel je erlebt hat. Es waren Hinterhofspielzüge.

Der beste Weg heraus aus dem Ghetto führt über den Sport. Meistens geht er über den Basketball. Die Art Basketball, die man im Hinterhof lernt, ist anders als jede andere Sportart. Es ist die Art, die wir gespielt haben. Ich war nicht besonders gut, das weiß ich, aber ich war gut genug, um nicht ausgelacht zu werden.

Die Dienstag/Donnerstagspiele waren Hinterhofspiele, sie wurden mit Hinterhofregeln gespielt. Es gab keine Schiedsrichter, um Fouls zu pfeifen. Es gab keine Fouls. Man sagt, daß Basketball ein körperloses Spiel ist, ganz anders als Football. Tja, spiel mal eine Stunde mit Burschen, die aus Harlem in New York kommen, oder aus Hough, Cleveland, oder aus Watts, Los Angeles. Diese Burschen wissen sehr genau, wieviel Hiebe sie austeilen können, ohne daß es zu auffällig wird. Da fliegen Ellbogen und Knie. Du liegst länger verkrümmt auf dem Boden, als du am Spiel teilnimmst. Hinterhofzüge, Hinterhofregeln. Harter Basketball. Böser Basketball.

Meistens spielte ich mit Schwarzen. Die Mannschaften wurden nach dem gleichen System ausgewählt wie in den Hinterhöfen. Die Jungs, die zum Spielen kommen, werfen den Ball von der Freiwurflinie. Die ersten fünf, die einen Korb machen, sind eine Mannschaft. Die nächsten fünf sind die andere Mannschaft, der Rest darf zusehen. Die Zuschauer können später zur Unterkunft zurückgehen ohne zu hinken, ein paar Spieler können das nicht.

Ich spielte oft, weil ich immer Freiwürfe übte. Wenn ich dienstfrei habe, gehe ich oft zur Halle hinüber und übe eine Zeitlang Freiwürfe. Darin war ich ganz gut. Von zehn Versuchen konnte ich wohl acht Körbe machen, und meistens rutschte der Ball glatt durch, ohne den Ring zu berühren. Alles, was zu hören ist, ist das leise Zischen, wenn der Ball durch das Netz schlüpft.

Ich war wirklich gut in Freiwürfen, wenn ich allein war, ohne daß mich einer bewachte, mit den Armen wedelte, ohne daß die anderen Spieler schrien und rannten. Zu einem solchen offenen Schuß kommt man während des Spiels nicht oft. Ohne Fouls gibt es auch keine Freiwürfe. Während eines Spiels war ich sehr zufrieden, wenn ich fünf Körbe machte.

Die Spiele dauerten eine Stunde, ohne Pause. Da kann man ganz schön oft das Feld hinauf- und hinunterlaufen. Sogar die Profis spielen nur achtundvierzig Minuten und haben eine Menge Auszeiten, die Halbzeitpause und die Freiwürfe. Wir spielten härter, das spürten wir auch. Aber bei den seltenen Gelegenheiten, wenn ich etwas richtig machte, war es alles wert, was ich dafür einstecken mußte.

Das ungeschriebene Gesetz: Dienstgrade bleiben in den Kabinen zurück. Auf dem Basketballfeld war ich kein Hauptmann. Ich war ein Weißer, der mit den schwarzen Wehrpflichtigen Basketball spielen wollte. Und manchmal durfte ich es auch. Nach einer Weile, als sich gezeigt hatte, daß ich einigermaßen klarkam, akzeptierten mich die Schwarzen fast, irgendwie, ein bißchen jedenfalls. Sie gaben mir einen Spitznamen. Sie nannten mich: ›Kleiner Tölpel.‹

Anfang September waren die Wissenschaftler eingetroffen und hatten die Arbeit aufgenommen. Sie kamen langsam voran, weil nur der eine Coba antwortete und immer nur ›Ja‹ oder ›Nein‹ sagte.

»Kommt ihr aus diesem Teil der Galaxis?« fragte einer der Männer.

»Nein«, sagte der Coba.

»Kommt ihr überhaupt aus dieser Galaxis?«

»Nein.«

Der Wissenschaftler war sprachlos. Zwei Dinge kamen ihm gleichzeitig in den Sinn. Die Cobae waren sehr weit gereist, und es würde schwer werden, ihre Heimat zu erfahren. Alles, was den Wissenschaftlern blieb, war, so lange die Liste der bekannten Galaxien durchzugehen, bis der Coba ja sagte. Und dies Wissen wäre auch unnütz, denn in jener Galaxis würde es viele Millionen Sterne geben, die von der Erde ohnehin nicht unterschieden werden konnten. Der Forscher gab den Versuch auf. Darum wissen wir bis heute nicht, wo die Cobae herkommen.

Ich hatte natürlich einen Bericht über meine Campführung mit den Cobae gemacht. Das liegt jetzt einige Wochen zurück. Einer der Wissenschaftler entschied, daß das Interesse der Cobae am Basketballspiel es wert wäre, genauer untersucht zu werden. Er schlug vor, daß man den Cobae erlauben sollte, sich ein weiteres Spiel anzusehen.

Das Spiel, das die Wissenschaftler aussuchten, war der Dienstagabend-›Schädelbrummer‹. Schädelbrummer hieß es, weil dir der Schädel brummte, wenn du versuchtest, einem der starken Schwarzen einen Abpraller wegzuschnappen. Die Cobae bekamen Plätze am Spielfeldrand zugewiesen, zu ihnen gesellte sich ein Wissenschaftlerteam, das ihre Reaktionen beobachten sollte. Viele Reaktionen gab es natürlich nicht. Überhaupt keine gab es, während die Schwarzen und ich unsere Freiwürfe ausführten, um die Mannschaften zu ermitteln. Ich erwischte eine recht gute Mannschaft. Ich war auf ein hartes Spiel eingestellt.

Die erste Mannschaft, meine, hatte zuerst den Ball. Ich hatte den Anwurf und gab zu Snacks Johnson. Er dribbelte das Feld entlang und paßte zu Willy Foster. Foster war lang und schnell. Sein Gegenspieler hob beide Arme, aber Foster schlüpfte unter einem Arm durch, kam um seinen Gegenspieler herum, sprang hoch und warf. Der Ball sprang vom Brett in den Korb. Wir lagen vorn, zwei zu null.

Das andere Team bekam den Ball und dribbelte das Feld hinunter. Ich lief zurück, um mein Verteidigungsspiel aufzunehmen, das ging bei uns recht locker zu. Wir waren keine Profis. Wir hatten nicht das ausgeklügelte Verteidigungsspiel durchtrainierter

Athleten. Wir suchten uns einfach einen Spieler aus, den wir dekken wollten, und den versuchten wir nicht zum Korbwurf kommen zu lassen. Manchmal stellten die Gegner eine Falle auf, indem einfach ein Spieler stocksteif auf dem Feld stehen blieb. Der Spieler, der den Ball führte, sah seinen Mitspieler und lief ganz knapp an ihm vorbei. Der Mann, der den Ballführenden deckte, wußte von dem stehenden Gegenspieler nichts, prallte gegen ihn und landete höchstwahrscheinlich auf dem Boden. Wenn er Glück hatte, hatte er nicht ein paar Rippen angeknackst. In der Profiliga brüllen die Mannschaften das ganze Spiel hindurch, warnen sich gegenseitig vor solchen Fallen und wechseln ständig die Bewachung der einzelnen Spieler.

Während nun die andere Mannschaft mit dem Ball herankam, bot sich mir ein seltsamer Anblick. Fünf Cobae waren aufgestanden und hatten das Spielfeld betreten. Die Wissenschaftler hatten sich aus ihren Stühlen erhoben. Ein Mann wandte sich an die verbliebenen sieben und fragte, ob die fünf mitspielen wollten. Schweigen antwortete ihm; der Sprecher war bei den fünf anderen.

»Wollen Sie mitspielen?« fragte ich die fünf. Ich konnte nicht sagen, welcher der Sprecher war.

»Ja«, sagte ein Coba. Hinter den Masken sahen sie alle gleich aus. Ich hätte nicht sagen können, welcher Coba mir geantwortet hatte.

»Was soll ich tun?« fragte ich die Wissenschaftler.

»Fragen Sie sie, ob sie die Regeln kennen«, sagte einer.

»Wissen Sie eigentlich, wie dies Spiel gespielt wird?« fragte ich.

»Ja«, sagte der Sprecher.

Ich stand einen Moment lang unentschlossen da.

»Jetzt ist aber Schluß«, mischte sich einer der schwarzen Spieler ein, »diese Bengel versauen uns doch das ganze Spiel.«

»Sie sollen spielen«, sagte einer der Wissenschaftler. Die Schwarzen wurden offensichtlich zornig.

»In Ordnung«, sagte ich – ich hatte meinen Hauptmannsrang wieder eingenommen –, »meine Mannschaft gegen die Cobae. Die anderen Jungs setzen sich hin.«

Die Burschen, die das Feld verlassen mußten, waren stocksauer, aber sie führten meinen Befehl aus. Ich hörte eine Menge Wörter, die die Cobae wahrscheinlich nicht verstanden. Zumindest hoffte ich, daß sie sie nicht verstanden.

»Was sollen wir jetzt mit den blauen Tröpfen anstellen?« fragte Foster.

»Wir spielen ganz locker«, sagte ich. »Vielleicht wollen sie nur mal sehen, wie es ist. Verletzt sie bloß nicht.«

»Ganz so, als ob ich gegen meine Mammi spielen würde«, sagte Bobby O. Brown.

»Ja«, antwortete ich, »fünf blaue Monstermammis!«

Die Wissenschaftler hatten alle Hände voll zu tun, um auf ihre Ton- und Videobänder alles draufzukriegen, was geschah. Ich gab Johnson den Ball. Er machte den Abwurf, spielte mich an. Ich begann zu dribbeln, aber ein Coba bedrängte mich. Ich sah zu Johnson hinüber, der auf den gegnerischen Korb zulief. Auch ihn deckte ein Coba. Die Cobae spielten totale Manndeckung.

Wo hatten sie je etwas von Manndeckung gehört?

Ich spielte über den Kopf meines Coba Foster an. Fast hätte ein Coba das Zuspiel abgefangen. Foster machte einen guten Trick, täuschte seinen Gegenspieler, er warf sich herum und stürmte in die andere Richtung. Gegen mich hätte es funktioniert, und gegen die meisten anderen hier auf dem Spielfeld, aber er stieß gegen einen anderen Coba, der seinen Spielzug vorausgeahnt hatte. Foster war ganz schön kräftig gegen ihn gedonnert, aber er behielt den Ball und dribbelte weiter. Da stieß der Coba plötzlich vor und schlug ihm den Ball weg.

»Verdammt«, murmelte Foster.

Der Coba gab einem anderen Fremden einen langen Paß quer durch die ganze Halle. Dieser war völlig unbewacht und warf in aller Ruhe einen Korb. Die Fremden führten, zwei zu null. Es war unglaublich!

Das Spiel ging über die vollen sechzig Minuten. Im Laufe der Zeit spielte meine Mannschaft immer härter. Das mußten wir schon. Die Cobae waren schnell und kannten unsere Spielzüge schon vorher so gut, als ob sie ihr ganzes Leben lang nur Basketball gespielt hätten.

Unsere Würfe wurden abgeblockt, oder unsere Spieler wurden schon weit vor dem Korb aufgehalten, und wir mußten unser Heil immer wieder in Distanzwürfen suchen, bei denen die Trefferausbeute geringer ist. Die Cobae spielten mit fantastischem Mannschaftsgeist. Sie hatten überhaupt keine Schwierigkeiten, beim Angriff einen ungedeckten Spieler zu finden. Es war ganz egal, wie sehr wir uns auch um eine gute Verteidigung bemühten, einen freien Mann hatten sie immer, und der erhielt dann den Paß. Nach der ersten halben Stunde führten die Cobae mit einem Ergebnis von achtundvierzig zu zwanzig.

»Pause!« rief ich. »Erholt euch ein wenig!« Die Schwarzen schlurften vom Feld, starrten mißmutig von mir zu den Wissenschaftlern und den Fremden.

Monroe Parks kam ganz dicht an mir vorbei. Ich konnte ihn murmeln hören. »Du kannst mich den ganzen Tag lang rumkommandieren, du Hurensohn, aber halt dich aus dem Spiel raus, du weißer Klotzkopf!« Ich sagte gar nichts.

Ich tauschte die Mannschaften aus. Die anderen Schwarzen spielten die zweite Halbzeit. Ich setzte mich hin und sah zu. In der zweiten Halbzeit lief es genauso wie in der ersten. Die Cobae machten ein tolles Spiel. Perfekte Abwehr, atemberaubender Angriff. Sie riskierten nichts, sie waren einfach immer an der richtigen Stelle. Am Ende stand es einhundertvier zu zweiundfünfzig – für die Cobae.

Die Wissenschaftler waren genauso verwirrt wie ich. Allerdings machte mir das damals nicht allzuviel aus. Ich ging duschen.

Auch die Schwarzen duschten. Keiner von uns sagte etwas. Keinen Ton. Aber eine Menge böse Blicke trafen mich.

Am folgenden Donnerstag kamen die fünf Cobae zum Spielen in die Halle. Die Wehrpflichtigen begannen laut zu fluchen, und ich mußte ihnen befehlen, den Mund zu halten. Fünf schwarze Spieler traten gegen fünf Cobae an. Am Ende hatten die Cobae sechzig Punkte mehr.

Am nächsten Donnerstag gewannen die Cobae mit achtundvierzig Punkten Vorsprung.

Am Dienstag gab es überhaupt kein Spiel, weil außer den Cobae und mir niemand da war.

Ich frage mich, was geschehen wäre, wenn ich dem Sprecher vorgeschlagen hätte, ob ich und zwei seiner Gefährten gegen die anderen drei Cobae spielen sollten.

Obwohl es keine Spiele gegen die Cobae mehr gab, hörte das Wissenschaftlerteam nicht auf, mich auszufragen. Sie schienen anzunehmen, daß ich den Cobae näher stünde als sonst ein Mensch in der Basis. Ich kann dazu nichts sagen. Gegen die Cobae machte ich pro Spiel höchstens drei Körbe. Vielleicht hätten sie Foster befragen sollen, der kam immerhin auf zehn, und das ziemlich regelmäßig.

Bei Major McNeill gingen regelmäßig Meldungen aus Washington ein. Sie betrafen das Programm zur Gewöhnung der Menschheit an das Vorhandensein außerirdischer Intelligenzen auf der Erde. Er zeigte mir diese Meldungen. Ich las sie und war gleichermaßen betroffen und amüsiert.

Schließlich kannte ich die Cobae, und zwar mindestens ebensogut wie die Spezialisten, die sich in unserem Lager versammelt hatten. Fernsehen und Zeitungen jedoch wimmelten von Gerüchten und Andeutungen, Behauptungen und Dementis, die schließlich in die lapidare Notiz mündeten, daß da tatsächlich irgendwo in den Vereinigten Staaten ein paar intelligente Besucher aus einer anderen Galaxis unter Verschluß gehalten würden.

Die spontane Reaktion war ganz angenehm, und um die nachfolgenden Reaktionen im Zaum zu halten, leisteten die Burschen in Washington Beachtliches. Die Sowjetunion rückte mit der Meldung heraus, daß auch sie Besucher zu Gast hätte, die nicht von der Erde stammten. Die Volksrepublik China ließ etwas verlauten, das nicht sehr viel Sinn ergab und an das ich mich heute nicht mehr erinnern kann.

Einer der Wissenschaftler fragte die Cobae, ob außer den zwölf im Lager noch weitere ihrer Rasse auf der Erde seien. Der Sprecher sagte: »Nein.« Also hatte die Sowjetunion ihre eigenen Besucher, die aus einer anderen Gegend stammten. Außerdem hat sie nie jemand zu Gesicht bekommen.

Die Cobae entwickelten eine Vorliebe für ihre Unterkünfte, besonders nachdem sich herausgestellt hatte, daß vorläufig keine Basketballspiele mehr stattfanden (›solange diese Cobae hier rumhängen‹).

Die Wissenschaftler trugen ihre Daten zusammen, stritten, diskutierten und schrien sich an. Major McNeill und ich, wir kümmerten uns nach einer Weile nicht mehr darum, schließlich war es immer noch unsere Aufgabe, eine Sicherheitseinrichtung zu leiten. Die Wissenschaftler hatten alle Hände voll damit zu tun, gegen unsere Vorschriften zu verstoßen, sooft ihnen eine Vorschrift nicht in den Kram paßte. Der Major und ich mußten sie oft ganz schön zusammenstauchen. Ich nehme an, daß sie uns so wenig verstanden, wie wir sie verstanden.

Aber wer von uns war eher geeignet, die Cobae zu verstehen?

Niemand! Keiner von uns! Dennoch berief Mitte Oktober der Forschungsleiter ein Treffen ein, zu dem auch Major McNeill eingeladen war. Ich ging auch hin, weil ich gerade frei hatte. Das Treffen begann mit einer Reihe Einzelberichte, jeder von einem der Spezialisten im Lager. Ich kann mich an kein anderes Ereignis erinnern, bei dem ich mich so langweilte. Irgendwie schafften sie es, daß etwas so Aufregendes wie Kreaturen ('schuldigung) aus einer anderen Welt sterbenslangweilig wurde. Es gehören bestimmt jahrelanges Training, eine Menge Geschick und ständige Übung bis zur Selbstaufopferung dazu, eine solche Aufgabe zu bewältigen. Aber langweilig war's. Der Major rutschte schon auf seinem Stuhl herum, als der erste Wissenschaftler noch nicht einmal die Hälfte seiner Grafiken erklärt hatte. Irgendwelche Ergebnisse wurden irgendwelchen anderen Ergebnissen gegenübergestellt, und ich fragte mich, wie der Bursche überhaupt an seine Zahlen gekommen war. Immerhin hatte er eine nette Ansammlung von Grafiken, die sehr eindrucksvoll, sehr wissenschaftlich aussahen. Er sprach klar, betonte sehr lebendig und mußte kaum einmal seine Aufzeichnungen zur Hand nehmen. Trotzdem mußte ich mich zurückhalten, um nicht laut loszubrüllen, als er fertig war. Ich kann mich an nichts mehr erinnern, das er vortrug. In den Wochen, in denen er die Cobae studierte, war er nicht auf eine einzige interessante Tatsache gestoßen.

Vielleicht lag das an seinem Forschungsbereich, sagte ich mir. Darum wartete ich auf den zweiten Report. Auch dieser enthielt eine Menge visueller Hilfen. Der Wissenschaftler nahm einen Zeigestock zur Hand und erklärte mit seiner Hilfe, daß diese rote Linie ständig abfiel, während diese blaue in einer glockenförmigen Kurve verlief. Ich wartete ab, aber auch dieser Vortrag bestach durch das Fehlen jeglicher interessanter Information.

Und so ging es fast den ganzen Nachmittag weiter. Ich glaube, wenn man mir diese Statistiker und . . . äh . . . Fremdenforscher unterstellt hätte, ich hätte mehr aus der Sache herausgeholt. Vielleicht bilde ich mir da was ein, aber ich hätte erst einmal versucht, herauszufinden, warum die Cobae überhaupt auf die Erde gekommen waren. Darüber teilte uns niemand etwas mit. Auch nur mit Ja-und-Nein-Antworten müßte das möglich sein. Warm? Heiß? *Ja.* – Kalt? *Nein.*

Man müßte in den Fragen einfach erst einen großen Rahmen stecken und den dann nach und nach einengen. Fragt sie doch, ob sie mit einer bestimmten Absicht zur Erde gekommen sind. Ja oder nein. War die Coba-Antwort nein, dann waren sie eben alle einfach auf Urlaub. Wenn sie ja sagten, dann mußte man eben wieder mit einem großen Rahmen anfangen, bis man auf etwas stieß.

Aber das ist offensichtlich nicht die Methode, mit der die Männer und Frauen des Forschungsteams vorgingen. Schließlich wurde ein umfangreicher Bericht veröffentlicht, Teile davon erschienen in Zeitungen und Illustrierten, und nicht eben viele Leute waren damit zufrieden. Ich würde mir die Cobae gern einmal vorknöpfen, aber das kann ich nicht.

Nach und nach ergriff jeder Wissenschaftler und Statistiker das Wort. Nach einer halben Stunde war ich aufgestanden und in den hinteren Teil des Raumes gegangen, wo zwei Wehrpflichtige einen Projektor aufbauten. Beide waren schwarz. Einer spielte regelmäßig Basketball, das wußte ich, Kennedy Turner, an den Namen des anderen erinnere ich mich nicht. Ich sah zu, wie sie den Film einspulten. Das langweilte mich ein bißchen weniger als die Vorträge. Ich bemerkte Major McNeill neben mir, auch er sah zu, wie Turner den Film einlegte. Nachdem der Projektor vorbereitet war, wandten sich die beiden Männer einem Videogerät zu.

»Können Sie bitte das Licht löschen?« sagte die Frau am Pult. Turner schaltete die Deckenbeleuchtung aus. »Lassen Sie die erste Spule ablaufen«, sagte die Frau. Der andere Soldat betätigte einen Schalter. Ein paar Sekunden aus einem Basketballspiel wurden gezeigt. Ich sah, wie mir einer der kleinen Fremdlinge ganz schön zusetzte.

»Es hat den Anschein«, sagte die Frau, »als ob die Cobae von einem einzigen Verstand gelenkt würden. Ich weiß nicht, wie ich dies noch anschaulicher formulieren soll. Vielleicht ist es der Verstand des einen Coba, der immer die Antworten gibt. Alle visuellen Impulse, alle Beobachtungen der zwölf Cobae werden in einem zentralen Gehirn zusammengefaßt und verarbeitet. Darum beherrschten sie dies Spiel so gut, obwohl wir durch unsere Befragungen wissen, daß sie vorher nie davon gehört hatten.«

»Ein zentraler Verstand?« fragte ein Mann aus der Zuhörerschaft.

»Ja«, antwortete die Frau, »dieser Verstand ist fähig, alles zu überblicken, das mit einer der zwölf Einheiten der Coba-Multiperson geschieht. Das Basketballspiel hier ist ein sehr gutes Beispiel. Sehen Sie genau hin! Bemerken Sie, wie jeder menschliche Spielzug vorausgeahnt wird, sogar von Spielern, die sich am anderen Ende des Feldes befinden. Ein Verstand beobachtet das alles, er schwebt über ihnen, wenn ich das mal so ausdrücken darf, und die Entscheidungen und Befehle werden von den einzelnen Cobae ausgeführt.«

(Dies erzähle ich aus dem Gedächtnis, natürlich. Damals wußten wir noch nicht einmal, daß sie Cobae genannt wurden, das erfuhren wir erst viel später. Wir nannten sie nur Geschöpfe, oder Fremdlinge, oder blaue Männchen.)

»Ich würde gern eine Zwischenfrage stellen . . .«

Der Mann brach ab, als die Lichter wieder eingeschaltet wurden.

»Jetzt noch nicht, bitte«, sagte die Frau, doch dann schwieg sie und schluckte. Alle wandten sich um. Die zwölf Cobae waren hinten im Raum.

Der Coba-Sprecher trat vor. »Hört zu, ihr Hurensöhne, hier muß mal 'n bißchen Dampf gemacht werden, wir können nicht die ganze Zeit verplempern, also, ihr weißen Klotzköpfe, was denkt ihr, wo wir herkommen?«

Ich sah zu Turner und seinem schwarzen Kumpel hinüber. Sie feixten und lachten sich an, offenbar amüsierten sie sich großartig.

Ich sah zu Major McNeill hinüber. Jedermann im Raum hatte es die Sprache verschlagen. Nach einer langen Pause flüsterte mir der Major etwas zu. Es klang wie: *Au, au, au . . .*

Aus dem Amerikanischen übersetzt von Ulrich Kiesow

Robert Thurston

Das Marsschiff

Am ersten Tag, nachdem ich aufgetaut worden war, rief ich Bill und Lise an. Lise schien vom Bildschirm zurückzuweichen, als sie erkannte, daß ich es war, der anrief. Stadtgespräche vom Münzautomaten waren nie sonderlich klar, daher war das Bild zu unscharf, um mit Sicherheit erkennen zu lassen, was sie tat, aber während wir uns unterhielten, spürte ich, daß sie mein Anblick langweilte.

Vielleicht verdiente ich eine solche Reaktion. Während meiner letzten Tour war ich Bill und Lise aus dem Weg gegangen. Ich verfolgte Bills Karriere – beobachtete, wie er die Heldenrolle von einem charismatischen Hauptdarsteller in einem Streifen des Werbeprogramms zu einem Dauerbrenner im sicherlich altmodischen Broadway-Musical entwickelte und dann zu einer ausgeprägten Rolle in dem ersten Film, der teilweise auf dem Mond gedreht worden war. Aber ich wollte ihm nie begegnen und seinen Erfolg anerkennen. Mein eigenes Scheitern, verkörpert in meinen spärlich veröffentlichten Texten, machte mich zu einem Misanthropen, unfähig, den Erfolg irgendeines Konkurrenten in irgendeiner Kunstform anzuerkennen. Die Umstände hatten sich allerdings geändert. Bill war wieder im Werbeprogramm, *Bis die Ewigkeit kommt*, und meine überwältigende Eifersucht konnte auf puren boshaften Neid reduziert werden.

Wenige Stunden vorher, als ich in meinem Hotelzimmer saß, hatte ich das Fernsehgerät eingeschaltet; für mich immer der beste Weg, Riskantes in die Welt draußen abzuschieben. Angenehm überrascht, daß das Fernsehen endlich holografisch geworden war (obwohl das Bild auf meinem Gerät die drei Dimensionen nicht immer aufrecht hielt, und die Leute waren an den Rändern gewöhnlich etwas verschwommen, als hätten sie Ärger mit irgendeiner Auflösungserscheinung), schaltete ich von Kanal zu Kanal, bis ich vom plötzlichen Erscheinen Bills aufgeschreckt wurde, der sich, den Finger drohend ausgestreckt, in meine Richtung beugte. Ich erkannte ihn auf der Stelle, auch wenn er ein bißchen schwerer geworden war, eine Spur weniger charismatisch um die Augen herum. Der schneidige Anwalt, den er im Programm spielte, war zum salbungsvollen Richter gereift. In dem

Moment, als ich einschaltete, belehrte er seine weinende Tochter über ihre Fehler, die sie bei der Anwendung der Maßnahmen zur Geburtenkontrolle gemacht hatte.

Nach einem Blick in den Spiegel (der die Eintönigkeit des Hotelzimmers durch einen palmengeschmückten hawaiianischen Hintergrund ersetzte), einem zweiten auf Bills Abbild und einem weiteren zurück in den Spiegel, spürte ich mein Alter – vierzig – deutlich, und mir wurde klar, wieso es über ein halbes Jahrhundert vorher, als ich ein junger Bursche war, als Hindernis angesehen wurde. Weder Bill noch ich sahen wirklich wie vierzig aus, zumindest nicht wie die vierzig, auf die vorbereitet worden war, aber es gab an uns Hinweise auf ein mittleres Alter. Bei ihm in der geschwundenen Autorität seiner Stimme. Bei mir die Angst nach dem Auftauvorgang in den Augen. Das Auftauen sollte normalerweise Gefühle der Freude und Erneuerung verschaffen.

Zum Teufel, wenn es um unsere ›objektiven‹ Lebensjahre ging, waren wir beide den achtzig näher; und wir sollten froh sein, daß wir diesen Punkt in solcher Vitalität erreicht hatten.

Die Langeweile in Lises Stimme, zusammen mit dem Ausdruck von Schläfrigkeit in ihrem unscharfen Gesicht, brachte mich beinahe dazu, mitten in ihrem Monolog einzuhängen. Postcryogenische Monologe kotzten mich sowieso immer an. Die Leute schienen gezwungen zu sein, automatisch alles, aber auch alles zu erzählen, sobald man mit ihnen Kontakt aufnahm. Wenn sie einem nicht beflissen über sich erzählten, mußten sie einen mit allem anderen überschütten. »Hast du schon die neue Einschienenbahn gesehen? Führt durch die ganze Stadt; eine tolle Fahrt, habe ich gehört, aber ich hab's noch nicht probiert; der Bau hat Jahre gedauert; mindestens dreimal wurde er unterbrochen, mußt du wissen, Politik und so; manche Leute sagen, daß sie alle Autos überflüssig machen wird, obwohl dir natürlich klar ist, daß Autos nicht mehr die Luftverschmutzer sind, die sie einmal waren, wenigstens nicht mehr *so sehr* . . . Hast du gewußt, daß der Georgette-Heyer-Kram ein großes Comeback hat? Die meisten Sachen sind fürs Kintopp und fürs Fernsehen bearbeitet worden; ich wette, *das* interessiert dich – wo du doch Autor bist und so –, daß die Emotios vor ein paar Jahren endlich ausprobiert wurden und eine Pleite waren; alles ohne Synchronisation, und es ging hauptsächlich um Sex und melodramatische Sachen, so daß es niemanden interessierte, aber es heißt, sie wollen's noch mal versuchen, ich glaube aber, sie haben fälschlicherweise angenommen, daß die

Leute soviel Gefühl *wollten;* ich habe sicher kein Interesse daran, per Draht in die Gefühle von jemand anderem eingeschaltet zu werden . . . Hast du das Marsschiff gesehen? Für manche der schönste Anblick in der Stadt, wenn ich auch meine, daß es natürlich ein bißchen geschmacklos ist, ein bißchen zu gewöhnlich, weißt du, aber schrecklich eindrucksvoll, schätze ich; was soll's, wir müssen so oder so damit leben, unsere Nachbarn und alle.«

Lise hielt sich so lange mit aktuellen Ereignissen und ihrer und Bills Biographie auf, daß ich die erste Einladung zur Party überhörte. Ich glaube, sie sah, daß ich abgeschaltet hatte – sie hatte schon immer einen Blick für Nuancen, und wahrscheinlich war die Qualität ihres Bilds auch besser –, und sie wechselte den Tonfall für die zweite Einladung, um sicher zu gehen, daß ich zuhörte.

»Eine Party, mein Lieber, heute abend. Das Beste für mich. Eine Menge Leute kommen, aber ich kann dich sicher noch dazwischen quetschen!«

Zuerst wollte ich nicht hingehen. Ich hatte Angst davor, mich so kurz nach dem Auftauen unter die Leute zu mischen.

»Vielen Dank, Lise, aber . . .«

»Carolyn ist auch da.«

Sie wußte, daß mich dieser Köder hilflos machen würde. Scharf oder nicht, ihre Überlegenheit war deutlich erkennbar. Eilig sagte ich zu, die Feier zu besuchen, und hängte ein. Lange, nachdem Lises Gesicht verschwunden war, starrte ich noch auf den Bildschirm.

Die Erwähnung Carolyns hatte mein objektives und mein subjektives Zeitgefühl zerstört. Wir waren gemeinsam zur Schule und zum College gegangen. Wir hatten Examen gemacht und promoviert (aber natürlich nicht gemeinsam); wir hatten demonstriert, Plakate getragen und waren zusammen in Theaterstücken aufgetreten, waren mit denselben Freunden (einer Clique, zu der Bill und Lise gehörten) zu denselben Stammkneipen gezogen. Sieben oder acht Jahre lang hatte ich mich bemüht, ihr Schatten zu sein. Vielleicht war das ein Fehler. Statt *ihr* Schatten zu werden, wurde ich nur *ein* Schatten – ein Abziehbild auf der Wand hinter ihr. So viele Male hatte ich einen Annäherungsversuch gemacht, sie beinahe an mich gerissen, beinahe meine Gefühle laut hinausgeschrien, sie beinahe unsittlich berührt. Aber jedesmal war es mir mißlungen.

Ich weiß nicht, warum sie so schrecklich war. Besonders in dieser Zeit, als Moral in unserer Clique ein schlechter Witz war. Die sexuelle Revolution! Mein Gott, in dieser Hinsicht war ich der schlimmste Reaktionär, den man sich vorstellen kann, und ich glaubte, Carolyn wäre wie ich. Ich behandelte sie, als gehörte sie zu einer anderen Ära – Ballkönigin der Fünfziger, oder eine liebliche, förmliche viktorianische Jungfer, oder ein geweihtes Landmädchen, das den Heiligen lauschte. Es war schwierig, sie anders zu beurteilen, weil sie sich so steif verhielt, so ein gesittetes Verhalten an den Tag legte. Rüdes oder obszönes Benehmen unterdrückte sie mit imponierender Wirkung.

Ich stand am Fuß ihres Sockels – man konnte sie nicht sehen, er war so hoch – und suchte nach einem noch weißeren Weiß, um ihn anzumalen. Einer der schrecklichsten Augenblicke meines Lebens war der Moment, in dem ich erfuhr, daß sie die Schule aufgegeben hatte, um mit diesem Kerl durchzubrennen, mit dem sie zusammengelebt hatte. Dieser Kerl, der vor mir in der Cafeteria immer mit seinen tollen Erfolgen bei Frauen geprotzt hatte. Dieser Kerl, der Carolyn kennengelernt hatte, indem er sich an mich angehängt hatte.

Nach ihrer Flucht hatte ich sie nie wiedergesehen. Unter Freunden tauchte ab und zu ihr Name auf, aber ich nahm keinerlei Informationen über sie auf. Es schien eine Ewigkeit, seit ich sie zum letztenmal gesehen hatte – auf einer Couch sitzend, leicht getönte Gläser, beschattete Augen, die traurig wegschauten, durch ein Fenster in einer Wand, die keine Fenster hatte.

Wie oft hatte ich den Einfrierungsprozeß mitgemacht, seit ich zum letztenmal ihren Namen gehört hatte? Vor über vierzig Jahren, als ich neunundzwanzig war, hatte ich damit angefangen, und war seitdem fünfmal eingefroren und wieder aufgetaut worden. Jedesmal, wenn ich herauskam, fand ich, daß das Verfahren verbessert worden war und ich beim nächsten Durchgang kein Risiko eingehen würde. Beim nächsten Durchgang. Wie verlokkend, wie notwendig dieser nächste Durchgang immer erschien. Ich konnte nur zwei oder drei Jahre hintereinander draußen in der Welt bleiben. Meinen letzten Antrag hätten sie fast abgelehnt, weil ich, so die Begründung, das Privileg über Gebühr ausnutzte. In dieser Zeit nutzten viele Leute das Privileg über Gebühr aus. Auf diese Weise war ich mir von diesen Vierzig-und-etwas-Jahren nur über den Verlauf von elf Jahren bewußt. Zum letztenmal hatte ich während meiner zweiten, oder höchstens während der ersten

Zeit meiner dritten Reinkarnation von Carolyn gehört. Als ich jetzt, so viele Jahre später, von ihr hörte, wollte ich sie sofort wiedersehen.

Ich erreichte die Gegend von Bills und Lises Wohnung früh; mit auf den Boden gehefteten Augen war ich durch die Straßen gegangen, hatte es vermieden, Veränderungen wahrzunehmen. Ich lehnte es ab, einen der Gratiswagen zu benutzen, die überall geparkt waren. Das Vorrecht auf Gratiswagen war eine der wenigen Veränderungen, die sie für wichtig genug hielten, um mir davon zu berichten, als ich aufgetaut worden war. Ihr neuer Einfall war es, jeden seinen eigenen Weg finden zu lassen. »Wir möchten gerne, daß sie es bei dieser Tour ein bißchen länger aushalten«, hatte die angemalte junge Angestellte gesagt. Nun, mir waren die Gratiswagen egal, und ich wollte auch das sauberere und schnellere Eiltransitsystem nicht sehen, von dem ich wußte, daß es in ihm immer noch naßkalte Luft und strategisch plazierte Graffiti geben würde.

Ich nahm Zuflucht in einem kleinen Promenierpark, weil er leer zu sein schien. Vorbei an einer makellos sauberen Bank im alten Stil aus grünen Latten, kam ich in den eigentlichen Park, wo ich von einem warmen Lufthauch überrascht wurde. Nach einer Entwicklung, die mir neu war: Offenbar kam der Wind aus winzigen Netzventilatoren in den nur scheinbar zur Zierde dienenden Pfosten, die in regelmäßigen Abständen am Rand des Parks aufgestellt waren. Die Pfosten schienen auch für eine andere Wirkung verantwortlich. Einmal im Park, konnte man nichts mehr von den Gebäuden (oder Autos und Leuten) sehen, die ihn umgaben. In einer Grünanlage in der Stadtmitte, die die beiden Verkehrsrichtungen voneinander trennte, konnte man in eine mehr oder weniger ländliche Umgebung treten.

Meine Ohren strengten sich an, etwas von dem Lärm zu hören, dem ich gerade entkommen war. Die Ruhe erinnerte mich an das Städtchen, in dem Carolyn und ich aufgewachsen waren. Seit Jahren war ich nicht mehr dorthin zurückgekehrt, aber ich nahm an, daß es sich inzwischen mit der großen Stadt verbunden hatte, die zu unserer Zeit in zehn Meilen Entfernung an einer Straße, die an verwüstetes Land grenzte, gelegen hatte. Oder vielleicht waren diese Gebiete bei der letzten Ausweitung der Landwirtschaft in den nahrungsknappen Jahren während meiner letzten Tour wieder in Anspruch genommen worden.

Ich versuchte mich an irgend etwas aus unserer Heimatstadt zu erinnern, das mein Gedächtnis auf irgendeine Art mit Carolyn verknüpfen könnte. Einmal brachte ich sie von irgendeiner Jugendveranstaltung nach Hause, aber ich konnte nichts von der Straße in Erinnerung rufen – nur ein verschwommener Eindruck von da und dort gepflanzten Bäumen, Hausecken und Fassaden im Licht der Straßenlaternen. Nichts, was mit der angenehmen Ordnung dieses Zentralparks verglichen werden konnte. In diesem Teil unserer Vergangenheit schien Carolyn wie vor einem Hintergrund aus Schatten zu stehen, wie in der dauernden Pose für ein Studioporträt.

Ein alter Mann, der sich auf einer Parkbank ausgestreckt hatte, winkte mir zu. Seine Freundlichkeit war vorgetäuscht; er hatte die Konzession für diesen Teil des Parks. Aber ich mußte mit jemandem reden, und dafür war er schließlich da. Sonst hätte ich möglicherweise mit einer Prostituierten vom Straßenstrich verhandeln müssen. Ich konnte eine mir entgegenkommen sehen, ihre dezent-extravagante Aufmachung wies auf ihren Beruf hin. Ich war schon von einer Blüte der Nacht, die auf Tagschicht arbeitete, angesprochen worden und hatte herausgefunden, daß man in diesen Tagen nicht davon kommen konnte, ohne mindestens ein Miniaturherz aus Gold zu erwerben. Wenn ihr Geschäft so schlecht lief, mußte die strenge Moral meiner letzten Tour noch gestiegen sein.

Als ich mich zu dem alten Mann setzte, sah ich, daß er nicht alt war. Kein Wunder, stellungslose Schauspieler kauften sich häufig eine Konzession dieser Art. Ich erzählte ihm von mir, ließ einige Erinnerungen an Carolyn einfließen und erklärte, warum ich im Park Zuflucht gesucht hatte. Er nickte zu fast allem und versicherte mir, daß ich richtig gehandelt hätte. Nachdem ich die fällige Gebühr ausgehändigt hatte, steckte er eine Blechmünze in einen Landschaftskasten, der nur wenige Meter entfernt stand. Der Kasten, so sagte er mir, versetzte einen in eine herrliche Illusion von Bäumen und Bergen, die sich meilenweit zu erstrecken schien. Ich sagte »nein, danke«, ich verspürte keinen Wunsch nach einer Flucht. Aber ich fragte ihn, ob es in dem Kasten einen Gucker gab, vielleicht irgendeine Art von holografischem Steropticon, durch den man zu einem angemessenen Preis eine Industriestadt aus alten Zeiten in Betrieb beobachten konnte.

»Und nicht vergessen: Wenn Sie mal wirklich am Boden sind, werfen Sie einen Blick auf das Marsschiff und denken darüber nach; das wird Sie unter Garantie wieder aufrichten«, sagte der alte Mann. Als sich seine Augen abwandten, sagte ich mit einer Berührung seiner Schulter »Danke« und »Auf Wiedersehen« und verließ den Park.

Jetzt war es nicht mehr zu früh für die Party. Ich hatte eine lange Auseinandersetzung mit einem Aufzug-Lautsprecher, der darauf beharrte, daß mein Name nicht auf seiner Zutrittsliste für die oberen Stockwerke stünde. Offenbar fragte er dann nach und erhielt von Lise eine Bestätigung.

Die Aufzugtür öffnete sich zu ihrem Foyer, wo sie wartete, um mich zu begrüßen. Sie schien sich niemals zu verändern: dieselbe Andeutung attraktiver Rundungen trotz ihrer geschmeidigen, wohlgepflegten Figur, dieselbe Herzlichkeit in ihren Augen, als wäre ihr einziger Lebenszweck, dich aufzumuntern, der nichtssagende Widerhall in ihrer Stimme, der die Herzlichkeit Lügen strafte.

»Alan! Ich habe mich so darauf gefreut, dich zu sehen. Bill, Alan ist da.«

Bill betrat das Foyer. Er sah ein bißchen älter aus, als er mir in dem Werbespot erschienen war. Im Fernsehen hatte ich die müden Linien um seine Augen nicht bemerkt, hatte nicht wahrgenommen, daß das sorgfältig nach vorn gekämmte Haar mit den grauen Strähnen ein Haarteil war.

»Schön, dich zu sehen, Alan«, sagte er, diese Scheu in der Stimme, der ich nicht widerstehen konnte. Sie konnte geschauspielert sein, aber es machte ihn zu einem angenehmen Freund.

»Du kommst im richtigen Moment«, sagte Lise. »Eine kurze Zeit brauche ich nicht Gastgeberin zu spielen. Einige der Gäste sind zusammengedrahtet; der Rest ist im Spielzimmer.«

Bill bemerkte meine verblüffte Reaktion auf den Ausdruck *zusammengedrahtet.*

»Wirklich nichts Besonderes«, sagte er, während er mich zur Tür des Wohnzimmers führte und auf sieben im Kreis sitzende Leute wies, die alle eine Apparatur auf dem Kopf trugen. In einem komplizierten Netz waren sie alle mit Drähten miteinander verbunden. Was auch immer sie taten, sie schienen sich zu vergnügen. »Es hat nichts mit Elektrizität zu tun, auch wenn es so aussieht. Ein Freund von mir, Spezialist für Parapsychologie, hat es entwickelt. Die praktischste Anwendung findet es fürs Theater. Ein toller Spaß, wirklich, und nicht so gefährlich, wie es aussieht.«

»Es funktioniert noch nicht richtig«, warf Lise ein. »Ihre Gehirne sind alle miteinander verbunden, und schon dadurch werden sie ungeheuer erregt, aber man kann kontrollieren, was man sendet, und wenn man niemanden hat, der betrunken oder unter Drogen ist, ist es eine lahme Sache, nicht mehr als ein geistiges Cocktailparty-Geplauder, außer, daß man zur Abwechslung einmal jeden deutlich hören kann. Manchmal macht es mir Spaß – durch meinen Verstand kann ich viel mehr sexy wirken als durch meine physische Ausstattung.«

Sie wollte wie gewöhnlich ein Kompliment provozieren. Pflichtgemäß machte ich es, und sie berührte meine Hand.

»Wie geht's?« fragte Bill. »Bist du schon wieder seefest?«

»Ich bin noch nicht einmal an Deck gekommen.«

»Das kann ich verstehen. Letztes Mal, als ich rauskam, merkte ich, daß ein Vertrag, für den ich vorher alles mögliche an Zeit und Energie investiert hatte, ins Wasser gefallen war. Danach habe ich eine Zeitlang herumgehangen, ein paar Jobs, aber nichts, was mich ausfüllte. Dann stellte ich fest, daß ich meinen alten Werbejob wieder haben konnte . . .«

»Ach ja, ich hab' dich gesehen.«

»Ich hab' ihn angenommen und bin der lokale Lieferant einer mittelmäßigen, aufdringlichen Werbesendung geworden. Ich hab' schon darüber nachgedacht, mich wieder einfrieren zu lassen, aber Lise hat kein Interesse daran . . .«

»Das heißt nicht, daß *du* nicht gehen kannst . . .«

Eine Andeutung von Schärfe in ihrer Stimme. Bill ignorierte sie.

»Aber jetzt denke ich daran, zu verlangen, daß meine Rolle gestrichen wird. Um größeren Schaden zu verhüten und so.«

Ich nickte. »Sie sagen, daß unsere Generation als die erste, die sich einfrieren konnte, zu oft davon Gebrauch macht. Haben sie dir das auch gesagt?«

»Als allererstes. Und auch als letztes.«

Wir begaben uns an den verdrahteten sieben vorbei ins Wohnzimmer. Musik umgab uns. Angenehm *alte* Musik mit einem weichen und gefälligen Rhythmus, angenehm quadrophonisch. Das Lied hatte ich vergessen, aber ich wußte, daß es aus meiner College-Zeit stammte, und daher erinnerte es mich an Carolyn. Ich war begierig, sie zu sehen und die Eingangsformalitäten hinter mich zu bringen.

Bill führte mich zu etwas, das wie eine Mahagonitruhe aussah;

das Ding stand zwischen einem Leser für Mikrofilmrollen und einem Schrank mit aufgestapelten und eingeordneten Mikrobänden, die einer Bibliothek voller Bücher auf Regalen und Karten entsprach. Als ich auf die Mahagonitruhe starrte, fiel mir ein, daß wir immer erwartet hatten, die Möbel der Zukunft würden aus Plastik sein – dann berührte ich die Truhe und mir wurde klar, daß es sich tatsächlich um Plastik handelte. Bill öffnete eine Klappe an der Seite und drückte eine Reihe beleuchteter Felder.

»Das wollte ich dir ganz besonders zeigen«, sagte er. Im Innern der Truhe schnappten und schnarrten ein paar Mechanismen. Die Laute verstummten, als sich eine andere Klappe öffnete und auf einem Tableau, das hervorkam, zwei Bücher sichtbar wurden. Mein Kurzgeschichtenband, *Kraftproben*, und mein Roman, *Alicia II*. Offenbar hatten sie meine später erscheinenden Kurzgeschichtenbände verpaßt, aber was soll's auch.

»Als ich meine Bücherei auf Mikro umstellte«, sagte er, »waren deine unter den wenigen richtigen Büchern, die ich behielt.«

»Es ist immer schön, eines meiner *richtigen* Bücher zu sehen.«

Lise nahm die beiden Bücher und reichte sie mir, wobei sie den Deckel des einen aufschlug. Offenbar, um meine Aufmerksamkeit auf eine Widmung auf dem Vorsatzblatt zu lenken. ›Für Bill und Lise‹ stand da in meiner regelmäßigen Handschrift von früher, ›mit einem solchen As-Paar werde ich immer gewinnen – Meine besten Wünsche – alles Liebe, Alan.‹ Von der Form der Buchstaben kam in mir nicht das Gefühl auf, das tatsächlich geschrieben zu haben. Lise schlug das andere Buch für mich auf.

»Dieses hast du nie signiert«, sagte sie. »Es kam heraus, als du nicht da warst. Oder so. Wir haben es tatsächlich *gekauft*. Signier es uns bitte.«

Sie hielt mir einen Schreibstift entgegen. Mit ausgestrecktem Arm. Ich nahm ihn, drehte ihn zwischen den Fingern, versuchte nachzudenken. Schließlich schrieb ich in meiner augenblicklichen zittrigen Schrift: ›Für B. und L., siehe die andere Widmung, sie gilt noch immer – alles Liebe, Alan.‹ Mit einem Blick auf das, was ich geschrieben hatte, schien Lise nicht erfreut. Bill legte das Buch sorgfältig zurück auf das Tableau, das nach einigen Knopfdrükken wieder verschwand, so daß die Truhe die Bände schlucken konnte. Ich fragte mich, ob sie je wieder hervorgeholt werden würden.

»Hier, sieh dir das an«, sagte Bill, während er einen Wandschirm zur Seite gleiten ließ. Vor mir ausgebreitet befand sich eine grelle, computerähnliche Konstruktion aus Tastaturen, Schalttafeln und durchsichtigen, röhrenförmigen Tanks, die verschiedenfarbige Flüssigkeiten enthielten.

»Es stellt jeden Drink her, den du dir vorstellen kannst«, sagte er. »Eine Art Computer-Barmixer. Nenn dein Gift, und in ein paar Sekunden kannst du es in dich hineinschütten.«

»Samttraum«, sagte ich, ohne zu wissen, ob es so ein Getränk dieses Namens gab.

»In Ordnung«, sagte er und vollführte eine majestätische Zeremonie mit der Tastatur. »Es heißt Bar-Boy. Jede Sorte Whisky, Wein und Likör und natürlich Zusätzen ist in logisch abgeschätzten Mengen darin aufbewahrt, so daß jeder Drink möglich ist. IBM bringt das raus, und es läuft genauso wie damals, als sie eine Menge Schreibmaschinen rausbrachten. Sie bringen monatlich Nachfüllungen vorbei, und es gibt einen Servicevertrag, der festlegt, daß sie sofort kommen müssen, wenn uns irgend etwas ausgegangen ist oder der Mechanismus irgendwie versagt.«

»Sie sind ziemlich selten«, sagte Lise. »In unserem Kreis sind wir praktisch die einzigen, die einen haben.«

»Beim Werbefernsehen zahlen sie ganz anständig«, ergänzte Bill.

»Machen sie keine Schreibmaschinen mehr?« fragte ich. »IBM?«

Bill schien zu meinen, ich sollte an Bar-Boys mehr Interesse als an Schreibmaschinen zeigen.

»Ein paar, aber das gehört nicht mehr zu ihren Hauptproduktionen. Wahrscheinlich weißt du es nicht. Irgend jemand hat endlich einen funktionsfähigen Stimmschreiber entwickelt, und 3M hat das Patent dafür erworben. In Verbindung mit einer Vervielfältigungsausstattung reicht das für jedes Büro aus, und für den Privatgebrauch ist es sogar noch beliebter.«

»Die meisten Autoren benutzen ihn«, schaltete sich Lise ein. »Wenn auch heute nur noch wenig geschrieben wird. Du solltest dir einen besorgen, du . . .« Sie hörte etwas, was ich nicht hören konnte. »Es kommt jemand, entschuldigt mich.«

Sie ging ins Foyer. Bill reichte mir meinen Samttraum, der auf einer Schiebeplatte erschienen war. Ich probierte ihn. Weich. Bill fragte mich, wie er, verglichen mit anderen Samtträumen, sei. Da ich vorher noch nie einen getrunken hatte, sagte ich, er wäre besser. Er sagte, das wären die Bar-Boy-Getränke fast immer.

»IBM finanziert jetzt das Werbeprogramm«, sagte er.

»Ach ja? Ich dachte, sie wären ins Bildungsprogramm gegangen.«

»Sie haben gewechselt.«

Er schien beunruhigt, wahrscheinlich, weil er mit der Tatsache leben mußte, daß seine Karriere auf eine Stufe gesunken war, die unter dem Bildungsprogramm lag.

Ein neues Lied schmetterte mir aus – so schien es – jeder Richtung des Zimmers entgegen.

»Was hältst du von dem Klangsystem?« fragte Bill mit ausgebreiteten Armen. Ich hörte, was er sagte, aber ich hörte nicht zu.

»Komisch«, sagte ich.

»Was ist daran komisch? Es reproduziert Musik so originalgetreu wie . . .«

»Entschuldige, ich habe nicht die Musik gemeint. Ich habe alles gemeint, all das hier.«

Offenbar hatte ich ihn aus der Fassung gebracht, aber ich mußte meinen Gedanken weiterverfolgen oder in dem Samttraum vergehen.

»Mir scheint, ich habe einmal über so ein Zimmer geschrieben.«

»Nun, wir haben eine Menge verändert, seit du zum letztenmal . . .«

»Nein, ich meine . . . ich meine etwas wie *déjà vu*. Ich habe dieses Zimmer, oder eins wie dieses, als Teil einer Erzählung beschrieben. Eine Science-fiction-Erzählung.«

»Du hast *vorhergesagt* . . .«

»In etwa. Mehr allgemein. Es war, was ich erwartet habe, aber doch nicht wirklich *erwartet* habe. Ich *wollte* etwas anderes.«

»Tja, ich glaube, einige von euch mußten recht haben.«

An der Art, wie Bill mit seinem Glas hantierte, erkannte ich, daß ich ein prekäres Tabu verletzt hatte.

»Genau, und bei einer Menge Sachen haben wir schiefgelegen«, erwiderte ich so beiläufig wie möglich und prostete ihm mit meinem Samttraum zu. Ich setzte ein schiefes Lächeln auf und fragte mich, ob ich immer die Leute, die ich mochte, verärgern mußte.

Lise rief nach Bill, er sollte ins Foyer kommen und ihren neuen Gast begrüßen. Er nahm meinen Arm und zeigte auf eine geschlossene Flügeltür.

»Warum gehst du nicht in den Vergnügungsraum?« fragte er.
»Vergnügungsraum? Hört sich erschreckend an.«
Das verstand er nicht.
»Nichts Schreckliches, nur ein herausgeputztes Spielzimmer mit mehr Abwechslung. Einige Spiele, ein paar andere Zerstreuungen. Ein paar Illusionssachen. Könnte sogar ein Film im Fernsehen sein. Ich besitze alle Charlie-Chaplin-Filme und . . .«
Lise rief erneut.
»Also mach's dir bequem oder sonst was. Wir sehen uns noch.«

In Erwartung einer erstickenden Atmosphäre ging ich durch die Flügeltür. Aber der Raum war groß und nur mäßig gefüllt. Jeder war mit irgend etwas beschäftigt, daher bemerkte niemand mein Eintreten. In der Nähe der Tür saßen ein Mann und eine Frau. Auf ihren Köpfen befanden sich kleine Kappen mit Drähten daran, die den Anschein erweckten, sie seien an einer Art jüdischer Elektrischer-Stuhl-Zeremonie beteiligt. Der Mann sagte mit ruhigem Tonfall: »Nymphe, schließ in dein Gebet all meine Sünden ein«, und die Frau erwiderte: »Mein Prinz, wie geht es Euch seit so vielen Tagen?«
Ich kam zu dem Schluß, daß dies Gerät dem ähnelte, das die sieben benutzten, und daß diese beiden in ihre ganz private *Hamlet*-Produktion eingeschaltet waren. Gemeinsam mit anderen Darstellern überall in der Stadt, wie ich später erfuhr. Die Kappen mit den Drähten hatten nicht nur den Effekt, sie mit den anderen Darstellern zu verbinden, sondern erzeugten auch die Illusion einer szenischen Lesung.
Links vor mir befanden sich konventionelle Spiele. Rekonstruierte Schlachten mit kleinen Spielzeug-Waffensystemen, die auseinanderbrachen, wenn sie getroffen wurden, ein Flippergerät, dessen Spielfeld sich während des Spiels verschob, ein Eishokkeyspiel mit naturgetreuen Schlittschuhläufern, die auf geflüsterte Anweisungen der im Sessel sitzenden Spieler reagierten. Bestimmte Spiele, wie Schach und Kartenspiele, wurden – zu meiner Erleichterung – auf die altmodische Art gespielt.
Drei oder vier Fernsehgeräte, vom zweidimensionalen bis zum Holo, waren eingeschaltet. Andere Apparate, für deren Funktion ich mich nicht sonderlich interessierte, sandten blitzende Reflexionen aus oder warfen ihr Licht in den ziemlich dunklen Raum. Aus Angst, jemand könnte mich dazu einladen, an etwas teilzu-

nehmen, was ich aus moralischen Gründen ablehnen müßte, suchte ich mir eine freie Ecke und versuchte, distanziert dreinzublicken. Zugleich schaute ich mich um, um zu sehen, ob Carolyn an einer dieser Zerstreuungen beteiligt war. Ich sah sie nirgendwo.

Ich konnte mich an die Raumaufteilung von Bills Wohnung nicht gut genug erinnern, um eine methodische Suche in Angriff zu nehmen. Aber es war eine kleine Wohnung. Wenn Carolyn hier irgendwo war, würde ich sie bald finden.

Ich konzentrierte mich so intensiv, daß ich nicht bemerkte, wie sich der junge Mann näherte. Als ich auf sein Interesse an mir aufmerksam wurde, war es zu spät, ihm aus dem Weg zu gehen. Er stand direkt vor mir, grinsend, mich mit Augen von solch dunkler Schönheit anstarrend, daß es eine Schande schien, sie für ein so mickriges Gesicht zu verschwenden.

»Die Nichtigkeit spiegelt sich in ihren Augen wider«, sagte er und lächelte. Ein grausames Lächeln, dem der schmale Mund und die dünnen Lippen zusätzliche Härte verliehen.

»Die was?«

»Die Nichtigkeit. Diese Umgebung. Ihr gleichgültiges Aussehen verbirgt ihre Verachtung für das, was sie sehen, keineswegs.«

»Pardon, ich kann nicht folgen . . .«

»Legen Sie die förmliche Höflichkeit ab. Ich erkenne einen Gleichgesinnten, einen, der durchblickt, einen Kritiker . . .«

»Sie sind auf dem falschen Dampfer, mein Freund.«

Argwöhnische Augen. Aber er war entschlossen.

»Ja«, sagte er, »Sie sind der Typ von Mensch, der jemanden wie mich an der Nase herumführen würde. Am Anfang. Ganz egal. Öffnen Sie sich. Sie können mit mir über diese Nichtigkeit diskutieren.«

Ich schaute mich nach einem Fluchtweg um.

»Ich kenne seit Shinola keine Nichtigkeit«, sagte ich. Ein zischender Konter, dachte ich. Aber es war offensichtlich, daß der junge Mann nicht die mindeste Ahnung hatte, was Shinola gewesen war.

»Zur Terrasse«, sagte er. Mit solcher Autorität, daß ich nicht einen Moment lang erwog, mich zu widersetzen.

Seine Hand auf meinen Ellbogen legend, führte er mich. Es machte mich unruhig, von einem jungen Mann beherrscht zu werden, der nur zwei Drittel meiner Größe und meines Gewichts aufwies. Unter dem sanften Gesicht und glanzlosem schwarzen Haar war ein drahtiger, dünner Körper, der sich mit sicherer Entschlossenheit bewegte. Ich konnte leicht mit ihm fertig werden, könnte ich mich seinen Augen entziehen.

Die Terrasse war der beste Teil von Bills Wohnung. Das Geld, das er während seiner Schauspielerlaufbahn verdient hatte, schien hier wirklich ausgebreitet. Sie war gewaltig. Alle Leute, die man in den vier oder fünf Zimmern der Wohnung zusammenstekken konnte, könnten ebensogut auf der Terrasse zusammengequetscht werden, wobei höchstens ungefähr ein Dutzend über den Rand gestoßen werden müßten. Sorgfältig arrangierte Gartenmöbel, sie schienen modernistisch entworfen – sehr schön, wenn man pastellfarbenes Metall mag –, und die Art, wie Grüngewächse und Blumen auf und über den Simsen angeordnet waren, vermittelten den Eindruck imponierender Schönheit. Man mußte immer ein Blatt, einen Farn oder eine Blume zur Seite schieben, um einen Blick auf die Stadt draußen zu werfen.

»Wunderschön, diese Terrasse«, sagte ich. Vermutlich eine idiotische Bemerkung, wenn man die Anschauungen des jungen Mannes in Betracht zieht. Ich zwinkerte, um die Leute, die sich rundum bewegten, in den Blick zu bekommen.

»Ja, sie ist, glaube ich, ziemlich hübsch«, sagte er. In seiner Stimme war ein Unterton von Entgegenkommen. »Sie haben Glück, nicht auf der Marsschiffseite des Gebäudes zu sein.«

»Was für einer Seite?«

»Marsschiff.«

Seine Augen wurden schmaler. Einen Moment lang fühlte ich mich sicher, aber unglücklicherweise weiteten sich seine Augen wieder.

»Ich verstehe schon. Sie kennen das Marsschiff nicht?«

»Nein.«

»Sie haben Glück. Um auf die Nichtigkeit zurückzukommen . . .«

Er setzte zu einer vollständigen Analyse an, aber mir wurde es erspart, sie anzuhören, denn genau in diesem Moment kam Carolyn aus einem anderen Zimmer auf die Terrasse. Ich fürchte, ich verließ den jungen Mann mitten in seiner Nichtigkeit.

Carolyn bemerkte nicht, wie ich näher trat, und das gab mir Zeit, sie zu mustern. Sie war auf eine Art, die mir gefiel, älter geworden. An Oberkörper und Hüften hatte ihr Gewicht zugenommen, was ihre schmale Taille noch deutlicher betonte. Aus irgendeinem Grund erinnerte ich mich an die klare Linie ihrer Rippenpartie, wie sie zu erkennen war, wenn sie einen Badeanzug oder eins der merkwürdig geschnittenen Kleider trug. Vermutlich eine seltsame Erinnerung, aber genau sie kam mir, als ich sie von oben bis unten betrachtete.

Ihr Gesicht schien schmaler geworden zu sein. Sie trug immer noch die gleiche Art von Brille, mit einem strengen schwarzen Gestell, das an den Seiten leicht geschwungen war. Von den Frauen, die immer noch Brillen den Vorzug vor Kontaktlinsen gaben, wählten nur wenige diese Art. Ihr Haar war lang und sah aus, als wäre es gerade frisiert worden – ich hatte sorgfältig gelegtes Haar immer gehaßt –, leuchtende graue Streifen weichten den brünetten Ton auf. Ich wußte, daß die meisten Männer sie nicht als schön bezeichnen würden, aber das hielt mich nicht davon ab, geradewegs auf sie zuzugehen. Voller Angst in meinem Herzen, Vorfreude in meiner Seele, niedergerissene Zäune der Umfriedung meiner übertriebenen Erwartungen.

Sie schlenderte allein am Geländer der Terrasse entlang und sah niemanden an. Niemand schien sich für sie zu interessieren. Sie legte einen Arm auf das Geländer, machte aber nicht den Versuch, die Grünpflanzen beiseite zu schieben, um nach draußen zu schauen.

Ich stand hinter ihr und sagte sanft:

»Du siehst genau wie früher aus.«

Sie wandte sich um.

»Hallo, Alan, wie schön, dich zu sehen. Lise hat mir gesagt, daß du hier bist. Ich bin gerade gekommen.«

»Allein?«

»Nein, mein Mann ist mit. Er ist in den Vergnügungsraum gegangen.«

Ihre Augen waren noch immer schön, noch immer ein sanftes Blau, ohne zerstörerische Linien oder Schatten um sie herum. Sie sah mich an, als wäre ich aus wertvollem Gestein gemacht. Vielleicht sah sie jeden so an, vielleicht war es Kurzsichtigkeit, aber ich zog die romantische Interpretation vor.

»Jack?« fragte ich.

»Jack?«

»Dein Mann, ist es Jack?«

Ihr Gesicht nahm eine leichte Röte an.

»Nein. Nein, ich bin schon seit . . . ähh . . . seit Jahren nicht mehr mit Jack verheiratet. Ich kann mich kaum noch erinnern.

Beim Einfrieren verliere ich das Gefühl für die wirkliche Zeit, aber es ist schon viele Jahre her. Jede Tour ist fast wie ein anderes Leben, schätze ich.«

Wie schnell sie mich auf bloße Banalitäten brachte.

»Ja. Komisch.«

»Was?«

»Jack. Er hat sich gegen die Cryogenik entschieden. Nach dem Lauf der Natur ist er jetzt ein Greis. Oder tot. Ich habe nie versucht, es herauszufinden.«

»Ich habe einen jüngeren Bruder, der älter ist als ich.«

»Das kann passieren, nicht wahr?«

»Aber sicher.«

Und Schweigen. So viele Jahre, seit wir uns zum letztenmal begegnet waren, so viele Jahre, seit sie mit ihrem jetzt schon altersschwachen oder zu Staub gewordenen Athleten durchgebrannt war, und mir ging in einer Minute der Gesprächsstoff aus. Sie blickte zur Seite, auf ein sich verfärbendes Blatt. Ich lachte verlegen. Sie schaute wieder mich an und lächelte. Ich versuchte, meinen leergewischten Verstand auf etwas zu konzentrieren. Sie wandte ihre Aufmerksamkeit wieder dem sterbenden Blatt zu. Ich hatte den Wunsch, die Verlegenheitspause elegant zu überbrükken.

»Wärmt ihr zwei alte Zeiten auf?« fragte Bill, einen purpurroten Bar-Boy-Drink in der Hand.

»Das trifft's nicht ganz«, erwiderte Carolyn.

»Alte Zeiten sind . . .« Einen Moment lang fiel mir nicht ein, wie ich den Satz beenden konnte. »Alte Zeiten sollten unter Freunden nie aufgetaut werden.«

Bill lachte. Es stört mich immer, wenn Freunde über meine dummen Bemerkungen lachen. Das macht mich argwöhnisch. Aber ich nehme an, Bills Lachen sollte eine andere psychologische Bedeutung haben.

»Ich hab' eins von diesen Spielzeug-Pianos«, sagte Bill, dessen Zunge zwar nicht schwer vom Alkohol, aber auch nicht richtig von nüchterner Leichtigkeit war. »Wißt ihr, eins von diesen Dingern mit Computeranschluß. Es kann fast jede Melodie spielen, an die man nur denken kann, vor allem die alten. Wollen wir reingehen und etwas auflegen, solange wir auf die alten Zeiten eingestimmt sind?«

»Wir sind nicht auf die alten Zeiten eingestimmt«, sagte ich.

»Ich dachte, wir seien's.«

»Du vielleicht; wir nicht.«

»Natürlich sind wir's«, warf Carolyn ein. »Dem kannst du nicht ausweichen. Was für Plattheiten ich auch zu einem von euch sage, ich denke an verschiedene Erlebnisse unserer dahingegangenen Jugend.«

»So geht's mir auch«, gab ich zu.

»Jetzt, wo das geklärt ist«, sagte Bill, »hat jemand Lust auf alte Lieder?«

»Tut mir leid, Bill«, gab ich zurück, »nicht jetzt. Ich möchte den Sonnenuntergang hier auf der Terrasse genießen.«

»Oh, ja, in Ordnung, genieße es, wie es kommt. Ich glaube, nach dem Sonnenuntergang stehen ein oder zwei Stunden Regen auf dem Plan. Entschuldigt mich, ich glaube, Lise braucht etwas.«

Er entfernte sich, ein leichtes Schwanken beeinträchtigte den sonst so sicheren Gang des Schauspielers. Einige Leute standen an einem Tisch in der Nähe auf, und ich schlug Carolyn vor, uns dorthin zu setzen. Ich erwog, mich höflich ein Stück von ihr entfernt niederzulassen, aber statt dessen nahm ich den Stuhl neben ihr und rückte ihn näher an sie heran. Nach einem erneuten schrecklichen Schweigen brachte ich das Gespräch auf Bills Vergnügungsraum. Sie sagte, ihr Mann liebe Spiele, aber sie könnte nicht lange genug dabei bleiben, um Spaß daran zu finden. Ich machte ein paar Bemerkungen über die Theorie des Spiels und bemühte mich um treffende und gewählte Wortwahl. Sie lächelte leutselig an den richtigen Stellen, schien ansonsten aber distanziert. In ihrer Sprechweise war keinerlei Energie, ihr Lächeln enthielt eine gewisse unnötige Gezwungenheit, ihre Bewegungen waren lethargisch. Ihre Mattigkeit veranlaßte mich um so mehr, meinen Bemerkungen besondere Glanzpunkte aufzusetzen. Ich spürte, wie ich die Worte herauszwang. Sie schienen in der Luft zu hängen. Carolyns Lächeln wurde schwächer, ihre Augen unsteter.

Ich kam zu dem Schluß, daß ich – da die Zeit so sehr gegen mich arbeitete und die Chance auf ein Wiedersehen so weit entfernt war – direkter werden sollte.

»Du scheinst so gelangweilt, daß du selbst dann, wenn es dich interessieren würde, was ich sage, zu gelangweilt wärst, um es zu zeigen.«

»Laß das Taktieren, verflixt noch mal.«

»Tut mir leid, ich . . .«

»Bitte. Schon in Ordnung.« Flüchtig berührte sie mein Handgelenk, eine neutrale Zone. »Dir sei verziehen. Ich bin nicht fähig, eine Tirade oder ein Streitgespräch durchzuhalten. Sei einfach fair. Nein, sei nicht fair. Vermeide es lieber, direkt zu sein. Bei meinen beiden Ehemännern habe ich das seichte Plaudern gelernt. Versuche doch, mit mir zu plaudern, ich werde dich beeindrukken.«

»Ich will nicht *beeindruckt* werden.«

»Aufgeheitert? Unterhalten? Zerstreut?«

»Laß mich eins sagen, nur eins. Ich bin heute abend hierher gekommen, um dich zu sehen, und *nur*, um dich zu sehen. Ich werde mich an die Regeln halten, die du aufstellst, nur um den Vorzug zu haben, *deine* Regeln zu befolgen. Du kannst mich also zum Schweigen bringen, aber, bei Gott, wir werden uns wahrscheinlich in den nächsten . . .«

»Das spricht um so mehr für Geplauder. Tut mir leid, daß ich dich unterbreche, aber das ist kein Thema, das ich weiter verfolgen möchte – nicht mit dir. Dann müßte ich gehen.«

Wir befanden uns in der Schattenstunde des Sonnenuntergangs, und ich konnte ihr Gesicht kaum erkennen.

»Und ich möchte nicht gehen.«

Selten war ich in meinem Leben dem Impuls gefolgt, die Hand auszustrecken und jemanden zu berühren, wenn ich den Wunsch dazu verspürte. Gewöhnlich finde ich neutrale Stellen für meine Hände – Taschen, Tischkanten, formbare Gegenstände. Dieses Mal hatte ich begonnen, nach einem leeren Bar-Boy-Glas zu greifen, aber ihre Hand war zu dicht daneben. Dieses eine Mal folgte ich meinem Impuls. Ich ergriff ihre Hand und hielt sie in der Art eines Jünglings, der sich nicht ganz sicher ist, ob der Griff willkommen ist. Sie machte keinen Versuch, sich zu lösen, doch sie starrte auf die Hand, die die ihre bedeckte.

»Das ist sehr dumm nach dem, was ich gesagt habe.«

»Sicher ist es das. Aber mach weiter, plaudere, oder was immer deine Regeln vorsehen.«

»Haben wir früher jemals Händchen gehalten?«

»Nicht daß ich wüßte. Allenfalls unter höchst züchtigen Umständen, da bin ich sicher.«

»Es fühlt sich an, als hätten wir. Deine Berührung hat etwas Vertrautes.«

»Ich habe eine von dieser Art von Händen.«

»Nur eine?«

»Nun, die andere ist ... sie ist distanzierter.«

Ich glaube, sie lächelte beinahe, im schwindenden Sonnenlicht war das schwer zu erkennen. Ich hatte Angst, jemand könnte das Licht einschalten und mich aus diesem Intermezzo herausreißen.

»Das ist dumm«, sagte sie.

»Aber es ist Geplauder.«

»Das stimmt.«

»Bist du ein Befürworter programmierten oder natürlichen Wetters?«

»Ich glaube an die Abschaffung des Wetters schlechthin.«

»Immer noch einen Hang zu radikalen Lösungen, vermutlich.«

»Vermutlich.«

»Magst du das Marsschiff?«

»Welches Marsschiff?«

»Du kennst es auch nicht?«

»Müßte ich?«

»Offenbar.«

»Nun, ich lebe auf dem flachen Land. Das einzige Marsschiff, von dem ich weiß, die einzige Reise zum Mars, derer ich mir *bewußt* bin, explodierte auf dem Rückflug. Davon weißt du sicher.«

»Nein, weiß ich nicht.«

»Es war unsere erste und einzige Reise zum Mars, und das Schiff explodierte und warf unser Raumfahrtprogramm zurück, und es war alles sehr, sehr tragisch. Ich habe es im Fernsehen gesehen und tagelang geweint.«

»Wann ist das passiert?«

»Das ist schon eine Zeitlang her. Vor sieben, acht Jahren.«

»Das erklärt alles. Ich war tiefgefroren und bin erst heute zurückgekommen. Es dauert seine Zeit, über alles orientiert zu werden.«

»Oh. Das hätten wir vermuten müssen, nehme ich an. In dieser Zeit gibt es so wenig Kontinuität, ich bekomme nie die richtige Übersicht.«

Ihre Stimme war lebhafter geworden. Der Gedanke, sie aus ihrer Teilnahmslosigkeit geweckt zu haben, erregte mich. Trotz der hereinfallenden Dunkelheit konnte ich ihre Augen besser als vorher sehen. Sie sah jünger aus, dachte ich – was natürlich bedeutet, daß ich jünger war, von demselben Hirngespinst geködert, das einen guten Teil meiner Jugend beeinträchtigt hatte.

»Es ist wirklich schön, dich wiederzusehen«, sagte ich.

»Ja, ich freue mich auch.«

Unsere Augen trafen sich – klassischer Stil. Aber die Ironie in ihren Augen muß die dümmliche Bewunderung in den meinen unterhöhlt haben. Einige erfreuliche Sekunden lang hielten wir den Blick, dann schien sie sich eines Besseren zu besinnen. Sie zog ihre Hand zurück und blickte weg.

»Es ist immer nett, einen alten Freund zu treffen«, sagte sie, wobei ein Teil der Gleichgültigkeit in ihre Stimme zurückkehrte. »Das scheint jetzt alles so lange her zu sein. Ich kann mich kaum erinnern, daß mir je auf diese Art mein Mann kommt.«

Genauso sagte sie es, ›mein Mann kommt‹ natürlich an das Ende des Satzes hängend, als handele es sich um einen einleuchtenden, beiläufigen Schluß einer Feststellung über die guten alten Tage. Und irgendwie war es das auch.

Ihr Lächeln für ihn war anders als das warme freundschaftliche Lächeln, das sie mir gegenüber gezeigt hatte. Es war ein persönliches Lächeln, ein Lächeln, das etwas zwischen ihr und ihrem Mann signalisierte. Und es hätte alles mögliche bedeuten können.

Ich drehte mich um und fühlte mich wie Mohammed, der den Berg begrüßt. Er war groß – mächtiger Brustkasten, kräftige Arme, Muskeln über Muskeln. Ich blickte auf seine großen Füße hinab, um zu sehen, ob er im Begriff war, mir Sand ins Gesicht zu schleudern. Ich schaute höher hinauf, erwartete, einen wild blickenden Linksaußen zu sehen; statt dessen war das Gesicht auf diesem Berg engelsgleich, und sein Lächeln drückte Liebe für Carolyn aus.

Sie stellte uns einander vor, sagte, ich sei eine Fiktion ihrer dunklen Vergangenheit. Er hieß Scott, Scott Jarvis. Ein guter, solider Name, ein guter, solider Mann. Carolyns erster Ehemann, der blöde Kerl, hätte neben diesem hier wie ein zerknicktes Streichholz ausgesehen, und seine Verdrossenheit wäre vor Scotts strahlender Leutseligkeit verblaßt. Ich spürte, daß ich irgendwie ein Spiel verloren hatte, für das mir niemand ein Regelbuch ausgehändigt hatte. Irritiert wandte ich meinen Blick von Scott ab und versuchte, in Carolyn, Carolyn Jarvis, Liebe für ihn zu entdecken.

Sie beobachtete uns beide mit einem schiefen, fast berechnenden Lächeln im Gesicht. Scott und ich duzten uns sofort, eher aufgrund seiner Herzlicheit als wegen der meinen.

»Was machst du da unten in Albany, Scott?«

»Rensselaer, um genau zu sein, Al, auf der anderen Flußseite von Albany. Ich habe eine Kette von Sportschulen, Mineralquellen, alles solche Gesundheitsgeschichten.«

»Hätte ich mir denken sollen.«

»Ich glaube, ich seh' so wie ein Gesundheitsapostel aus, was, Al?«

»Du scheinst zu diesen . . . ähem . . . diesen Gesundgeschichten zu gehören. Du bist die beste Werbung für dein Geschäft, Scott.«

»Erstaunlicherweise brauche ich keinerlei Werbung. Ich habe es geschafft, mir meine Kundschaft hauptsächlich durch Mundpropaganda zu holen, Al.«

»Ich hätte nicht gedacht, daß das noch möglich ist.«

»Weißt du, wenn du eine gute Ware hast, dann merken es die Leute, schätze ich. Und ich komme herum. Ich bin Mitglied von einer Menge Klubs, mußt du wissen, Handelskammer, ein paar Country-Klubs und all solche Sachen, Al. Die einzigen Anzeigen, die mich interessieren, sind Kleinanzeigen in Lokalzeitungen, auf den Sportseiten.«

»Die hab' ich immer gelesen.«

»Da siehst du's. Ich benutze keins der großen Medien. Ich hatte mal Gelegenheit, ein lokales Holo-Morgenprogramm ganz für mich zu haben, aber ich habe es fallenlassen. Ich wollte das Geschäft nicht . . . besudeln, wenn du weißt, was ich meine.«

»Ich verstehe, Scott. Würde, Scott. Ich verstehe.«

Ich warf einen Blick zu Carolyn, um zu sehen, ob sie von meiner Selbstbeherrschung beeindruckt war. Ihr Gesicht zeigte keine Regung, aber die Art, wie sie ihre Haltung geändert hatte – sie hatte den Abstand zwischen uns vergrößert und lehnte sich zu Scott hinüber –, schien zu bedeuten, daß sie über mich verärgert war, oder vielleicht war es nur eheliche Solidarität. Sie legte eine Hand auf Scotts mächtigen Unterarm. Er antwortete mit einem kurzen, liebevollen Lächeln, wandte dann seine Aufmerksamkeit wieder mir zu, offensichtlich voll Interesse für das, was ich gesagt hatte. Ich werde sehr nervös, wenn Leute, die ich nicht zu leiden versuche, an mir interessiert sind.

Er begann wieder zu sprechen, wurde aber von einer Gestalt abgelenkt, die an der freien Seite unseres Tischs stand. Ich blickte auf und sah den helläugigen jungen Mann, der mich im Vergnügungsraum überfallen hatte. Er grüßte Scott.

»Hey, Edwin«, sagte Scott. »Carolyn, das ist Edwin – wie war Ihr Nachname?«

»Flame.«

Er murmelte den Namen, wie es Leute tun, wenn sie mit einem Namen leben müssen, mit dem sie sich nicht sonderlich anfreunden können.

»Ich glaube, Sie haben mir Ihren Nachnamen bisher noch nie gesagt, Edwin. Flame, hey? Sie müssen ein heißer Bursche sein.«

»Nein, ich fürchte, dann müßte ich Ash heißen.«

»Sehr gut, sehr gut. Egal, das ist meine Frau, so merkwürdig es in dieser Zeit mit den geringen Ehequoten scheinen mag. Meine liebe Frau Carolyn.«

»Wie geht es Ihnen, Mrs. Jarvis.«

Scott stellte ihn mir vor, und er nickte, als hätten wir uns vorher nicht unterhalten. Ich konnte nicht glauben, daß dieser offenbar sanfte junge Mann derjenige war, der sich im Vergnügungsraum der Nichtigkeit so widersetzt hatte.

»Al ist Schriftsteller«, sagte Scott.

Edwin erhöhte die Wattzahl seiner gefährlichen Augen. Scott bat ihn, sich zu uns zu setzen. Neben uns gingen einige Lampen an. Offensichtlich hatte Bill sie für uns eingeschaltet, denn wir waren die einzigen, die sich noch auf der dunklen Terrasse aufhielten.

»Ich glaube beinahe, ich erkenne Ihren Namen wieder«, sagte Edwin. »Was schreiben Sie so?«

Ich gab eine kurze, bescheidene Erklärung.

»Ab und zu lese ich einen Roman«, sagte Scott.

»Hast du's schon mal mit *Rabbitt* versucht?« fragte ich.

Beinahe hätte Carolyn etwas gesagt – ein Themenwechsel, vermute ich.

»Nein, hab' ich nicht«, erwiderte Scott ohne Reaktion auf meinen Sarkasmus. »Aber ich habe davon gehört. Ich glaube, ich weiß, worum es sich handelt. Keine Science-fiction, wenn ich mich richtig erinnere.«

»Nein, nicht ganz, Scott.«

»Mein Geschmack geht mehr zur Philosophie. Schopenhauer, Bertie Russel, Spinoza, Sartre. Ich lese fast jeden Tag etwas von Sartre. Magst du Sartre, Al?«

»Ich habe ihn nie lesen können. Ich habe . . . hm . . . nicht allzuviel am Hut mit Philosophie.«

»Scott ist so etwas wie ein Experte für Sartre«, sagte Carolyn.

Sie sah viel zu erfreut aus. »Er hat ein paar Aufsätze über ihn veröffentlicht.«

»Nichts Besonderes. Nur ein paar merkwürdige Einfälle, die ich so hatte.«

Mir war elend zumute. Nicht nur, daß der Bursche ein Adonis war, ein erfolgreicher Geschäftsmann, der Ehemann der Frau, die ich verehrte, nein, er mußte auch noch ein Fachmann in *Philosophie* sein. Es wurde leichter, ihn zu hassen.

»Wir lesen noch immer Science-fiction«, sagte Edwin.

»*Wir?*« fragte ich.

»Mein Kreis. SF ist ziemlich modern. Heutzutage schreiben nicht viele Leute, und das meiste davon ist die Mühe nicht wert. Vielleicht lesen wir gerade etwas von Ihnen, und ich habe daher Ihren Namen erkannt.«

»Vielleicht.«

Ich wollte das Gespräch vom Thema Schreiben wegbringen. Selbst oberflächliche Unterhaltung machte mich nervös. Ich beugte mich zu Scott:

»Wie sind die Gesundheitszentren heutzutage? Ich bin erst vor kurzem aus dem Kälteschlaf gekommen und habe noch nicht viel gesehen.«

»Nicht viel anders als schon immer, nehme ich an. Wir können natürlich im gepreßten Raum eine Menge anstellen.«

»Was ist das?«

»Ziemlich esoterischer Slang, schätze ich. Tut mir leid. Es handelt sich um das, was die Großhändler als Illusionsmaschine bezeichnen – man tritt in einen begrenzten Raum oder einen Kasten, und dort wird eine Illusion räumlicher Ausdehnung um einen herum aufgebaut . . .«

»Ich weiß, um was es sich handelt, habe das aber nie auf irgendeine Art benutzt.«

»Das überrascht mich. Es gibt sie überall. Bill hat eins in seinem Vergnügungsraum . . .«

»Man geht in ein altes Westernduell«, unterbrach Edwin, etwas wie Hohn in der Stimme, »und schießt Zweikämpfe mit einem Haufen von Pistolenhelden aus. Keiner fällt, bevor man nicht auf sie schießt.«

»Das stimmt, Edwin. Bei der Art, die wir zum Beispiel benutzen, geht der Kunde hinein und scheint einen Berg zu besteigen – die Apparaturen sind so eingestellt, daß er nicht nur die Befriedigung erhält, eine Höhe zu ersteigen, sondern auch das notwendige Training bekommt. Das gibt dem ganzen stumpfsinnigen Trainingsgeschäft ein bißchen Dramatik.«

»Das ganze stumpfsinnige Geschäft«, sagte Carolyn und schaute mich an. Scotts Erwiderung war ein wenig brüsk, ein Ehemann, der Warnsignale aussandte.

»Nun, sie putzen es für den Kunden etwas auf.«

»Das tun sie«, sagte Carolyn. Ihr Lächeln, auf Scott gerichtet, enthielt einen großen Teil ehelicher Zustimmung.

»Mich würde man nicht lebend in ein Zentrum bekommen«, warf Edwin ein. »Meine ganze Gruppe ist gegen sie, sie sind völlig falsch für . . .«

»Ist Ihre *Gruppe* organisiert?« unterbrach ich. »Hat sie einen Namen? Experten-AG, oder so etwas?«

»Nein, ich habe nichts in dieser Richtung gemeint.« Ein Anflug von Ärger in seiner Stimme, ich hatte ihn irritiert. »Ich meine die Menschen, die meine Freunde sind, mit denen ich etwas zusammen unternehme, mit denen ich über etwas diskutiere. Für uns ist die einzige Organisation ein allen gemeinsames Bündel von Ansichten.«

»Ich glaube, ich habe einmal zu dieser Organisation gehört. Wir beide, Carolyn und ich.« Ich wandte mich an sie. »Glaubst du nicht auch?«

»Doch, ich glaube es auch.«

»Wie konnten Sie einer Organisation angehören, die keine Organisation ist?« fragte Edwin, der über den Verlauf des Gesprächs nicht sehr erfreut war.

»Schon gut, Edwin, das war Klugscheißerei. Tut mir sehr leid.«

Offensichtlich wußte er nicht, ob er mir glauben sollte. Ich verfluchte mich selbst dafür, daß ich aus so geringfügigen Gründen den Provokateur spielte. Ich hatte allerdings etwas in Gang gesetzt. Scott legte seine mächtigen Arme auf den Tisch und blickte Edwin in die Augen.

»Sie sind gegen Illusionsmaschinen?« wollte er wissen.

»Nicht speziell Illusionsmaschinen. Alles. Illusionsmaschinen, Cryonics, Bar-Boys, das Marsschiff, all das.«

»Und was glaubt Ihre Gruppe, sollte man damit machen? Zerstören?«

»Nein, ganz und gar nicht. Wir glauben, daß die Leute, die die . . . hm . . . Segnungen dieser Zivilisation nutzen wollen, in Ordnung. Sollen sie sie nutzen. Aber sie sind nichts für *uns*.«

»Und Ihre Gruppe würde es eben vermeiden, sie zu benutzen. Richtig, Edwin?«

»Richtig, aber sind nicht eigentlich eine Gruppe nur Leute, die zufällig an dasselbe glauben . . .«

»Aber was schlagen Sie als Alternative vor, Edwin?«

»Sind Alternativen wirklich nötig? Wir wollen einfach nur ohne diese Tricks leben . . .«

»Aber müßten Sie nicht eine Art Konzept haben, eine Ideologie, um den Zusammenhalt zwischen Ihnen herzustellen?«

»Scott, du begreifst doch, was er meint«, schaltete Carolyn sich ein, wobei sie ihre Hand erneut auf seinen Arm legte.

»Nein, Carolyn, ich begreife es nicht. Sie glaubt, ich wolle Sie provozieren, Edwin, aber ich will wirklich nur mehr erfahren.«

»Ich verstehe Sie. Aber ich versuche gerade zu sagen, daß wir wirklich keine Art von Konzept haben. Wir glauben halt nur, daß es wenig Anreiz gibt, uns an dieser Art Leben zu beteiligen, die Art Leben, das unsere Eltern lebten; wir suchen etwas Einfacheres, vielleicht die Rückkehr zur einfachen Art des Familienlebens der Vergangenheit.«

»Aber dann müssen Sie definieren, welche Art von Familienleben; es gibt alle möglichen Arten von Familie, Edwin.«

»Nein, muß er nicht, Scott«, warf Carolyn ein. Es klang ein bißchen verzweifelt, so, als machte sie häufig Anmerkungen zu Scott auf diese Art.

»Haben Sie denn nichts, was einer Ideologie nahe kommt?«

»Nichts Besonderes, nur ein paar Ideen, nehme ich an.«

»So wie es klingt, nur ein paar *wirre* Ideen. Aber Sie könnten doch die Ideologie haben, die auf der Annahme basiert, daß die Entfremdung des Menschen in der Mitte des zwanzigsten Jahrhunderts sich in die heutige Zeit fortgesetzt hat, weil die Institutionen, die unsere Zivilisation aufrechterhalten, immer inhumaner, immer gleichgültiger gegenüber den Bedürfnissen des Individuums geworden sind. Nicht die Inhumanität des Menschen gegen den Menschen würde zumindest demonstrieren, daß wir noch lebendig sind. Nein, Edwin, heute werden wir von einem Pronomen bedroht. *Es*. Nicht die Inhumanität des Menschen gegen den Menschen, sondern *seine* Inhumanität gegen den Menschen. Das sollte bekämpft werden. Die Reduzierung der gegen den Menschen gerichteten Kräfte auf ein unpersönliches Pronomen – und das ist in unserer Gesellschaft so verbreitet, daß es kein einzelnes Ziel gibt, gegen das man einen Angriff führen sollte. Als Folge verlieren die Menschen ihren Charakter. Sie werden leblos. Was Sie den Leuten zurückgeben müssen, sind Leben und Charakter.«

Scott schöpfte Atem. Carolyn schien zu resignieren.

»Alles, was wir wollen, ist, einige einfache Institutionen wieder einzurichten. Würde dies nicht das in Gang setzen, was Sie sagen?«

»Für eine Handvoll Menschen, Edwin. Für Ihre kleine geweihte Gruppe, vielleicht. Aber Rückzug hat noch unter keinen gesellschaftlichen Gegebenheiten die Probleme gelöst. Nein – Angriff, Edwin. Bleiben Sie bei Ihren Ideen, sie haben die gewünschte Richtung, aber weiten Sie sie aus, und finden Sie Wege und Mittel, mit denen Sie die heutigen Gegebenheiten ändern können, anstatt sich bloß über sie zu beklagen und sich in kleinen Familiengruppen abzusetzen . . .«

»Angriff? Aber wie?«

»Jagen Sie einige Gesundheitshäuser in die Luft«, schlug ich vor.

Carolyn wußte nicht, ob sie mich anlächeln oder mir wütende Blicke zuwerfen sollte. Edwins Blick schien freundlich. Scott wirkte unbehaglich.

Es gab eine lange Pause.

»Was denken Sie über das programmierte Wetter, Edwin?« fragte ich.

»Ich bin mir nicht ganz sicher, aber ich weiß, daß es jeden Moment zu regnen beginnt, und wir sollten wohl besser nach drinnen gehen.«

Das schien ein guter Vorschlag zu sein. Sobald wir uns in das vor Leuten wimmelnde Wohnzimmer begaben, begann es zu regnen. Edwin erwog sichtlich, ob er bei mir bleiben sollte – schließlich war ich im Finale unseres Terrassengesprächs sein Verbündeter gewesen –, entschied sich aber dann, sich zu einigen Freunden in unserer Nähe zu gesellen. Womöglich stimmten sie alle über irgend etwas mit allen anderen überein. Scott beugte sich zu mir vor und flüsterte:

»Anscheinend komme ich mit seiner Sorte nicht zurecht. Letztes Mal war ich in Einklang mit dem Zeitgeist, aber ich muß dir sagen, daß dieses Gefühl nicht lange anhielt. Ich meine, als ich ein Junge war, war ich auch ein Rebell – genau wie du, wette ich –, aber wir sind wenigstens rausmarschiert und haben demonstriert, und einige von uns verteidigten gute, solide marxistische Ideen. Aber heute bin ich erstaunt, zu sehen, wie es die jungen Leute gar nicht zu interessieren scheint, die Qualität ihrer Gesellschaft zu verbessern. Zum Teufel, sie werden völlig verwirrt, wenn man ihnen was vom Leben erzählt. Wie dieser Knabe Edwin. Himmel, vielleicht ist es wieder an der Zeit für mich, mich zu entfernen.«

»Himmel, vielleicht stimmt das«, sagte ich und schaute auf Carolyn, die uns ignorierte. Im Gefühl, es sei besser für sie, wenn ich das Thema wechselte, sagte ich mit echtem Interesse: »Sag mal, Scott, ich habe mir Gedanken gemacht über Leute, die relativ beständige Karrieren haben, im Geschäft und so. Für Künstler und Müßiggänger ist es leicht, sich einfrieren zu lassen, aber wie steht es mit Geschäftsleuten?«

»Keine Schwierigkeit, Al. Wenn man ein Geschäft einmal angekurbelt hat, dann läuft es auch, wenn man nicht da ist. Außerdem habe ich ein paar Partner, und gewöhnlich ist einer von uns da. Und vor allem: Im allgemeinen bleibe ich nur so lange bei einer Sache, so lange sie mich interessiert. Die Gesundheitshaus-Kette ist mein vierter Betrieb. Wenn er gut läuft und mir langweilig wird, dann bin ich froh, wieder davon loszukommen. Und wenn ich aufgetaut werde, dann fühle ich mich, als ginge ich in ein neues Unternehmen. So funktioniert das Ganze.«

Er rasselte das runter, als läse er aus dem Vorwort einer Broschüre ab. Es konnte genausogut eine vorgegebene Antwort auf eine der vorgegebenen Fragen dieser Zeit sein. »Ich sehe gerade einen Freund von uns reinkommen. Entschuldigt uns.«

Da ich sie nicht entschuldigen wollte, sagte ich gar nichts. Sie gingen fort und gesellten sich zu einigen Leuten, die wie sie selbst aussahen. Eine Zeitlang musterte ich eine der Frauen in der Gruppe, und mir fiel auf, wie sehr sie Carolyn ähnelte, sowohl im Aussehen als auch in ihren Bewegungen. Sie trug sogar eine Brille, und es war wirklich selten, zwei Frauen, die eine Brille trugen, im gleichen Zimmer zu begegnen. Einen Augenblick lang, als sie die Unterhaltung nicht interessierte, blickte sie in meine Richtung, und ich warf ihr dasselbe Lächeln zu, das ich auch Carolyn zugeworfen hätte. Sie war ein wenig verlegen, aber nicht mehr, als es Carolyn gewesen wäre. Irgend jemand sagte irgend etwas zu ihr, und sie beteiligte sich wieder an dem Gespräch; aber sorgfältig vermied sie es, in meine Richtung zu blicken.

»Du kannst deine Augen nicht von ihr lassen, nicht wahr?« flüsterte Lise, die sich an mich herangepirscht hatte. Sie sah sehr cherubinisch und unwiderstehlich aus.

»Wie kommst du darauf?«

»Ich habe dich beobachtet. Adleraugen. Du gaffst Carolyn an wie ein verliebter Schuljunge.«

»Aber ich habe sie nicht angeschaut.«

»Oh, tatsächlich?«

»Ich habe das Mädchen dort angeschaut.«

»Natürlich.«

An ihren Adleraugen konnte ich sehen, daß ich sie nie überzeugen würde. Also zuckte ich die Achseln und tat so, als hätte sie mich tatsächlich ertappt. Während Lise weiter plapperte, malte ich mir aus, daß ich mich ebensogut schuldig bekennen und Carolyn anblicken könnte. Sie stand ein wenig außerhalb des Kreises von Leuten und warf ihrem Mann, der die Unterhaltung bestritt, ermutigende Blicke zu. Ich hatte den Eindruck, daß Scott sich bemühte, die Interessen jeder Gruppe, in der er sich befand, zu kontrollieren. Er war ein bedeutsamer Mann, das war Scott, voll Interesse an bedeutenden Dingen, die bedeutende Leute betrafen. Bedeutende Worte flossen von seiner bedeutenden Zunge, bedeutende Aussagen glühten aus seinen bedeutenden Augen.

Lise las offenbar meine Gedanken.

»Was hältst du von Scott?«

Sie nippte an ihrem Drink, doch die Ablenkung verbarg ihre Selbstzufriedenheit nicht.

»Mir scheint er gesundheitlich nicht ganz auf der Höhe. Er sollte öfter mal ein Gesundheitszentrum besuchen.«

»Aber, Liebster, er betreibt eine ganze . . .«

Lise brach ab und schwieg – reingefallen. Bill löste sich von einer Gruppe und kam auf ein Nicken Lises zu uns herüber.

»Gefällt's dir? Möchtest du noch einen Drink?«

»Später. Was ist mit den verdrahteten sieben?«

»Die? Sie haben sich rundum verteilt – an verschiedene Orte.«

»Eine experimentelle Trennung?«

»Irgend so was.«

Lise spähte durchs Zimmer, sie suchte eine Entschuldigung, um uns zu verlassen. Bills Zeigefinger kreiste um den Fuß seines Bar-Boy-Glases. Zwei Versuche, ein neues Thema aufzubringen, gingen fehl. Schließlich sagte Bill:

»Komm mit, ich muß dir was zeigen.«

Er führte mich zur anderen Seite des Zimmers. Lise schloß sich einer Gruppe von Frauen an. Bei dem Ausflug verlor ich Carolyn aus den Augen. Bill öffnete eine Wandvertäfelung und ließ einen kleinen Apparat herausgleiten, den ich sofort als InfoFax erkannte. Er hatte den Zweck, den Besitzer mit Informationen zu versorgen, und er tat es auf vielfältige Weise – man drückt einen Knopf und kann eine beliebige Ausgabe der Tageszeitungen erhalten, ein anderer Knopf, und die letzte Ausgabe des gewünschten Magazins kam heraus, ein weiterer Knopf, und schon erschien eine Datensammlung über das gewählte Thema.

»Der hier ist mit den neuesten Ausstattungen versehen«, sagte Bill. »Sein Anwendungsberich ist vergrößert worden. Schau dir zum Beispiel diese neue Tafel an.« Es handelte sich um eine Schreibmaschinentastatur. »Man drückt diesen großen Knopf, dann tippt man die Themenkategorie, über die man Informationen haben möchte. Paß auf, ich zeig's dir. Nenn ein Thema.«

Ich schlug Cryogenie vor, Bill nickte, drückte den Knopf und tippte das Wort ›Cryogenie‹ auf der Tastatur. Etwa dreißig Sekunden, in denen Bill nervös lächelte, vergingen, und dann kam aus der Seite des Apparats ein langer Papierstreifen. Bill nahm ihn und zeigte mir eine Liste verschiedener Titel, hinter denen so etwas wie Seriennummern standen.

»Man wählt aus, welche Beiträge einen interessieren könnten, dann gibt man die entsprechende Nummer in die Tastatur, und in ein paar Sekunden fällt dieser spezielle Artikel oder das Bild oder ein Schriftstück in die Schale. Er ist eher auf zeitgenössische Publikationen programmiert als auf *alles* über das Thema Geschriebene. Aber ich habe gehört, daß sie eine mehr enzyklopädische Ausrüstung für Bibliothekszwecke bauen. Hier, warum spielst du nicht eine Zeitlang damit rum?«

Mit einem erfreuten Lächeln trat er zurück, glücklich, ein Spielzeug gefunden zu haben, um mich zu beschäftigen. Er ging zum Bar-Boy. Ich starrte auf die Liste der Beiträge, beim Lesen der Titel wurde mir klar, daß ich nichts davon sehen wollte. Dann starrte ich zwei oder drei Minuten lang auf den InfoFax, versuchte an ein Thema zu denken, das mich genug interessierte, um Informationen darüber zu erlangen. Plötzlich hatte ich einen Geistesblitz, drückte den Kontrollknopf an den Tasten und tippte meinen Namen.

Nervöse dreißig Sekunden vergingen, während ich auf den Informationsstreifen wartete. Schließlich sprang er mit einem unangenehmen kleinen *Ping* heraus. Das große Blatt wies nur einen

Titel auf: Die kurzsichtigen Fantasten der Zukunft, dahinter eine Seriennummer, die ich sofort in die Tastatur gab.

Weitere dreißig Sekunden, und der Artikel kam. Ein Zwei-Seiten-Aufsatz, offenbar aus einer literaturkritischen Zeitschrift, auch wenn der Titel des Magazins am Kopf der Seite verwischt war, so daß man ihn nicht lesen konnte.

Ich mühte mich durch die Eingangsbemerkungen des Autors und suchte vergeblich nach meinem Namen. Der Kritiker schien zu fühlen, daß es, während eine gewisse Creme der Science-fiction der letzten Jahrzehnte erstklassig und unantastbar blieb, in diesem Bereich mehr sinnlosen Schund gegeben hatte, als man es irgendeinem anderen Genre zubilligen durfte. Er fühlte, daß viele Autoren aus einer negativen Einstellung heraus schrieben, was er als kurzsichtig charakterisierte. Es war, so schrieb er, eine Periode negativer Unfähigkeit gewesen. Erzählungen aus dieser Zeit mangelte der Sinn für menschliche Würde, und ihnen gelang es nicht, mit Bewunderung auf die Möglichkeiten, die die Zukunft offerierte, zu schauen – zwei Komponenten, die nach seinem Gefühl wesentlich für wirksame SF waren. Obwohl, wie er schrieb, auch andere Ansichten ihre Berechtigung hatten, wenn sie mit Hingabe oder Leidenschaft gehandhabt wurden.

Also gedieh diese Art von Kritiker immer noch, der sich sorgfältig hinter wohlgesetzten Worten verbarg, die er ihrer verständlichen Bedeutung beraubt hatte. Mit einem ärgerlichen Räuspern fuhr ich fort, den Rest der vorhersehbaren Äußerungen sorgfältig zu lesen, voll Erstaunen darüber, wie solche Kritiker meinen Sinn für menschliche Würde dauernd beleidigen konnten, indem sie sich das leichte Gewand des Positivismus überstreiften.

Mein Name tauchte erst am Ende des Artikels auf. Um die Behauptung zu belegen, daß die meisten Erzählungen aus dieser Zeit nur zeitgenössische Ereignisse in eine verzerrt paranoide Zukunft extrapolierten, zitierte er meine Kurzgeschichte ›Hölle auf Rädern‹ – eine ohnehin vergessene Erzählung über eine Zeit, in der keine Autos mehr hergestellt und nur noch von Privilegierten und Außenseitern benutzt werden, die damit über die verlassenen Autobahnen rasen – als Beispiel einer Geschichte, die nicht nur eine ungenaue Vorhersage wäre, sondern auch ein böswilliger Versuch, das Potential des menschlichen Geistes zu diffamieren. Kurzgeschichten dieser Art, so schrieb er, wären nicht nur in ihrer irrigen Sicht der Zukunft kurzsichtig, sie wären ebenso kurzsichtig in ihrer fehlgeleiteten Betrachtungsweise der eigenen Zeit. Als ich das Blatt fester packte, bohrte ich fast ein Loch hinein. Ich erinnerte mich, wie ich in der Zeit, als ich einen fruchtlosen Versuch unternahm, den Doktortitel in Englisch zu bekommen, eben solcher verqueren Logik und planloser Kategorisierung fähig gewesen war.

»Was lesen Sie denn da?«

Ich blickte auf und nach unten – auf Edwin Kling, der zu dem Blatt hochstarrte. Ich hatte den Drang, zu lügen, händigte ihm aber doch den Artikel aus. Er las ihn sehr schnell, und seine Augen weiteten sich, als er an die Stelle kam, wo ich erwähnt wurde.

»Jetzt erinnere ich mich an diese Kurzgeschichte. Wir haben in den letzten Tagen einmal darüber diskutiert. Der sind Sie also, deshalb war mir Ihr Name so vertraut. Uns gefiel die Erzählung trotzdem, den meisten von uns.«

Ich funkelte ihn an.

»Mir gefiel sie.«

Er musterte mich, um zu sehen, wie weit er gehen konnte, dann entschied er, ziemlich weit.

»Und dieser Kerl ist beschränkt, er hat unrecht. Klar, es ist nicht exakt so geschehen, wie Sie geschrieben haben, aber wir haben jetzt die Kontrolle über die Autos, und die Menschen dieser Zeit würden den Verbrennungsmotor von heute nicht erkennen, ebensowenig hätten sie erwartet, in den meisten Städten Gratiswagen zu finden . . .«

»Ja, ich habe von den Gratiswagen gehört. Ich habe erfahren, daß jeder stolz darauf ist.«

»Stolz wie sie auf alles andere sind, was – um die Worte Ihres Freunds hier zu benutzen – der menschliche Geist in dieser Ära errungen hat.«

»Noch eine Nichtigkeit, was?«

»Einwandfrei.«

Carolyn, von Scott geführt, kam wieder in mein Blickfeld. Sie blieben stehen, um mit einer Gruppe neben dem Bar-Boy zu reden. Bill sagte etwas zu Carolyn und blickte dabei zu mir herüber. Ich konnte ihr Profil sehen; sie schien nicht auf das zu reagieren, was Bill sagte. Scott begann über ein Thema zu diskutieren und blokkierte einen Moment lang meinen Blick auf die beiden, aber die Vehemenz seiner Ansichten drängte ihn in den Mittelpunkt der Gruppe, und ich konnte Carolyn wieder sehen. Ihr Gesicht trug den gleichen distanzierten Ausdruck, den ich am Anfang auf der Terrasse gesehen hatte.

»Sie sollten mehr schreiben«, sagte Edwin. »Ihre Anschauung würde für meine Generation eine Menge freisetzen.«

Er sagte das so, als hätte dieses Ziel irgendeinen Wert.

»Meinen Sie?«

Carolyn stand dort wie jemand, der sich nicht bewußt ist, daß irgend jemand sie gerne anschauen würde. Ich wünschte, sie würde aufrechter stehen und nicht so matronenhaft aussehen.

»Wir brauchen die Wahrheit«, fuhr Edwin fort. »Wir haben nicht viele, die für *uns* schreiben, müssen Sie wissen. Heutzutage schreibt kaum jemand für jemanden. Nur eine Bande von Lohnschreibern, die ihre Zeilen für InfoManiac abspulen.«

Ich hatte ihn kaum gehört, so intensiv konzentrierte ich mich auf Carolyn, registrierte alle Mängel ihrer Körperhaltung und ihre Gleichgültigkeit.

»Für was, sagten Sie?«

»InfoManiac. InfoFax, also. So nennen wir diese Maschine.«

»Aha.«

Ich blickte wieder zu ihr hinüber. Als Scott sich weiter in die Gruppe drängte, trat sie ein oder zwei Schritte zurück. Bill beobachtete sie, sowohl Trunkenheit als auch Begierde in den Augen.

»Sie haben uns fast zum moralischen Selbstmord gedrängt«, sagte Edwin. »Es ist nur noch ein Schritt bis zum Massenselbstmord der Rasse.«

»Hört sich interessant an.«

»Sie folgen mir nicht. Ich hatte gedacht, Sie würden mich besser verstehen.«

»Nein, ich verstehe wirklich nicht gut, Edwin. Oder besser: höre nicht gut zu. Tut mir leid. Wirklich.«

Carolyn hatte so lange in der gleichen Pose verharrt. Sie hätte eine Statue sein können. Eine Statue für was? Sicher nichts Erhebendes oder Patriotisches. Eine Statue für mich, vielleicht.

»Jawohl, Sie können wahrscheinlich eine große Anhängerschaft gewinnen. Keiner von uns schreibt viel. Also ist es für Sie wie neues Territorium. Sie könnten das, glaube ich. Wenn ich Ihre Erzählung richtig in Erinnerung habe, jedenfalls.«

»Wahrscheinlich haben Sie das. Unglücklicherweise.«

»Unglücklicherweise?«

»Tut mir leid, Edwin, Sie haben es mir schon wieder angetan. Sie sollten Ihre schlimme Zunge in Zaum halten.«

»Das kapier' ich nicht.«

»Wenn Sie mich mit einer bestimmten dummen Zeile füttern,

dann schleudere ich eine bestimmte dumme Erwiderung zurück. Ich bin so ein Typ, und Sie werden merken, daß Sie mir dauernd verzeihen müssen.«

Scott brachte die ganze Gruppe über etwas, das er sagte, zum Lachen. Außer Carolyn. Bill schaute sie ebenfalls an, um eine Reaktion zu sehen, und er schien enttäuscht von dem, was er sah. Er beugte sich vor und flüsterte ihr etwas zu. Sie blickte ihn an, reagierte aber wieder nicht. Er schien verwirrt, als er den Rest seines Bar-Boy-Drinks runterstürzte und sich wegen eines neuen der Maschine zuwandte. Scott kitzelte einen zweiten Lacher hervor.

»Sie bitten oft um Verzeihung. Tatsache ist, daß eine Menge Selbstmitleid in Ihren . . .«

»Ich bitte erneut um Verzeihung. Tut mir leid, Edwin, aber ich werde von Ihnen weggehen, ehe Sie Ihren nächsten Satz beendet haben.«

»Warten Sie, ich . . .«

Ich ging von ihm weg, der Schmerz in seiner Stimme lag wie eine Last auf meinem Rücken. Ich ging auf Carolyn zu, die sich keine Handbreit bewegt hatte. Bill hatte sich gerade vom Bar-Boy abgewandt und hob sein Glas zum Mund. Ich nickte ihm zu, als ich Carolyn am Ellbogen faßte, sie mit größerer Leichtigkeit als erwartet umdrehte und von der Gruppe fortführte. Ich blickte nicht über die Schulter, um festzustellen, ob Scott es bemerkt hatte.

»Hast du eine Jacke oder so etwas mit?« fragte ich.

»Einen Sweater. Was hast du vor?«

»Stell keine Fragen. Uns könnte jemand folgen. Ist der Sweater in der Garderobe?«

»Ich glaube schon. Warum fragst du? Soll ich ihn holen?«

»Tust du es, bitte? Ich möchte mit dir nur ein paar Minuten reden oder so. Aber draußen.«

Wir blieben stehen. Ich erwartete, daß sie sich aus meinem Griff loswand und zu ihrem Mann zurücklief. Statt dessen sagte sie: »Okay. Ich hole ihn. Warte am Aufzug.«

Ich ließ sie los, und sie entfernte sich. Ich ging zum Aufzug. Von dort aus schaute ich ins Zimmer zurück. Scott war immer noch dabei, die Gruppe zu unterhalten, er hatte offenbar nicht bemerkt, daß Carolyn ihm keine stummen Ermunterungen mehr zusandte. Bill schaute direkt auf mich. Er schien unsicher zu sein, ob er irgendwelche Verantwortung für das trug, wofür er die Situation halten mochte. Oder vielleicht hatte sein mürrischer Blick etwas mit dem Scheitern seines Annäherungsversuchs zu tun, den er nicht zu Ende hatte bringen können.

Carolyn kam zurück, blickte zu Scott hinüber, zögerte einen Moment und wandte sich dann in Richtung des Aufzugs. Sie näherte sich von der rechten Seite. Aus den Augenwinkeln sah ich eine andere Gestalt, die sich von der linken Seite näherte. Plötzlich meines Herzklopfens bewußt, schaute ich in diese Richtung; ich befürchtete, daß Scott aufmerksam geworden war und daß er es war, den ich verschwommen näher kommen sah. Aber er war's nicht. Es war nur Edwin.

Hinter mir kam der Aufzug an. Mit dem Rücken gegen die Kante gelehnt, hielt ich die Türen offen. Carolyn schien im Wettlauf zum Aufzug ein wenig Vorsprung vor Edwin zu haben. Aber er schritt schneller aus. Nur wenige Schritte vor ihm kam sie an mir vorbei. Als sie über die Schwelle trat, gab ich die Kante frei, und die Türen begannen sich zu schließen. Aber Edwin – der gute alte Edwin mit den schnellen Reflexen – machte einen letzten Sprung und quetschte sich hindurch; ein schiefes Lächeln verzerrte seine Gesichtszüge.

»Ihr hattet den richtigen Einfall«, sagte er, »hier rauszugehen. Als hättet ihr meine Gedanken gelesen.«

»Ich hoffe nicht«, sagte ich.

»Störe ich bei irgend etwas?« Er nickte Carolyn zu, schaute dann wieder zu mir. »Ich will nur rausgehen und ein bißchen Luft schnappen, falls ich also . . .«

Ich versuchte, in seinen glühenden gefährlichen Augen irgendeinen Hinweis zu erkennen. War er tatsächlich so naiv, daß er nicht merkte, wie gefühllos er mich behandelte? Oder war an mir etwas, das für ihn so wichtig war, daß er mich trotz meiner eindeutigen Weigerung, ihn anzuerkennen, verfolgen mußte? Oder hatte er etwas Heimtückisches, das ihn veranlaßte, sich selbst zu meinem ganz privaten Dämon aufzuschwingen? Alles, was ich in seinen Augen erkennen konnte, war eine Art verzweifeltes Bedürfnis, aber Bedürfnis wonach?

»Nein, Edwin, Sie stören nicht«, sagte ich und lächelte Carolyn hilflos an. Sie nahm meine Hand, drückte sie fest, ließ sie wieder los. »Ich heiße Sie, und das kommt bei mir selten vor, aufrichtig willkommen.«

»Ein Willkommen auch von mir«, sagte Carolyn. Warm, mit einem Lächeln. Ich fragte mich, ob Edwin irgendeine Art von Kontrolle über sie ausübte, ob diese Augen Strahlen auf uns alle schleuderten.

»Okay«, sagte Edwin mit einem Siegerlächeln. »Wohin gehen wir?«

»Erst mal raus.«

»Raus paßt mir sehr gut.«

Wir kamen im Parterre an. Edwin hielt die Aufzugtür auf und verbeugte sich geziert. In der Eingangshalle versuchte ich, Carolyns Arme zu nehmen, aber sie durchkreuzte meine Absicht, indem sie den Sweater um ihre Schultern zog. Edwin eilte voraus, um seine Pflicht an den Eingangstüren des Apartmenthauses zu wiederholen. Unglücklicherweise wurden sie automatisch betrieben und sprangen in dem Moment auf, als er nach ihnen griff. Aber er, furchtloser kleiner Bursche, der er war, blieb nicht stehen. Er machte einen Temposchritt und tänzelte durch die Tür.

»Wie ich sehe, ziehst du noch immer magische Leute an«, stellte Carolyn fest.

»Edwin? Magisch? Madame, mein ist er nicht noch erheb' ich diesen Anspruch oder rechne sein Verdienst für meines.«

»Er ist reizend.«

»Nicht gerade das Wort, das ich gewählt hätte.«

»Nun, um ein passenderes Wort zu benutzen, er ist . . . er ist reizend.«

Wir gingen durch die Tür. Edwin stand unter der Markise und schaute auf die dunklen, feuchten Straßen hinaus.

»Der Regen wird nach meiner Berechnung in etwa vier Minuten zu Ende sein.«

»Gehen wir in den Regen hinaus«, schlug Carolyn vor.

»Okay«, stimmte Edwin zu.

»Wirklich?« fragte ich. »Es plätschert noch ganz schön. Du könntest ziemlich naß werden.«

»Genau das will ich ja.«

Edwin führte uns an. Er stolzierte zwei Schritte vor uns und sprach mit uns über die Schulter. Ich blieb nahe bei Carolyn. Obwohl der Regen pausenlos fiel, kam er in sanften, leichten Tropfen herunter.

»Erinnert dich das nicht alles an Kopenhagen?« fragte ich.

»Ich bin nie in Kopenhagen gewesen«, sagte Carolyn.

»Genau wie ich.«

Ein matter Scherz, aber er brachte sie dazu, wieder meine Hand zu drücken. Diesmal hielt ich ihre Hand fest, und sie machte keinen Versuch, sie wieder wegzuziehen.

»Bei Kopenhagen kann ich mich an nichts erinnern«, sagte Edwin.

»Aber Sie haben gerade gesagt, Sie seien nie dagewesen.«

»Ach ja.«

Edwin zeigte einen gepeinigten Gesichtsausdruck, der Verachtung oder Verwirrung bedeuten konnte. Wahrscheinlich bedeutete er in keinem Fall etwas Positives.

»Ich bin alt«, sagte ich.

Das akzeptierte er. Was mich ärgerte.

Ich schaute auf die Uhr in einem Schaufenster. Fast halb elf. Viel später, als ich gedacht hatte, später, als es in dieser dämmerungsgleichen Dunkelheit zu spüren war. Von den Fenstern in Bills und Lises Wohnung war es viel dunkler erschienen, als es hier auf der Straße war. Ich nahm an, daß es sich um eine Art Stadtlicht-Erscheinung handelte, und konzentrierte mich darauf, Carolyns Hand zu halten. Sie sanft drückend, wartete ich auf eine Reaktion. Sie kicherte komisch, dann begann sie langsam und zärtlich, ihre Finger mit den meinen zu verschränken. Lebhafter als zuvor erinnerte ich mich an die Hochschulzeit, als ich sie durch zunehmende Dunkelheit nach Hause gebracht hatte.

»Dein Lächeln ist . . . es ist nicht gerade freundlich«, sagte Carolyn.

»Ich hatte nicht vor, es nach außen zu zeigen.«

»Was?«

»Ich denke gerade über etwas aus der Vergangenheit nach.«

»Das tue ich auch. Aber wir sollten damit aufhören.«

»Warum?«

»Ungesund.«

»Ich habe nie gelesen, daß Erinnerung ungesund ist. Zugegeben, Proust war kränklich, aber . . .«

»Ich meine, nostalgisches Sehnen nach der Vergangenheit ist ungesund, vor allem nach unserer Vergangenheit.«

»Für mich ist es gesund. Ich ziehe Energie daraus.«

»Bist du dir sicher? Heute abend hast du nicht ausgesehen, als würdest du vor Energie überfließen – besonders für jemanden, der gerade aufgetaut worden ist.«

»Oh, ja, ich erinnere mich, daß Sie gesagt haben, Sie wären gerade erst aufgetaut«, unterbrach Edwin. Mir war es gelungen, die Tatsache zu ignorieren, daß er da war, ständig zwei Schritte vor uns. Jetzt mußte ich mit ihm reden – eine Stimmung, die ich sorgfältig aufrechterhielt, unterbrechen, nur um mit ihm zu sprechen.

»Wie lange ist es her, daß Sie rausgekommen sind?« fragte er.

»Gestern.«

»Gestern. Dann ist es kein Wunder.«

»*Was* ist kein Wunder, Edwin?«

»Kein Wunder, daß Sie manchmal so abwesend, so orientierungslos wirken. Daß Sie manche Sachen so merkwürdig kommentieren, daß Sie . . .«

»Nein, damit hat es nichts zu tun, fürchte ich.«

»Doch«, sagte Carolyn. »Es könnte sein, meine ich. Merkwürdige neue Umgebung, merkwürdige Kommentare, wie Edwin sagt.«

Edwins Augen schickten ihr einen Strahl voll Dankbarkeit.

»Ich gebe keine merkwürdigen Kommentare. Von Ihrer Sicht der Dinge aus, Edwin, mögen sie merkwürdig scheinen. Selbst Ihre *gesamte* Gruppe könnte sie merkwürdig finden, aber für mich sind sie völlig verständlich.«

»Alan, nicht«, flüsterte Carolyn.

Edwin schien im Begriff, etwas zu sagen; dann änderte er seine Absicht und zuckte die Achseln. Seine Aufmerksamkeit wurde von einer Auslage in einem Schaufenster abgelenkt. Er vollzog eine abrupte Linkswendung, kreuzte vor uns und ging auf das Fenster zu. Wir folgten ihm und schauten ihm über die Schulter.

In dem Fenster waren verschiedene Baseball-Ausrüstungen auf mehreren Ebenen angeordnet. Verstaut zwischen Handschuhen, Schlagstöcken, Bällen und Trikots waren Bilder, von denen die meisten die Erfolge eines Spielers namens Wilton ›Der Brecher‹ rühmten. Ich hatte mich vom Sportgeschehen ferngehalten, seit ich meinem sportlichen Vater bewiesen hatte, daß ich keinerlei Fähigkeiten besaß, mit einem zylindrischen Holzstück eine Pferdedecke in Eiform zu treffen; also fragte ich Edwin:

»Wer ist das?«

»Sie kennen den Brecher nicht?«

»Nein.«

»Aber seine Spielerkarriere liegt Jahre zurück.«

»Sport interessiert mich nicht.«

Edwins Gesicht zeigte, was er tief innen dachte: Treffer.

»Er war ein großer Spieler, hätte vielleicht der größte werden können.«

»Hätte?«

»Ja. Er hatte eins der größten Baseball-Jahre – ein Trefferdurchschnitt von 0,399, sechsunddreißig Home Runs, ich weiß nicht, wie viele RBIs, aber jedenfalls ein Rekord, und das alles im Alter von zweiundzwanzig – und viele dachten, sein Charakter sei untadelig.«

»Was ist passiert, wurde er verschlissen?«

»Nicht ganz. Er hat sich während der Saisonpause dieses Jahres umgebracht, hat sich durch den Kopf geschossen.«

»Warum hat er das getan?«

»Das weiß niemand. Einige sagen, er sei schwul gewesen und hätte seinen Geliebten verloren – einen Werfer, sagen sie. Aber das glauben wir nicht.«

»Wir? Ach ja, wir.«

»Ja, für uns ist er eine Art Kulturheld. Wir mögen die Vorstellung, daß ein Mann, der in seinem Beruf das Beste erreicht, ihm dann den Rücken kehrt, selbst wenn er es dadurch tut, daß er sich umbringt – was, wie ich zugebe, die extremste Art ist.«

Er ging weiter, und wir mußten uns beeilen, um unseren Platz zwei Schritte hinter ihm wieder einzunehmen.

»Sie mögen also Baseball, Edwin?« fragte Carolyn.

»Ein bißchen.«

»Ihre Begeisterung schien mir heißes Interesse anzudeuten.«

»Nun, wir haben früher viel gespielt, aber das ist jetzt vorbei.«

Es hatte zu regnen aufgehört. Ich hatte es gar nicht bemerkt, aber jetzt trocknete uns ein warmer Wind und ließ uns uns behaglich fühlen.

»Erinnerst du dich an Joe Hellmann?« fragte ich Carolyn.

»Der Name kommt mir bekannt vor.«

»Er war in unserem Semester. Der Sportler. Star aller Sportarten.«

»Ach ja. Warum fragst du?«

Ich dachte: Weil ich, meine Liebe, mir deines unnatürlichen Verlangens nach athletischen Typen bewußt bin, und ich hoffe, diesen Mythos auf meine eigene ernste, subtile Art zu kastrieren.

Ich sagte: »Kein besonderer Grund. Er fiel mir nur ein, als wir gerade über Baseball sprachen. Ich erinnere mich an eins seiner Spiele, auf der Tafel war ein kurzes Anspiel gezeigt. Der Ball wurde allerdings zu weit geworfen, und Joe schien das auch zu sehen. Aber das war ihm völlig egal. Er rammte in den Fänger, als wäre der Ball kurz gespielt. Und gleichzeitig hielt er den Ellbogen ausgestreckt und angewinkelt und traf das Kinn des anderen Spielers. Vielleicht hat er ihm sogar den Kiefer gebrochen. Der Fänger war jedenfalls blutüberströmt, und Joe Hellmann prahlte damit herum.«

»In Sachen Nostalgie bist du ziemlich wirkungsvoll, oder?«

»Tut mir leid.«

»Heute gehen sogar nur noch wenige von den Jüngeren in den Sport«, warf Edwin ein. »Die höheren Ligen sind wirklich erbärmlich. Die Japs-Klubs haben alle aufgeben müssen, und die meisten der restlichen Mannschaften schicken alte Männer aufs Feld, die sich normalerweise schon längst zurückgezogen hätten. Vielleicht wußte der Brecher, was kommen würde. Vielleicht hat er . . .

Diesmal wurde Edwins Aufmerksamkeit von einem Abschnitt des Bürgersteigs abgelenkt. Im Gegensatz zur übrigen Straße war dieser Bereich mit Abfall übersät. Ausgetretene Zigaretten, zerknülltes Papier, ein Cellophanstreifen, der sanft in der leichten Brise trieb. Irgend etwas stimmte mit der Abfall-Beseitigungseinheit im Gehsteig nicht, und der Müll wurde nicht in sie hineingesaugt. Edwin hockte sich nieder und begann den Unrat aufzusammeln, schob ihn über die Kante und schaute zu, als er in eine funktionierende ABE-Öffnung trieb.

»Man sollte meinen, die Leute würden sofort etwas unternehmen, wenn sie so etwas sehen«, sagte er. »Aber nein! Sie gehen einfach vorbei, wahrscheinlich sogar, ohne den Ausfall zu melden. Widerlich!«

Er schaute zu mir auf und sah mein Lächeln, bevor ich es unterdrücken konnte.

»Was ist daran so komisch?«

»Nichts, Edwin. Nur ein Unterschied in der Einstellung. Rührt vom Alter her, vermute ich. Es ist nur, daß ich diesen Abfall reizvoll fand. Sie müssen daran denken, daß ich zu Zeiten erzogen wurde, als die Umweltverschmutzung offener betrieben wurde – vor den Parfüms, Allheilmitteln und Arzneien, den Masken und Verkleidungen.«

Wir gingen weiter, waren etwa zwei Blocks von Lises und Bills Apartmenthaus entfernt. Zwei Blocks im Fahrwasser von Edwin, mehr konnte ich nicht ertragen. Ich wollte mit Carolyn allein sein. Das Händchenhalten wurde allmählich ermüdend. Ich war zu alt dafür. Durch den Regen gehen, Hand in Hand, schien unter den gegenwärtigen Umständen genug romantischer Unsinn zu sein.

Meine Zeit war begrenzt. Wer wußte schon, wann Scott Carolyns Abwesenheit bemerken und sich darüber klar werden würde, daß sie gegangen war. Auf der anderen Seite hatte es sich bereits als eine beträchtliche Aufgabe erwiesen, Edwin loszuwerden, und Carolyn war keine Hilfe dabei. Sie mochte ihn, oder vielleicht zog sie seine Anwesenheit vor, um mich abzuwehren. Das Schlimme war, daß sie zweifellos von diesem Spaziergang durch die kühle Nacht befriedigt war, dazu einige Raubzüge in die Nostalgie, einige unreife soziologische Bemerkungen von Edwin und sonst alles, was ein wesentlicher Beitrag zu ihrer lethargischen Ergebenheit sein konnte. Ich suchte ihr Gesicht nach einer ermutigenden Empfindung ab. Ihr Lächeln war freundlich, ihr Blick weit entrückt – sie hielt meine Hand mit der Wir-sind-doch-Freunde-Gleichgültigkeit.

»Kennen Sie niemanden in der Nähe, den Sie besuchen wollen?« fragte ich Edwin unverblümt.

»Was wäre die ganze Aufregung wert?«

»Ich wünschte, ich wüßte es.«

Wir gingen drei oder vier Schritte weiter, dann sagte Edwin:

»Warten Sie eine Minute. Ich habe eine Idee. Sie beide warten hier.«

»Mit Vergnügen.«

Sobald er in eine Allee vor uns verschwunden war, zog ich Carolyn an der Hand auf die Straße.

»Er sagte, wir sollen warten.«

»Ich weiß, was er gesagt hat. Komm schon.«

»Das ist alles andere als fair.«

»Du hast recht.«

Ich führte sie über die Straße in den kleinen Zentralpark.

»Warum stellst du die ganze Zeit diese Sachen mit Edwin an?« fragte sie, als wir den Park betraten. Da wir uns von Bills und Lises Haus ein Stück entfernt hatten, war das natürlich ein anderer Abschnitt des Parks. Man konnte es allerdings kaum unterscheiden. Die Bänke schienen auf die gleiche Art angeordnet zu sein. Ein Schauspieler, der auf einer von ihnen saß, ähnelte stark dem Mann, mit dem ich vorher gesprochen hatte. Wenn Schweigen schon nicht Gold war, so war es doch zumindest vergoldet.

»Was für Sachen?« fragte ich.

»Verflixt noch mal, tu nicht so ahnungslos. Ich meine, warum bist du so verletzend zu ihm?«

»Du meinst, warum ich wie Scott zu ihm bin?«

»Du Scheusal!«

Sie sah aus, als wollte sie mich schlagen. Ein Hurra für mich, ich konnte sie ärgerlich machen.

»Ich gehe zurück«, sagte sie und tat einen Schritt in diese Richtung.

»Bleib, bitte, es tut mir leid.«

»Warum sollte ich bleiben?«

»Weil ich dich darum bitte.«

»Oh. Ich sollte meinen Reifrock anheben und im Walzertakt zurücktanzen. Alan, deine Vorstellungen von Frauen sind mindestens eineinhalb Jahrhunderte alt.«

»Okay, dann geh.«

»Das macht mir einen Dreck aus.«

Sie trat einen weiteren Schritt zurück.

»Ich werde nichts mehr über Scott sagen.«

»Es würde nicht schlimmer sein als das, was er über sich selbst sagt.«

Ich packte ihren Arm und versuchte sie an mich heranzuziehen. Aber sie erwies sich als überraschend kräftig; sie wich keinen Zentimeter. Wir hielten lange Zeit ein Unentschieden – ich zerrte an ihrem Arm, sie versuchte, sich zu befreien. Der Schauspieler auf der Bank sah aufmerksam zu, wahrscheinlich, um zu sehen, ob wir irgend etwas taten, das er später verwenden konnte.

Plötzlich entspannte sich ihr Körper. Energisch zog ich sie an mich, einen Moment verlor ich die Balance, und fast wären wir beide gefallen. Ich fand mein Gleichgewicht wieder und blickte sie an. Ihr Bedürfnis, mich zu töten, war deutlich zu erkennen. Ich wollte zur anderen Seite der Straße zurückgehen und von vorn anfangen. Statt dessen küßte ich sie.

Es war ein lausiger Kuß. Oh, Gott, war das ein lausiger Kuß. Schief, herb, schmerzend, unsicher, unbeholfen, wie all die anderen jünglingshaften Handlungen, die ich im Verlauf des Abends unternommen hatte – die kalkulierten Gesten, die Berührungen voll Hintergedanken, das Händchenhalten, die methodische Nostalgie. Das hätte ein wirklich romantischer Augenblick sein können, wenn wir beide sechzehn Jahre und auch so naiv gewesen wären. Wenn ich doch mich selbst als einen linkischen Idioten statt als raffinierten Strategen eingeschätzt hätte. Und Carolyn als eine Frau und nicht als ein Studioporträt.

Ich versuchte sie danach noch eine Weile festzuhalten, aber sie machte sich aus meinem Griff frei. Sie wandte sich halb von mir ab, zog ein Tuch aus der Tasche und wischte den Mund ab.

»Das war töricht«, sagte sie.

»Danke, trotzdem, aber ich frage nicht nach Zensuren.«

»Herrgott noch mal, willst du damit aufhören?«

»Womit?«

»Mit deinen exakt berechneten Bemerkungen für einen Moment wie diesen. Kein Wunder, daß ich mich mit dir in der Nähe immer unbehaglich gefühlt habe.«

»Unbehaglich? Wirklich?«

»Es tut mir leid«, sagte sie. »Ich werde den Mund halten. Gehen wir, um Gottes willen.«

»Nein. Erzähl. Was heißt unbehaglich. Wir müssen den Mann auf der Bank sowieso unterhalten.«

»Hör auf! Bei Gott, hör auf! Genau das ist es, was ich meinte.«

»In Ordnung. Ich werde das tun, was . . . in Ordnung. Sag mir, was du gemeint hast.«

Der Schauspieler, den ich durch meine laute Bemerkung über ihn zu entmutigen hoffte, beugte sich vor.

»Es ist schwer . . . schwer zu erklären. Du bist ein . . . ein Spielverderber. Oder du bist wie ein Spielverderber, wie ich mir einen Spielverderber vorstelle. Du machst alle Sachen kaputt.«

»Wie?«

»Ich . . . nein, vergiß es.«

»Du hast damit angefangen. Du bringst es zu Ende.«

Möglicherweise gefiel dem Schauspieler diese Zeile, denn er nickte und schien zum Applaus bereit.

»Weißt du, was du machst? Du nimmst den Dingen ihre Bedeutung. Das hast du schon immer getan, solange ich zurückdenken kann. Du sprichst über irgendwelche Dinge, und plötzlich sind sie weniger wert. Selbst ein triviales Ereignis wie dieses . . .«

»Triviales Ereignis! Ich weiß, daß es schnulzig war, aber willst du das wirklich als triviales Ereignis bezeichnen?«

»Ich kann es nur auf diese Weise sehen.«

»Auf diese Weise . . . warum . . . auf welche Weise?«

»Oh, ich weiß nicht. Ich kann nicht . . . vielleicht liegt es an der Art und Weise, wie du über Dinge hinweggehst, und die du dann trivial werden läßt. Der Zusammenhang, in den du sie stellst, falls das etwas aussagt.«

»Aber ich verstehe das einfach nicht. Wieso bin ich, wie du es ausdrückst, ein Spielverderber?«

»Ich kann es wirklich nicht erklären. Es ist eben so, daß es bestimmte Leute gibt, die daherkommen und mit der Nadel in Luftballons stechen. Oder irgend so etwas. Sie müssen, ich weiß nicht, die Dinge zurechtrücken – und manchmal, wie du, auf völlig unschuldige, intellektuell sanktionierte Weise. Genau das tust du. Mit mir, mit Edwin, Scott, Bill und Lise, mit jedem. In deiner Fantasie, wie sie auch aussehen mag, spielen wir nicht richtig, oder den wichtigen Dingen, nach denen du suchst, nicht angemessen – dann mußt du unsere Verhältnisse auf alle möglichen Arten zerlegen, und dann kannst du sie uns vor die Füße schmettern, und wir können die Bruchstücke bejammern.«

Der Schauspieler nahm ein Notizbuch heraus und schrieb etwas auf.

»Aber . . . oh, Gott, ich vermute, du könntest . . . aber ich muß diese Sachen sagen, es ist . . .«

»Wahrscheinlich mußt du das. Und ich wünschte, ich könnte dafür Verständnis aufbringen, oder was sonst notwendig ist. Alan, ich wollte mich heute nacht mit dir davonschleichen. Irgendwie habe ich versucht, dich hinzuhalten, aber gleichzeitig wollte ich mit dir kommen. Ich hatte das Bedürfnis, mit dir hier hinauszukommen. Oder mit sonst jemand. Ich wollte, daß du mir etwas Nettes sagst, oder daß du mir sagst, du liebst mich, oder . . .«

»Ich liebe dich.«

». . . oder irgendwas Verrücktes, einfach irgend etwas, das mich nicht unter Druck setzen würde. Eine Romanze, vielleicht. Vielleicht war ich zu einer Romanze mit dir bereit. Ich habe mich wirklich gefreut, dich wiederzutreffen, und ich erinnere mich an viele Dinge, die uns beide betreffen, und ich hätte nichts dagegen gehabt, mit dir zu schlafen, und obendrein ist mir völlig klar, daß das, was ich sage, genau das ist, was du hören wolltest, und daß es zu spät ist und überhaupt völlig falsch. Ganz gleich, was ich wollte, ganz gleich, was du wolltest: Jetzt ist es verdorben.«

»Vielleicht nicht.«

»Alles ist vielleicht nicht. Aber sieh doch, du hattest dein romantisches Dingsda, und ich hatte meins, und beide waren einen Dreck wert. Wir hätten ohne viel zu reden irgendwo ganz sachlich bumsen sollen, und das hätte ein fabelhafter Spaß sein können.«

»Wir können immer noch . . .«

»Ich glaube nicht. Begreif doch, daß unsere Sterne sich nicht kreuzen, Alan, und daß sie es nie getan haben. Wenn überhaupt, dann kreuzen sie sich unter einem schiefen Winkel, und das ist es.«

»Du tust es auch. Trivialisieren, meine ich.«

»Wahrscheinlich. Wahrscheinlich ist es die Art, wie wir unser Leben in Stücke brechen, wenn wir aus dem Winterschlaf kommen und die Welt neu sehen – oder auch nicht neu –, die uns zu kleinen Anmerkungen und trivialen Ereignissen führt. Ist es nicht merkwürdig, daß wir – du und Bill und Lise und Scott und ich – alle unendlich viele Möglichkeiten hätten, unsere Lebensspanne zu verteilen, und dennoch sind wir alle zu dieser bestimmten Zeit hier, alle etwa im gleichen Alter, als hätten wir uns als Team einfrieren lassen. Wie groß ist die Wahrscheinlichkeit für so etwas?«

»Ziemlich gering, schätze ich.«

»Und doch vielleicht nicht so gering, wie wir glauben. Du kannst auf jeden von uns wetten, kannst wetten, daß wir in den Gefrierer zurückspringen, bevor wir lange genug draußen geblieben sind, um ein Ergebnis zu sehen. Du versuchst es überhaupt nicht. Bill schließt Verträge für Rollen, die er nicht zu spielen beabsichtigt, Lise gibt vor, sich diesmal losreißen zu wollen – Scott, selbst Scott spielt dieses Spiel. Er sagt, er fängt gerne mit neuen Geschäften an, aber sie sind ihm egal, sobald sie auf sicheren Füßen stehen. Aber ich hasse es, wenn er ein Geschäft beginnt, weil ich weiß, daß es nur etwa einen Monat dauert, bis er damit *anfängt*, anzudeuten, es sei an der Zeit, uns wieder zum cryonischen Zentrum aufzumachen. Er wird . . .«

»Und du, Carolyn? Was ist mit dir? Warum bleibst du dabei?«

»Wer weiß?«

»Es muß etwas geben, etwas, das in dir . . .«

»In mir ist es längst ausgetrocknet. Im Innern bin ich eine . . . Dörrpflaume, eine getrocknete Aprikose . . .« Sie fing zu lachen an, vollführte eine bühnenreife Geste mit den Händen. Der Schauspieler registrierte es.

»Wer macht jetzt Anmerkungen? Oder, besser gesagt, dumme Scherze?«

»Es tut mir leid, ich will nur weiterem ausweichen.«

»Du weichst gern aus, nicht wahr?«

»Bitte, laß uns hier aufhören, hmm? Alles, was du willst, ich nehme alles zurück, ich vergebe dir, ich lasse dich mir vergeben, alles, aber laß uns zum Teufel hier rauskommen, ich . . .«

»Warte. In einer Minute. Sag mir nur . . .«

»Bitte, hör auf, mich zu verhören. Verhör mich nicht. Das läßt mich schaudern.«

»Sieh doch, entschuldige meine dumme Art, es anzugehen, aber ich kam gestern aus dem Kälteschlaf, und die Kälte wollte mich nicht loslassen. Dann, als ich dich sah und hoffte – ich weiß nicht, auf was ich hoffte –, machte deine Kälte alle meine . . .«

»Hör auf. Ich glaube dir kein Wort. Das ist ein raffinierter Trick. Ich bin zu kalt, du bist zu kalt, wir wollen auftauen, Baby. Behandele mich wenigstens nicht wie einen Charakter in *deiner* Art von Geschichten, Alan. Ich hüpfe nicht auf verschiedenen Ebenen herum.«

»Nun, was . . .«

»Ich will das Thema nicht aufwärmen.« Sie lachte, dann sagte sie in sanfterem Tonfall erneut: »Ich will das Thema nicht aufwärmen.«

Ich akzeptierte es als einen persönlichen Witz und lachte mit ihr. Ich fand es sogar ein bißchen komisch.

»Oh, Scheiße!« sagte Carolyn mitten in ihrem Lachen.

»Es ist gar nicht so schlimm, auch wenn wir wie Verrückte kichern.«

»Deshalb habe ich nicht Scheiße gesagt.«

»Weshalb denn?«

»Edwin.«

»Was ist mit Edwin?«

»Er hat uns gefunden.«

»Oh, Scheiße.«

Ich legte einen Arm um Carolyns Schulter, und sie hatte nichts dagegen, vielleicht weil Edwins Rückkehr wieder die Stimmung von vorhin erzeugte. Er kam schon lächelnd auf uns zu, bereit, in den Scherz eingeweiht zu werden. Statt dessen legte ich den anderen Arm über seine Schulter und führte uns aus dem Park. Er versuchte, einige Fragen auszusprechen, aber ich kam ihm zuvor:

»Wohin sind Sie verschwunden?«

»Ach, an irgendeinen Ort.«

»Was für einen Ort?«

»Da drüben. Es ist nicht so wichtig.«

»Es ist wichtig, weil ich es wissen will. Sagen Sie's mir.«

»Nun, es ist irgendwie peinlich. Nur eine Laune. Ein dummer Einfall, wirklich. Ich würde es lieber vergessen.«

»Keine Bevorzugung. Erzählen Sie.«

Er schien tatsächlich zu erröten. Während er es erklärte, zappelte er nervös.

»Nun, also, ich bin die Allee hinuntergelaufen, weil mir etwas einfiel, über das wir uns unterhalten haben, und . . . nun, ich dachte, ich sollte irgend etwas daran tun. Wissen Sie, von hier unten kann man es nicht so gut anschauen, es bringt wirklich nur was, aufs Dach zu gehen und einen Kopter dorthin zu nehmen . . .«

»Wohin? Wovon reden Sie?«

»Vom Marsschiff. Ich wollte Ihnen zwei Tickets zum Marsschiff kaufen. Es ist eine romantische Sache, und ich dachte, es würde . . . es würde okay sein. Also wollte ich die Tickets als eine Überraschung kaufen, aber sie waren für die nächsten Stunden ausverkauft.«

»*Hier* verkaufen sie Eintrittskarten?«

»Wo sonst?«

»Denken Sie dran, ich bin der Dummkopf – erklären Sie's mir. Was und wo ist das Marsschiff?«

»Sie wissen es nicht? Ich habe mir gedacht, daß Sie es nicht wissen. Sie sind die ganze Zeit hier draußen gewesen und haben nie nach oben geschaut.«

»Warum sollte ich nach oben schauen?« fragte ich in störrischem Widerstand, selbst jetzt nach oben zu schauen. Ich spürte, wie Carolyn zum Himmel schaute und anschließend heftig den Atem einzog.

»Weil es dort ist. Dort oben.«

Er zeigte hinauf, und ich schaute. Und ich sah das Marsschiff.

Es hing dort am Himmel, knapp über dem höchsten Gebäude, scheinbar über der breiten Straße schwebend. In diesem Moment näherte sich ihm ein Helikopter. Scheinwerfer auf den Spitzen der Gebäude waren auf es gerichtet, und plötzlich wurde mir klar, warum es zu dieser Nachtzeit so hell erschienen war. Die zusätzliche Beleuchtung hatte meinen Zeitsinn durcheinander gebracht.

Ich kann meine Reaktion auf den Anblick des Marsschiffs nicht richtig erklären. Ich hatte Schwierigkeiten, mich in diesem Moment mit Edwin zu verständigen, und selbst im Rückblick merke ich, daß ich in falschen Begriffen denke. Ich will sagen, nehmen

Sie irgendein Monument oder ein großes, von Menschen konstruiertes Gebäude, und versuchen Sie, es jemandem zu beschreiben, der es nicht kennt, der nicht einmal eine Abbildung davon gesehen hat. Die Freiheitsstatue – ›Eine ziemlich steif wirkende Matrone in einem Gewand, die eine Fackel hoch hält‹. Der Eiffelturm – ›Nun, ein bißchen wie ein Sendeturm, aber ohne die Verspannung, und viel, viel wuchtiger‹. Big Ben – ›Eine gewaltige Standuhr‹.

Genau so war es mit dem Marsschiff. Jeder, der es gesehen hat, oder eine Abbildung, braucht keine hilfreichen Einzelheiten: Jeder, der es nicht gesehen hat, ist mit einem Bild oder einem Ausflug dorthin besser bedient. Für mich war der erste Anblick des Marsschiffs so etwas wie ein Schock. Und das nicht nur wegen seiner Größe, die allein schon beeindruckend war. Zwölfeckig im Umriß, war es von einem intensiven Gold, das durch die Scheinwerfer, die darauf gerichtet waren, noch leuchtender wirkte. In der Mitte befand sich eine verglaste Halbkugel, eine regenbogenfarbene Kanzel, in der ein Teil der Maschinen zu erkennen war, mit denen das Schiff angetrieben wurde. Gelegentlich konnte man Menschen am Rand von Gängen sehen, die vermutlich auf die Straße hinabblickten – auf uns, die wir zu ihnen aufblickten. In zwei Kreisen angeordnet, befanden sich nahe dem Rand des Schiffs eine Vielzahl von Hoheitszeichen, die alle Länder der Welt repräsentierten. Von den Hoheitszeichen aus verliefen geschwungene weiße Streifen zur Einfassung der Kanzel. Natürlich konnten wir den gewaltigen Beobachtungsturm auf der oberen Seite, in dem die ganze technische Ausrüstung und die Aufenthalts- und Ruheräume der Astronauten den Touristengruppen vorgeführt wurden, nicht sehen.

Tatsächlich nahm ich viele der bekannten Einzelheiten in diesem Augenblick nicht wahr. Vielleicht war das einzige, was ich sah, daß das Marsschiff die Größe eines mächtigen Gebäudes hatte und daß es über unseren Köpfen schwebte.

»Ein ganz schön dummer Anblick, eh?« sagte Edwin. »Ein Monument, das der menschlichen Narrheit angemessen ist.«

»Was meinen Sie damit, Edwin?«

Als er es mir erklärte, gab mir seine Stimme Hinweise, die keiner Interpretation bedurften.

»Ich meine, das ist typisch für die Menschheit, eine wirkliche Tragödie mit ausschweifender Sentimentalität zu beladen, indem man übermäßige Gedenkstätten und *Monumente* errichtet. Zum Beispiel das gottverdammte Marsschiff über die Straßen der

Stadt hängt. Und, glauben Sie mir, die Gemeinde mußte mit allen Tricks dafür kämpfen, um das Recht zu bekommen, es zu behalten.«

»Moment mal. Eins möchte ich geklärt wissen: Ich habe gedacht, das Marsschiff wäre irgendwo auf dem Rückflug explodiert . . .«

»Das habe ich dir erzählt«, sagte Carolyn.

»Das stimmt«, bestätigte Edwin.

Pause.

»Also, wenn es im All explodiert ist, wie konnte es dann hier auftauchen?«

»Ah, klar, ich verstehe. Ich vergaß, was Menschen wissen und was sie nicht wissen. Nein, das ist eine *Nachbildung.*« Jetzt sprach er jedes Wort deutlich aus, so wie man einem Kind etwas erklärt. »Es wurde von einem jugoslawischen Künstler, der dem Ereignis eine Gedenkstätte schaffen wollte, entworfen und gebaut.«

Ich blickte wieder zu dem Marsschiff hoch.

»Und wie wird es da oben gehalten?«

»Durch Spanndrähte, die zu den höchsten Gebäuden führen. Man kann sie schon am Tag kaum sehen, und . . .«

»Warten Sie. Ich bin kein Physiker oder so etwas, aber wie, zum Teufel, können ein paar Spanndrähte etwas wie das halten? Man brauchte Tausende, und dennoch würde es in diesem Wind nicht so gleichmäßig schweben.«

»Ich weiß nicht, worauf Sie hinauswollen.«

»Das Gewicht, Edwin. Das Gewicht des ganzen Metalls.«

Sein Kichern enthielt einen guten Teil Überraschung.

»Klar, ich verstehe. Nein, es ist keine exakte Materialreproduktion. Sie ist maßstabgerecht hergestellt, und sie sieht genau wie das Schiff aus, außer dieser durchsichtigen Blase, die nur für die Touristen gemacht worden ist. Die Originalmaschinen waren völlig von Metall umgeben. Diese Nachbildung besteht allerdings nicht aus schweren Materialien wie das Schiff. Sie ist aus extrem leichten Stoffen, dünnen Kunststoffen, die aber fest genug sind, um darauf gehen zu können. Außen und innen ist alles maßstabgetreu reproduziert. Alle Instrumente des echten Schiffs sind nachgebaut worden, die Räume, die Funktionskontrollen und Computer und das alles. Auf dem ganzen Ding sind Tafeln, auf denen minutiöse Beschreibungen des Schiffs, der Besatzung und ihrer Aufgabe stehen.«

Der Helikopter war auf dem Marsschiff gelandet, ein augenfälliger Beweis für Edwins Erläuterung.

»Das ganze Ding könnte nicht sicherer sein«, fuhr er fort. »Wenn man alle Spanndrähte kappt, was sowieso unmöglich ist, schaltet sich ein Sicherheitsmechanismus ein, der das Schiff abbremst, so daß es wie eine Flaumfeder landet. Wenn es fallen sollte, würde es niemanden verletzen. Das Schiff könnte sogar davonschweben, anstatt zu fallen.«

»Sie reden ja wie ein Fremdenführer.«

»Ich habe den Ausflug ein paarmal mitgemacht.«

»Aber Sie glauben, es ist alles Gefühlsduselei?«

»Ich habe es studiert.«

»Und bringen sie Leute mit den Helikoptern dorthin?« fragte Carolyn.

»So ist es. Kostet 'ne Stange Geld, aber ist heute *die* Attraktion.«

»Ich verstehe, wieso?«

»Nun, es hat eine gewisse attraktive Vulgarität.«

»Nein, nicht Vulgarität, Edwin«, sagte ich.

»Was denn?«

»Schönheit.«

»Machen Sie Witze?«

»Es ist ein herzergreifendes Vermächtnis an den Menschen, eins, wie es der Mensch nicht besser ausführen kann.«

»Sie scherzen.«

»Ich weiß nicht, wie ich es Ihnen erklären kann. Man, das sind die Pyramiden, der Koloß von Rhodos . . .«

»Ich wußte, daß ich wahrscheinlich übertrieb, aber ich suchte nach meinen eigenen Empfindungen.«

»Wie können Sie so etwas sagen?« sagte Edwin tadelnd. »Es ist geschmacklos, eine kommerzielle Arbeit, die das Ereignis, das sie vorgeblich ehren soll, billig macht. Sie stellt die zweitklassige Errungenschaft des technologischen Menschen dar.«

»Die Pyramiden wurden von Sklaven gebaut. Der Koloß war wahrscheinlich ein kommerzielles Projekt, von einem Herrscher in Auftrag gegeben, der irgendeinen Bildhauer unter Druck setzte. Künstler arbeiten aus solchen Gründen, um einen mächtigen Monarchen zu beeinflussen, um einen ewig kranken Papst zu erfreuen.«

»Und Sie nennen das . . . *das* . . . Kunst?«

»Ich weiß nicht, wie ich es nenne, Edwin. Halten Sie doch einfach den Mund. Zum achtundachtzigsten Male: Halten Sie den Mund!«

Wir standen dort und starrten vielleicht eine halbe Stunde lang auf das Marsschiff. Ich sah, wie die Helikopter sechs oder sieben Menschenladungen zum und vom Schiff transportierten. Am Schiff selbst änderte sich die ganze Zeit über gar nichts, aber ich konnte nicht aufhören, hinzuschauen. Es war imponierend, es war erregend, es war golden, es war schön.

Als ich schließlich den Blick losreißen konnte und Carolyn anschaute, beobachtete sie mich lächelnd. Sie sah sehr hübsch aus.

»Geh mit mir fort«, sagte ich.

»Zuerst begriff sie nicht. Dann lachte sie – ein wildes, glückliches Lachen.

»Unter dem . . .«, begann sie, mußte sich dann aber stärker kontrollieren, um den Satz zu beenden. Edwin, völlig verblüfft, lachte sowieso.

»Unter dem Marsschiff«, sagte sie schließlich, »ist wohl alles möglich. Ist es das?«

»Nein. Geh mit mir fort.«

Offensichtlich wollte sie ernsthaft sein, konnte aber nicht aufhören zu lachen.

»Du bist nicht . . . du kannst nicht geheilt werden. Weißt du das? Deine Ansichten, deine Posen, deine Fantasien – sie sind nicht heilbar. Das ist es, oder?«

»Nein. Geh mit mir fort.«

Ich glaubte, Edwin flüstern zu hören.

»Sag mir Gründe dafür«, verlangte Carolyn.

»Nein. Geh einfach mit mir fort.«

»Heute nacht?«

Ich nickte.

»Aber ich . . . nun gut, vielleicht.«

Ich wandte mich an Edwin.

»Und was haben Sie gesagt?«

Er war ein wenig bestürzt.

»Worüber?«

»Über die Narretei der Menschheit dort oben.«

Er schien zugleich erfreut und verwirrt.

»Nicht mehr viel, wirklich. Eine Menge Blödsinn, wirklich. Was die Leute in meinem Kreis sagen. Sie halten es für eine Ironie, daß eine der Hauptattraktionen unserer Zeit eine exakte Reproduktion eines stählernen Giganten darstellt, der gescheitert ist.«

»Irgendwo haben sie sicher recht. Aber ich finde, daß es schön ist.«

Edwin nickte, froh darüber, als Westentaschen-Banause erkannt worden zu sein.

»Komm schon«, sagte ich zu Carolyn.

»Wohin gehen wir?«

»Das wirst du schon sehen.«

Langsam gingen wir den Weg zurück, den wir gekommen waren. Wir sprachen nur wenig miteinander. Als wir uns Bills und Lises Haus näherten, beugte ich mich vor und flüsterte Carolyn zu:

»Zeit für eine Entscheidung.«

»Ich bin noch nicht so weit.«

»Oh. – Okay.«

Am Aufzug sagte Edwin, er würde weiterziehen, anstatt zur Party zurückzukehren.

»Unsinn«, sagte ich.

»Was?«

»Sie kommen mit uns nach oben.«

»Wirklich? Nun . . . nun, ich glaube, ich gehe einfach mit Ihnen nach oben.«

Als wir zu dritt den Aufzug betraten, wußte ich, daß uns eine lange Prüfung erwartete. Es war, als hätte ich eine plötzliche Vision: Bill, der mich in der Halle zu überreden versucht, zurück in den Aufzug zu gehen, allein; und Lise, trunken lachend, während sie sich bemüht, an einer Wand Halt zu gewinnen; und Scott, der sich weigert, mit mir zu verhandeln, und meinen Kopf mit wilden Schwingern traktiert, als er die Zusammenhänge kapiert, mich völlig benommen macht und mein Gesicht für Tage verquollen zurückläßt; und Carolyn, die wütend wird und Scott zum Aufhören auffordert, und sie sagt, daß sie keineswegs weiß, was sie will, aber ganz fest die Absicht hat, diesmal die Gelegenheit zu ergreifen, und das heißt, daß sie versuchen wolle, eine Zeitlang mit mir zusammenzuleben (Was sie auch tat. Aber es klappte nicht. Aber das ging in Ordnung); und ich sage, daß ich verdammt noch mal eine Möglichkeit anbot, die verdammt noch mal klappen könnte; und Bill, der mit einer Lektion über die Moral dieser Angelegenheit kämpft; und Lise, die schreit, daß Bill nur deshalb durchdreht, weil die Auseinandersetzung seine Party verdirbt, und sich dann zu Carolyn wendet und sie auffordert, zur Sache zu kommen; und Edwin, der sich entschließt, in einem perfekt abgestimmten Augenblick Beifall zu klatschen, sich dann umschaut, um festzustellen, was mit seiner Zeitabstimmung nicht gestimmt hat; und Scott, der auf zwei Drittel seines früheren Ichs zusammenschrumpft und weinerlich schluchzt; und Carolyn, die die Hand ergreift, die ich ihr anbiete, als wir uns zum Aufzug zurückziehen . . . Als ich diese Vision hatte, spürte ich flüchtig den Drang, dem Lautsprecher das falsche Stockwerk zu sagen, aber dann nannte ich unser Ziel laut und deutlich.

Nicht nur die nächsten paar Stunden, sondern auch die nächsten Tage würden schwierig sein, schmerzlicher, als ich es mir vorstellen konnte. Doch das machte mir nichts aus, und es macht mir wirklich nichts aus. Nicht, solange ich Carolyn gestohlen und das Marsschiff gesehen hatte.

Aus dem Amerikanischen übersetzt von Bernd Holzrichter

JAMES TIPTREE, JR.

Geteiltes Leid

Es ist nicht wahr, daß es keine Engel gibt; denn eine junge Frau namens Jolyone Schram sprach mit einem, was zu Ergebnissen führte, die uns alle in Verwunderung versetzten.

Ob das, womit Jolyone sprach, ein Engel im klassischen Sinne war, werden wir natürlich niemals herausfinden; es sei denn, es kehrt zurück, was aber ziemlich unwahrscheinlich ist. Mit ziemlicher Sicherheit handelte es sich um ein mit gewaltigen Kräften ausgestattetes Weltraumwesen, eine Entität der Großen Leere; vielleicht sogar, wie man annehmen könnte, um eine wandernde Empfindsamkeit, einen interstellaren Kommunikanten, der von seinem routinemäßigen Weg abkam. Was immer es auch gewesen sein mag: Es hörte Jolyone. Und damit fing alles an.

In jener Nacht, in der die Ereignisse sich zutrugen, versuchte Joylone trotz ihres musikmachenden Zahnes nicht laut aufzuschreien.

Sie hatte einen Job während der Nachtstunden als Mädchen für alles im fünften Stockwerk der lokalen Rundfunkstation WPNQ. Das Gebäude war neu, und ebenso neu war der starke Sender, der sich weit über ihrem Kopf auftürmte und auf dem höchsten Punkt des letzten bewaldeten Hügels von Los Angeles lag. Man hatte ihn mit derartigen Kräften ausgestattet, daß er jeden anderen in der Umgebung der Stadt übertönte. Er war so stark, daß es ihm keinerlei Schwierigkeiten bereitete, über die kleine Füllung ihres rechten Backenzahns Stevie Smith auszustrahlen.

»I was much farther out than you thought, and not waving but drowning«, sang der Zahn. In Jolyones Augen sammelten sich Tränen, und ihr Kinn zitterte, was allerdings nichts mit dem Lied zu tun hatte.

Der Grund für ihr Weinen lag darin, daß es ihr genau hier in Hal Hodges Büro bewußt geworden war, daß die Erde sterben mußte. Und sie hatte es vorausgesehen.

Sie war neunzehn Jahre alt.

Bevor sie ihren nächtlichen Dienst angetreten hatte, war sie mit dem Wagen zur Küste hinausgefahren. Sie wollte zu dem Pinienwäldchen hinüber, in dem sie als Kind eine Menge Zeit in Fröhlichkeit verbracht hatte. Ihr Zimmergefährte war liebenswürdigerweise gegangen, und so war ihr nach einem bißchen Frieden zumute. Sie hatte das Gefühl, zu lange von der Erde und den Wäldern getrennt gewesen zu sein.

Es war schon dunkel, als sie sich dem Wald näherte, aber trotzdem konnte sie sich nicht des Eindrucks erwehren, daß sich in dieser Gegend mehr Häuser befanden, als sie in Erinnerung hatte. Doch schließlich berührten die Strahlen der Wagenscheinwerfer wieder das vertraute, im Nebel liegende Gehölz. Die Straße war wieder die alte. Gegen Mitternacht erreichte sie den Hügelkamm. Das Gebiet wurde abschüssig. Irgendwo vor ihr mußte es steil zur Küste hin abfallen. Der Nebel war so dicht, daß Jolyone sich entschloß, den Wagen anzuhalten, ein Schläfchen zu machen und nach dem Morgengrauen den Sonnenaufgang zu genießen. Sie war umgeben vom friedfertigen Duft der Bäume. Eine Eule schrie wütend auf und eine andere antwortete. Als Jolyone in den Schlaf hinübersank, hörte sie das Geplätscher des kleinen Baches, der in der Höhle verschwand, in der sie sich schon als kleines Mädchen versteckt hatte. Die Erinnerung daran brachte sie zum Lächeln.

Natürlich sah sie an *diesem* Ort nicht, wie die Sonne aufging.

Im ersten bleichen Licht des Morgens wurde sie vom Aufbrüllen starker Dieselmotoren, die nicht weiter als dreißig Meter von ihr entfernt in Betrieb gesetzt wurden, aus dem Schlaf gerissen. Erst war es einer, dann zwei, dann drei; ein vierter kam hinzu, und ehe Jolyone dazu kam, sich klarzumachen, daß es kein Alptraum war, der sie schüttelte, erklang aus der Gegenrichtung das Schnarren riesiger Baumsägen.

Sie legte die Handflächen über die Ohrmuscheln und starrte in den allmählich dünner werdenden Nebel hinaus. Baumwipfel schwankten, fielen nieder. Ihr Blick fiel auf eine Armada gigantischer Planierraupen, die an ihr vorbei donnerten. Die Maschinen pflügten den Boden um und schoben gewaltige Wellen gelöster Erde vor sich her. Sie ließen nichts als aufgeworfenen Boden hinter sich zurück.

Erschreckt wirbelte Jolyone in ihrem Sitz herum und schüttelte den Kopf, als könne sie damit der fortschreitenden Verwüstung Einhalt gebieten. Aus dem Nichts tauchte neben ihrem Wagen plötzlich ein Schaufelbagger auf. Er kam so nah, daß sie jeden Moment damit rechnen mußte, von ihm zerquetscht zu werden.

Mit einem Stöhnen ließ sie den Volkswagen an und trat auf das Gaspedal. Das Fahrzeug setzte sich in Bewegung und steuerte auf die Hügelkuppe zu. Im Vorbeifahren erkannte Jolyone, daß sie die

Nacht neben einer großen Reklametafel verbracht hatte, auf der das grinsende Gesicht eines Mannes verhieß: UND WEITERE TAUSEND NETTER WOHNUNGEN VON HAPPY HARRY JOEL.

»Oh, nein, oh, *nein*«, schluchzte Jolyone vor sich hin, als sie mit zitternden Knien den Hügel hinunterfuhr. Es war die Dunkelheit gewesen, die sie zum Narren gehalten hatte. In der Umgebung befanden sich nicht nur ein paar Häuser mehr als früher, sondern es wimmelte von ihnen. Von Horizont zu Horizont erstreckten sie sich. Sie waren *überall*, und nur die alte Straße, die von einigen ausgedörrten Bäumen umgeben war, entpuppte sich noch als Relikt ihrer Erinnerung. Die kleine Lichtung, auf der sie die Nacht verbracht hatte, war der einzige Platz, an dem es noch ein Wäldchen gab – oder gegeben hatte.

»Wie können sie das nur tun«, flüsterte sie vor sich hin. »Es war doch alles so . . . so . . .« Sie suchte nach einem Begriff, der die Schönheit der Umgebung, die doch so wehrlos war, und alles, was sie einst an ihr geliebt hatte und von dem sie fest überzeugt gewesen war, es müsse auf ewig weiterbestehen, richtig ausdrückte.

Als sie schließlich die Autobahnauffahrt erreichte, flaute der innere Schmerz ein wenig ab. Es war ein herrlicher Sonnentag. Jolyone fädelte sich in den Strom der anderen Autos ein. Erst jetzt fiel ihr auf, daß sich auf dem See etwas befand, das ihr am vergangenen Abend gar nicht aufgefallen war. Nördlich von ihr gewahrte sie auf dem Wasser einen seltsamen, schwarzen Fleck. Eine Öllache?

»Die größte Sauerei aller Zeiten«, erklärte ihr das Mädchen an der Imbißbude. »Man spricht davon, daß nahezu alle Seeottern darin umgekommen sind. Hey – wollen Sie einen unserer Supercheeseburger?«

Jolyone fuhr zu ihrem Arbeitsplatz zurück und unternahm alles, während sie in der langen Autoschlange fuhr, um ihre Gedanken zu verdrängen. Die Sonne knallte weißlich vom Himmel herab, und neben ihr brummten Lastwagen, Personenfahrzeuge und Lieferwagen dahin. Der Kummer, der sich ihrer bemächtigt hatte, verflachte im Rhythmus des Fahrens immer mehr. Aber ihr Unterbewußtsein ließ er nicht los.

Tausend neue Wohnungen, die hoch oben über all den anderen Tausenden prangten . . .

Jolyone hatte die Leute des öfteren darüber reden gehört, daß man ihre Generation als die des ›absoluten Babybooms‹ bezeichnete. Auch sie hatte stets die Absicht gehabt, irgendeines Tages einmal Kinder zu haben, aber nun begannen sich die Einzelheiten ihrer Grundschulausbildung zu summieren. ›Ökologie‹ – das war auf einmal nichts Abstraktes mehr. Sie manifestierte sich in der Zerstörung ihres geliebten Tales, in ihrem beinahe zerquetschten Körper unter den Schaufeln eines Baggers. Und dann der Ölfleck . . . Sie selbst saß hinter dem Steuer eines Wagens. Möglicherweise hätte sie zu den Abnehmern des verschütteten Öls gehört. Man transportierte es hierher, um Leute wie sie damit zu versorgen. Für Tausende und aber Tausende von Menschen wie sie.

Der Gedanke beunruhigte sie. Jolyone schaltete das Autoradio ein und erwischte gerade noch das Ende von Hal Hodges' Nachrichtensendung, die mit einem Füller schloß: Er berichtete von einem heftigen Bergrutsch in Nepal, der dadurch zustande gekommen war, weil die Leute den gesamten Bewuchs abgeholzt hatten, um Feuerholz zu bekommen. Dann schaltete Hal auf die Popstunde von WPNQ um, und Jolyone ließ sich willig auf den Klängen des Beats davontreiben. *Twenty-nine colors of blue . . .*

So legte sie Kilometer um Kilometer zurück.

Schließlich erreichte sie den Parkplatz und bog ein. Mimi Lavery unterstützte Hal bei den Abendnachrichten. Jolyone hörte ihr mit kritischen Ohren zu und hoffte, daß es ihr gelingen würde, wenigstens diesmal ihre Stimme unter Kontrolle zu halten. Auch jetzt kam wieder ein Nachrichtenfüller: Die Bevölkerung sei wieder im Anwachsen begriffen. Man rechnete damit, daß sie sich in dreißig Jahren erneut verdoppeln würde. Anschließend kam ein vom Band eingespielter Werbespot für Eigenheime in den Bergen.

Und genau in diesem Moment, in der gleichen Sekunde, in der sie den Volkswagen abstellte und den Zündschlüssel abzog, geschah es.

Jolyone Schram *wußte* plötzlich.

Die Vision einer sich wellenförmig ausbreitenden, milliardenköpfigen Menschenmasse kam auf sie zu; eine gigantische Springflut sich fortwährend multiplizierender Köpfe ohne Ende, die sich über die gesamte Erdoberfläche dahinwälzte, bis sie alles bedeckte. Es gab keine Farben der Natur mehr; die Köpfe breiteten sich über die Erde aus, verschluckten sie, fraßen sie kahl, plünderten die Bodenschätze, verschwendeten sie, zerstörten alles andere, breiteten sich bis an die Grenzen der Kontinente aus, strömten ins Meer, richteten dort das gleiche an, schoben sich durch Tunnels in die Innenwelt des Planeten hinein, höhlten ihn aus, schoben sich über die Berge hinweg und ließen keinen Zentimeter Bodens mehr frei. Milliarden Köpfe schnappten nach Luft, keuchten, grinsten sie an. Milliarden Hände streckten sich aus und gelangten blindlings in das Gewimmel der Körper, die die Welt überschwemmten, hinein.

Und genau das war es, was um sie herum geschah – hier langsamer, da schneller. Und so würde es auch weitergehen. Schneller und schneller, bis zum unausweichlichen Ende.

Jolyone stöhnte auf und fiel in den Sitz zurück. Sie war ein liebes Mädchen, und deswegen gab es auch nichts, was sie vor einer solch apokalyptischen Vision zu schützen vermochte. Tatsachen allerdings konnte sie durchaus akzeptieren; zudem glaubte sie an die Beweiskraft von Zahlen. *Die Menschheit würde sich in dreißig Jahren verdoppeln* – und anschließend noch einmal und noch einmal. Und jedesmal würde es schneller gehen. Es geschah bereits jetzt. Nicht irgendwo und irgendwann, sondern jetzt und hier. Und sie war dabei und sah den Anfängen zu. Mit der ganzen Einfachheit ihres neunzehn Jahre alten Bewußtseins wußte sie plötzlich *alles*.

Und in der gleichen Sekunde wurde ihr klar, wieviel sie würde ertragen müssen und wie hilflos sie war.

War es überhaupt möglich, in diesem Chaos zu überleben, wenn es weder Platz noch Ruhe oder einen Ort gab, an den man sich zurückziehen konnte? Aber sie konnte nichts dagegen tun. Niemand konnte es, das sah Jolyone ein. Die Leute würden einfach nicht damit aufhören, Kinder in die Welt zu setzen, darüber war sie sich völlig im klaren. Selbst wenn man den Präsidenten mit einem Revolver bedrohte, würde das die Wälder nicht retten; alle die Organisationen, die um jeden Baum, jeden Fluß und jeden Berg kämpften, hätten sonst längst zu diesem Mittel gegriffen. Es lag einfach daran, daß niemand in der Lage war, die *Zahlen* einzudämmen. Im kalten Gegenlicht ihrer Vision sah Jolyone lange Demonstrationszüge; Reden, die gehalten wurden; kleine Bewegungen, die hofften, auf lokaler Ebene etwas zu erreichen. Guter Wille war da – aber das war nichts gegen die zahllosen Baumstämme, die erbarmungslos aus dem Boden gerissen und die Berghänge hinabgeworfen wurden. Es waren die Zahlen, die zählten, nichts anderes. Und nichts konnte sie daran hindern, sich weiter zu erhöhen. Alles, was ich gern habe, dachte sie, wird bald nicht mehr existieren.

Zitternd blieb sie in ihrem Wagen sitzen. Sie war unfähig zu weinen. Nach einer Weile beruhigte sie sich ein wenig, und da es nichts anderes für sie zu tun gab, bückte sie sich und hob die Wagenschlüssel auf. Es wurde Zeit, mit der Arbeit zu beginnen.

Im Studio nahm niemand Notiz von ihr. Es war ein ziemlich ruhiger Abend. Einige Techniker waren damit beschäftigt, die Anlagen zu überprüfen und die Schaltkreise einer Inspektion zu unterziehen. Einer der Schalttische war völlig auseinandergenommen worden.

Jolyone begab sich an ihren Arbeitsplatz, sortierte die eingegangenen Fernschreiben, räumte die benutzten Tonbandspulen weg, nahm in den leeren Büros einige Telefongespräche entgegen und verrichtete im übrigen jegliche Tätigkeit, die man ihr auftrug, in geistesabwesender Verfassung. Ihre Zahnfüllung gab flüsternd die letzten Sportergebnisse bekannt. Aber die Vision, die sie gehabt hatte, flaute keinesfalls ab. Das, was sie gesehen hatte, bewegte sich weiterhin wie eine Nebelbank in Jolyones Kopf und ließ die reale Welt wie einen sie umgebenden Traum erscheinen. Alle paar Minuten, wenn sie an irgend etwas, das nicht mehr lange existieren würde, dachte, füllten sich ihre Augen mit Tränen. Das alte Gartengelände, in dem sie und ihre Freunde einst gelebt hatten, wurde inzwischen von Betonklötzen eingenommen, die bis in die Wolken reichten. Und diese Gebäude waren nur die Spitze des Eisberges, der sich bald in seiner wahren, zukünftigen Größe zeigen würde. Mit der ganzen Klarheit ihrer neunzehn Lebensjahre bereitete Jolyone sich darauf vor, von allem, was bisher ihr Dasein bestimmt hatte, Abschied zu nehmen.

Um zehn Uhr dreißig begann Hal Hodges übliche Talkshow. Einer der Gäste war Science-fiction-Autor, ein untersetzter, zerknitterter Mann älteren Jahrgangs, der ziemlich neurotisch war und sich davor fürchtete, daß man ihm seinen Wagen stehlen würde. Jolyone versorgte ihn mit einigen Papiertaschentüchern (der Mann war erkältet), gab ihm und den anderen eine Tasse Kaffee und überließ sie dann Hal Hodges' Händen, während der Sender eine Pause einlegte.

Als sie die Tür hinter sich ins Schloß zog, rief sie einer der Techniker, der an dem auseinandergenommenen Schaltbrett arbeitete, zu sich heran.

»Halt das mal 'ne Sekunde.« Er gab Jolyone eine ziemlich ineinander verschlungene Ladung von Kabeln. »Paß auf, daß du damit nichts berührst, das ist schon alles. Wenn ich sage ›jetzt‹, bedienst du mit der anderen Hand diesen Knopf da. Klar?«

Jolyone nickte; sie hatte plötzlich wieder Schwierigkeiten mit den Augen.

Der Techniker bückte sich und verschwand unter einem Gewirr von elektronischen Schaltungen, während Jolyone stehenblieb und tat, was er ihr gesagt hatte. Ihr Zahn gab jetzt wieder laute Geräusche von sich und übertrug die interessiert klingende Stimme Hal Hodges'. »Womit werden sich Leute wie wir in hundert Jahren beschäftigen, Bill?« fragte er.

»Wir werden einander auf den Kehlen stehen«, erwiderte der Science-fiction-Autor durch Jolyones Zahn und putzte sich die Nase.

Mit einem Schlag kam die Vision zu ihr zurück. Und mit ihr kam etwas, das Jolyone bisher übersehen hatte. »Oh, nein, nein, nein«, flüsterte sie und fühlte, wie eine dicke Träne ihre Wange hinunterlief. Und sie hatte keine Hand frei, um sie fortzuwischen.

Sie sah jetzt die Gesichtsausdrücke der Menschen, die sich wie eine Lawine auf sie zuwälzten. Sie waren in unendlichem Haß verzerrt. Jolyone sah rotunterlaufene Augen, gebleckte Zähne, zu Krallen verkrümmte Finger, hörte triumphierendes Geschrei, sah Hände, die nach Messern und Pistolen griffen und kämpften. Errungene Siege währten nur kurz; stets rollte eine neue Welle von Verzweifelten heran, die sich der Sieger annahm und sie niedermachte. Und aus der Tiefe erklangen die jammernden Schreie der Niedergetrampelten und Sterbenden. Nirgendwo in dieser Vision des Grauens existierte Freundlichkeit. Es gab nichts, das man auch nur im entferntesten als menschlich bezeichnen konnte. Was die verwüstete Erde erwartete, war der Krieg, in dem jeder gegen jeden antrat.

Wenn wir alles vernichtet haben, werden wir zu Tieren hinabsinken, dachte sie. Ein Schluchzen bildete sich in ihrer Kehle, als sie an die zum Untergang verurteilte Schönheit der Natur und den zerbrechlichen Traum dachte, den die Menschheit geträumt hatte.

»*Nein*«, keuchte sie.

»Jetzt«, rief der Techniker, der sich noch immer unterhalb des Kontrollbords aufhielt.

Tränenblind und mit bebenden Fingern langte Jolyone nach

vorn. Ihre Tränen fielen auf komplizierte Schaltkreise, was normalerweise nicht hätte vorkommen dürfen. Verzweifelt sandte sie ein Stoßgebet zum Himmel. »Halt es auf, *bitte.*«

Es war plötzlich so still, daß man die Luft knistern hören konnte.

»Piontwxq?« sagte ihre Zahnfüllung in die Stille hinein. *»Eh! Aufhalten was?«*

»Laß uns damit aufhören«, wiederholte Jolyone verrückterweise, ohne zu ahnen, daß ihr Hilfeschrei auf unbekannte Frequenzen in unermeßliche Fernen hinausjagte, da sie nichts mehr zu verspüren vermochte als ihren Schmerz. »Verhindere, daß wir noch mehr Menschen werden und alles vernichten! Oh, *bitte,* sorge dafür, daß das nicht geschieht! Laß nicht zu, daß wir unsere schöne Welt vernichten!«

»Einen Moment«, erwiderte die dünne Stimme in Jolyones Zahnfüllung und sorgte dafür, daß die Augen des Mädchens nun das gleiche Format annahmen wie Hal Hodges' Mund. *»Ich mach das schon. Du kannst aufhören zu weinen.«*

Die Stimme kam aus weiter Ferne, und natürlich verständigte sie sich nicht auf englisch. Aber Jolyone fiel das in diesem Moment gar nicht auf.

»Oh!« stieß sie hervor. »Wer . . . was . ..«

»Heiliger Bimbam!« Der Techniker krabbelte blitzschnell unter dem auseinandergenommenen Kontrollbord hervor und raffte in aller Eile einige Werkzeuge zusammen. Hal Hodges kam aus seiner Bude gerannt und prallte mit dem Toningenieur zusammen. Sie schrien beide auf. In dem folgenden, allgemeinen Aufruhr sah Jolyone den Science-fiction-Autor kopfschüttelnd nach seinen Wagenschlüsseln greifen.

Und dann hatte man sie natürlich schon beim Wickel. Nicht zu wissen, daß man den Hypermixer nicht mit dem Goobilizer zusammenbringen durfte, war ja nun auch wirklich zuviel.

In der Zwischenzeit legte vierzigtausend Kilometer von der Erde entfernt das Etwas – mag es nun ein Wesen, ein Dschinn, ein Geist oder sonst was gewesen sein – letzte Hand an einen winzigen Adjustierungshebel eines unserer gleichgeschalteten Erdsatelliten, der plötzlich mit dem er/sie/es an Bord zischend in die Atmosphäre eintauchte, sich der Erdoberfläche näherte und über den Anden etwas ausspuckte, das beileibe keine Aktentasche war. Es landete genau in einer Gletscherspalte.

Im nächsten Augenblick war unser Besucher wieder draußen

und kehrte in die Tiefen des Weltraums zurück, wobei es das Ding, das beileibe keine Aktentasche war, unter dem – nun ja, unter irgendeinem Glied trug, das man nicht mit einem Arm verwechseln konnte. Hätte man in diesem Moment den Ausdruck auf dem, was ein Gesicht hätte sein können, gesehen, so wäre er dem eines vorbeigehenden Erwachsenen, der in letzter Sekunde mit einem festen Tritt den in einen Abgrund rollenden Fußball einiger spielender Kinder rettet, nicht unähnlich gewesen.

Und das ist alles, was wir bis zum heutigen Tage von ihm wissen.

Erst am nächsten Morgen, als das Sonnenlicht die Erde in ihren hellen Schein tauchte, erfuhren wir, was geschehen war.

In jeder Wohnung, in jedem Iglu, jeder Hütte, Höhle oder jedem Zelt von den Fidschi-Inseln bis nach New York war es das gleiche. In jedem Haushalt erwachte nur ein einziges Kind – und zwar das jüngste. Alle anderen blieben bewegungslos in ihren Betten liegen, und es machte keinen Unterschied, ob sie in Krippen, auf Strohsäcken oder Fellhaufen lagen. Bis auf das jüngste Kind in jeder Familie wachte keines auf.

Und einen kurzen Moment später erhob sich das große Gejammer, das dem Sonnenaufgang rund um die Welt folgte. Mütter entdeckten, daß die Körper ihrer schlafenden Kinder kalt waren und ihre Oberkörper sich weder hoben noch senkten. Sie taten keinen Atemzug. Jungen und Mädchen von zwei bis zwanzig, und jeder Säugling, gleichgültig, welchen Alters, lagen reglos und kalt da. Man fand selbst die erwachsenen Kinder, die das Elternhaus noch nicht verlassen hatten, leblos in ihren Betten.

Der Tod, so schien es, hatte alle Familien ihrer Kinder – ausgenommen der Neugeborenen – beraubt.

Allerdings gab es außer den panisch reagierenden Eltern auch einige, die die Nerven behielten und ihren Kindern geistesgegenwärtig einen Spiegel vor den Mund hielten und geduldig ihren schwachen Atemzügen lauschten. Und schließlich stellte sich heraus, daß die Kinder keinesfalls tot waren. Sie atmeten unmerklich, und langsam, sehr langsam kreiste auch das Blut in ihren Adern und hielt das Herz in Bewegung. Sie waren also nicht gestorben, sondern schliefen nur, und die abgesunkene Körpertemperatur wies darauf hin, daß sie in einem Tiefschlaf lagen, der stärker war, als man jemals hätte vermuten können.

Man konnte sie weder wecken noch sonstwie ins Leben zurückrufen. Ärzte, Schamanen und Scharen von Müttern gingen mit

Hitze- oder Kälteschocks auf die Kinder los oder probierten jedes auf der Welt bekannte Stimulans, das möglicherweise diesen Fluch von ihnen nehmen konnte. Aber es war alles umsonst. Die Tage vergingen, ohne daß sich der Herzschlag irgendeines Kindes veränderte oder die Art des Atmens schneller wurde.

Auf der ganzen Welt warfen Väter einen Blick auf die Reihe ihrer schlafenden Abkömmlinge und beschlossen, einen trinken zu gehen. Die Mütter – völlig aus dem Häuschen – verteilten ihre Aktivitäten darin, sich um das einzig wache Kind zu kümmern und ansonsten zu versuchen, die anderen wach zu bekommen.

Die einzigen Eltern, in deren vier Wänden sich das Phänomen nicht zutrug, waren jene, die nur ein einziges Kind besaßen. Aber in vielen dieser Familien war ein zweites Kind unterwegs. Und so fand man rasch heraus, daß, sobald ein neues Baby seinen ersten Schrei tat, das Erstgeborene die Augen schloß und einschlief. Kaum hatte man das Neugeborene der Mutter an die Brust gelegt, befand sich das erste bereits im Tiefschlaf. Offenbar konnte man nur noch das jüngste Kind eines jeden Haushalts als normal bezeichnen, denn dies schlief und wachte auf, aß und spielte weiter wie zuvor, während alle anderen in ihren Hütten und Hospitälern, Hausbooten und Höhlen das Leben in einem tiefen, den Körper erkalten lassenden Trancezustand verbrachten.

Die Verzweiflung der Menschen wuchs von Tag zu Tag und drängte alle anderen Weltprobleme in den Hintergrund. Sollte es das Schicksal der Erde und ihrer Bewohner sein, sich nur noch um die lebenden Toten zu kümmern?

Und dann kam der Tag, an dem der erste Schläfer wieder erwachte.

Der erste bekannte Fall dieser Art spielte sich am vierzehnten Tag nach der Katastrophe ab und fand in dem ziemlich überfüllten Wohnwagen der in Pawnet, Westvirginia, lebenden Familie McEvoy statt. Als die Sonne aufging, erklang die Stimme eines Kindes, das die vergangenen zwei Wochen geschlafen und geschwiegen hatte.

»Mammmaaa! Ich happ Hunga!«

Mrs. McEvoy raste in den Vorraum, wo ihre schlafenden Bälger nahezu jeden Quadratzentimeter des Bodens bedeckten. Denny, ihr Zweitjüngster, begann, da er seinen kleinen und mittlerweile kaltgewordenen Bruder Earl berührt hatte, vor lauter Angst zu heulen. Mrs. McEvoy nahm ihn in den Arm, tastete ihn sorgfältig ab und stellte, während sie ihn sanft schaukelte, fest, daß er wieder in Ordnung zu sein schien.

»Earlene!« hörte sie ihre Schwester rufen. »Ich bekomme das Baby nicht wach. Ich glaube, es wird immer kälter!«

Und in der Tat war die kleine Debbie McEvoy in diesem Moment bereits dabei, in die Tiefen des Kälteschlafs hinabzusinken. Nichts konnte sie mehr wecken.

Das Erwachen des ersten Kindes war natürlich eine Weltsensation. Die Medien starteten eine richtige Reporterinvasion auf Klein-Dennis, und bald stellte sich heraus, daß er völlig gesund und normal reagierte und von seinem vierzehn Tage langen Schlaf nicht die geringste Ahnung hatte.

Unter den Leuten, die die McEvoys aufsuchten, befand sich auch ein schlaksiger, neugieriger Mann namens Springer, der – wie Jolyone – an die Macht der Zahlen glaubte. Als er herausfand, daß es nicht weniger als achtzehn lebende McEvoy-Kinder gab, machte er ein verwirrteres Gesicht als je zuvor in seinem Leben.

»Sie . . . äh . . . haben nicht anderswo noch ein paar . . . äh . . . Kinder, Mrs. McEvoy?« fragte er verlegen.

Earlene McEvoy musterte ihn mit einem strengen Blick.

Aber Springer ließ nicht locker, und da ihre Nachbarn weniger zurückhaltend waren, was Auskünfte anging, fand er schnell heraus, daß da einmal eine Periode – oder sogar mehrere – in Mrs. McEvoys Leben gewesen waren, in denen sie sich durchaus in anderen Gefilden getummelt hatte. Die Resultate dieser Verbindung lebten jetzt – oder besser schliefen – bei verschiedenen, weit entfernt lebenden Verwandten. Springer war ebenso stark beeindruckt von der robusten Gesundheit, die Mrs. McEvoy all ihren Kleinen vererbt hatte.

»Sechsundzwanzig«, sagte er vor sich hin. »Sechsundzwanzig Vierzehn-Tages-Perioden im Jahr, wenn man ein paar Stunden mehr oder weniger dabei unberücksichtigt läßt.«

Zu Mrs. McEvoy gewandt, sagte er: »Ich würde an Ihrer Stelle von Samstag an Dennis eine Woche lang nicht aus den Augen lassen.«

»Und warum?«

»Es ist nur eine Vermutung, Mrs. McEvoy. Es könnte sein, daß er nach vierzehn Tagen wieder einschläft.«

»Sie sollten nicht solche Sachen sagen, Mister.«

Aber Springer hatte natürlich recht. Genau zwei Wochen nach

seinem Erwachen begann sich Dennis' Körper wieder abzukühlen. Er schlief ein. Dafür wachte seine nächstältere Schwester auf.

Aber zu diesem Zeitpunkt war es schon keine Überraschung mehr, da eine Reihe anderer Familien, die noch ein Kind mehr besaßen, ähnliche Phänomene meldeten. Jedesmal, wenn ein Kind einschlief, wachte das nächstältere auf. Alles ging nach einem bestimmten arithmetischen Plan. Auch in den Familien mit weniger als sechsundzwanzig Kindern konnte man bald ein bestimmtes System des Wachbleibens feststellen. Am achtundzwanzigsten Tag erwachte das zweitjüngste Kind jeder dreizehn Köpfe umfassenden Kinderschar, während das jüngste keinen Laut mehr von sich gab.

Und damit war – wenn auch nur in Ansätzen – offensichtlich, welchen Regeln die Menschheit unterlag.

Niemand war gestorben.

Niemand war verletzt worden (ausgenommen diejenigen, denen man bei vergeblichen Weckversuchen zu arg zugesetzt hatte).

Man hielt niemanden davon ab, so viele Kinder zu haben, wie es das Herz oder die Bedürfnisse verlangten, die Ignoranz zuließ oder die Instinkte diktierten. (Mit gemischten Gefühlen hatte man die Tatsache hinnehmen müssen, daß einzig und allein die Mütter der Kinder als ›Eltern‹ galten.)

Was geschehen war, konnte man nur als ›Zeitaufteilung‹ bezeichnen.

Alles deutete darauf hin, daß jedem Kind eine bestimmte Periode der Wachheit zur Verfügung stand, und auch dies stellte sich bald als richtig heraus. Das Problem dabei war allerdings, daß es darauf ankam, wie viele Geschwister man besaß. Da sich die Wachperiode pro Jahr durch die Anzahl der Kinder jeder Familie teilte, lebten die sechsundzwanzig McEvoys lediglich zwei Wochen pro Jahr. Eltern, die nur zwei Kinder besaßen, kamen so in den Genuß, wenigstens eines ihrer Kleinen regelmäßig sechs Monate lang um sich zu haben. Einzelkinder waren von all dem überhaupt nicht betroffen, und so kam es, daß jede Mutter nur ein einziges waches Kind zu betreuen hatte.

Aber bedeutete dies, daß die Kinder all der McEvoys der ganzen Welt um den größten Teil ihres natürlichen Lebens betrogen wurden? Mußte man gar damit rechnen, daß die Kinder in den Vier-Personen-Haushalten die Hälfte ihrer Jahre schlafend verbrachten? Die Antwort auf diese Frage konnte nach einer Weile ebenfalls gegeben werden: Nein.

Es dauerte natürlich einige Zeit, bis man sich völlig sicher war. Ein paar Leute hatten schon zu Beginn des Tiefschlafphänomens die Entdeckung gemacht, daß die Schlafenden weniger schnell heranwuchsen und daß weder ihr Haar noch ihre Finger- und Fußnägel im üblichen Rhythmus länger wurden. Selbst kleine Wunden heilten nicht während des Schlafens. Die Mägen älterer Kinder zeugten von noch unverdauter Nahrung, während die Schwangerschaftsmonate tiefschlafender Frauen sich verlängerten. Die Wissenschaftler beobachteten all das, stellten Statistiken auf, redeten sich die Köpfe heiß und kamen schließlich zu dem Ergebnis, daß es unsinnig sei, die Augen vor den Tatsachen noch länger zu verschließen: Die Schläfer alterten offensichtlich während der Schlafperiode nicht. Lediglich die Zeit, die sie wach verbrachten, zählte als Leben.

Das bedeutete – was mit einem Seufzer der Erleichterung aufgenommen wurde –, daß ihr Leben länger währen würde. Jedes Kind mit nur einem Bruder oder einer Schwester würde eine Lebensspanne vor sich haben, die doppelt so hoch war, wie die seiner Eltern. Und was die Abkömmlinge kinderreicher Familien anbetraf . . .

Als sich herausstellte, daß jedes ihrer Kinder eine Lebenserwartung von schätzungsweise eintausendfünfhundert Jahren haben würde, waren die McEvoys zwei volle Tage lang erneut die Stars in allen Medien. Schließlich erfuhr man von einer Frau aus Afghanistan, die soeben dem dreißigsten Kind das Leben geschenkt hatte. Die Leute hielten den Atem an und rechneten sich aus, daß jedes einzelne dieser Kinder – vorausgesetzt, alle überlebten – in unzähligen Zwölf-Tage-Rhythmen nicht weniger als dreitausend Jahre lang leben würde.

Die Welt stand auf dem Kopf.

Es ist nicht einfach, sich all das ins Gedächtnis zurückzurufen, was geschah, als die alten Probleme zu den Akten gelegt wurden, weil es plötzlich ganz neue gab und ein Chaos nach dem anderen vor der Tür stand. Die Probleme waren natürlich in jedem Land andere. Während in den vom Hunger bedrohten Ländern sich Millionen junger Münder plötzlich schlossen und nach keiner Nahrung mehr verlangten, wurde die Produktion in allen Bereichen noch weiter gesenkt, weil Kinderarbeit jetzt praktisch unmöglich geworden war. Eine Reihe von Kleinkriegen brach aus, deren Ursachen vor allem auf die Existenz der Schläfer zurückführte. In den industrialisierten Ländern kam es aufgrund der plötzlich fehlenden Konsumenten zur Großen Schlafdepression, die noch immer anhält, und nach und nach wurde uns bewußt, daß wir einem Nullwachstum in der Bevölkerungszunahme ins Auge zu sehen hatten.

Und hinter den ökonomischen Tatsachen erhoben sich die großen menschlichen Fragen. Wer würde für die riesigen Armeen der Schlafenden sorgen, wenn ihre Eltern alt wurden und starben? Wie konnte man Kinder erziehen, wenn man sie nur in monatlichen Intervallen wach zu Gesicht bekam? Wie würden wir mit Teenagern fertig werden, die dieses Stadium ein Jahrhundert lang innehatten? Unter den Kindern kam es, als sie feststellten, daß sie nur so lange wachblieben wie ihre Geschwister schliefen, zu einer völlig neuen Art von Rivalität, aber zum Glück verstanden die meisten, daß sie sich damit gleichzeitig auch ein verlängertes Leben erkauften. Nahezu alles hat sich unmerklich in dieser Zeit verändert, und sogar die Autoren von Schmalzromanen profitieren davon, indem sie jetzt in der Lage sind, völlig neue Problematiken zu behandeln: Ist ein Mädchen, das nur im Sommer aufwacht, in der Lage, mit einem Jungen glücklich zu werden, der nicht nur während dieser Zeit, sondern auch im Herbst in vollem Wachzustand ist?

Auf der ganzen Welt schließen sich diejenigen Jugendlichen, die zu einer bestimmten Zeit gleichzeitig erwachen, zusammen und werden von anderen ersetzt, sobald sie wieder schlafen gehen. Vielleicht werden sich alternative Kulturen daraus entwickeln, und es ist nicht unmöglich, daß viele Menschen angesichts dieser Erkenntnis, daß es nie wieder möglich sein wird, mehr als ein Kind in wachem Zustand um sich zu haben, darauf verzichten werden, weitere zu bekommen. Die Anzahl derjenigen, denen das egal ist, wird von Jahr zu Jahr weniger. Es sieht wirklich so aus, als hätte der geheimnisvolle ›Engel‹ seine Arbeit gut gemacht und die ihm zur Verfügung stehende Technologie so eingesetzt, wie man es von einem Wesen seiner Art erwarten kann.

Inzwischen ist wieder eine tiefe Ruhe in unser Leben eingekehrt. Der Geräuschpegel ist stark abgesunken und alles sieht danach aus, als würde langsam das Gras zurückkehren. In jeder Familie existiert nur ein Kind, das plärrt, um die Wagenschlüssel bittet oder alte Damen ärgert, sich um einen Job bewirbt oder unbedingt Medizin studieren will. In jedem Heim verbraucht außer den Eltern nur ein einziger Mensch Nahrung, Feuerholz, Benzin, Schuhsohlen oder Plastikspielzeug. Und zudem erhält jedes dieser Kinder die volle Aufmerksamkeit der Erwachsenen.

Ein friedlicher Weg, wenn er so weitergeht. Happy Harry Joels tausend neugeplante Wohnungen wurden den Besitzern in halbfertigem Zustand übergeben, obwohl man im nachhinein gegen die Räumarbeit der Baumsägen nichts mehr unternehmen konnte.

Und was Jolyone Schram angeht, die das alles in Bewegung gesetzt hat, so hat man ihr, da sie ein Einzelkind und mithin ständig wach war, eine Reihe guter Jobs angeboten. Sie verbringt eine Menge Zeit damit, bloß irgendwo herumzusitzen, die Luft einzuatmen und dem Wachsen der Natur zu lauschen. Ihre schreckliche Vision hat sich in Nichts aufgelöst, aber dennoch hat sie nie jemandem erzählt, was wirklich passierte. Die einzige Ausnahme machte sie bei mir, als ich sie eines Abends im Point-Lobos-Park traf und sie feststellte, daß ich harmlos bin.

Wir saßen in der Nähe eines staubbedeckten Eukalyptusbusches und schauten hinab auf die Klippen, die im Mondschein von den Wassern des Pazifiks ertränkt wurden.

»Es war einfach so«, sagte sie, »daß ich anfing, darüber nachzudenken. Nehmen wir zum Beispiel nur sechzehn Leute. Das macht acht Paare.«

Und ich sah, daß sie noch immer an die Macht der Zahlen glaubte.

»Sie werden Kinder haben. Aber nur eins davon wird jeweils zu einer bestimmten Zeit wach sein. Es wäre dann so, als hätte jedes Paar lediglich ein Kind. Und wenn dann die acht Kinder eines Tages heiraten, werden aus ihnen vier Paare. Und auch sie werden jeweils nur ein Kind haben, das wach ist. Das macht dann vier Kinder. Wenn sie erwachsen sind und heiraten, ergeben sie zwei Paare. Und zwei Kinder. Ich meine . . . sie halbieren sich bei jedemmal . . . aber das dauert natürlich eine sehr lange Zeit.«

»Eine sehr lange Zeit«, stimmte ich ihr zu.

»Aber wenn diese beiden Kinder erwachsen sein werden und einander heiraten, werden sie nur ein Kind haben. Ich meine, es wird nur als *ein* Kind zählen. Und das ist es.«

»Es sieht ganz so aus.«

Sie warf ihr Haar zurück. Im Schein des Mondes sah ich, daß sie die Stirn runzelte.

»Natürlich gibt es Milliarden von Menschen, nicht nur sechzehn, und deswegen wird es *wirklich* eine lange Zeit in Anspruch nehmen. Und vielleicht stimmt ja irgend etwas an dieser Idee gar nicht. Ich meine, nichts spricht dagegen, daß die Schläfer eines Tages alle wieder erwachen. Aber . . . Ich frage mich, ob dieses . . . Wesen, mit dem ich sprach, darüber nachgedacht hat?«

»Das kann man nie genau wissen.«

Das Meer rauschte und glitzerte friedlich und wälzte sich schäumend in langen, leuchtenden Kurven an den Klippen entlang. Nirgendwo entdeckte man die Anzeichen einer Öllache. Die wenigen Abfälle, die am Strand lagen, waren beinahe nicht wahrnehmbar, und der hinter uns liegende Highway war ungewöhnlich ruhig.

Jolyone saß da, hatte das Kinn auf die Spitzen ihrer Knie gelegt und starrte auf die See hinaus. »Vielleicht wird dieses . . . Wesen eines Tages auch zurückkehren und alles wieder rückgängig machen. Oder vielleicht sollte ich den Leuten alles erzählen und versuchen, irgendwie mit ihm Kontakt aufzunehmen.«

»Wüßtest du eine Methode dazu?«

»Nein.«

»Es wird noch eine Menge Zeit für alle möglichen Leute da sein, um sich darüber Gedanken zu machen«, entgegnete ich.

Wir saßen eine Weile schweigend da. Schließlich stieß Jolyone einen leisen Seufzer aus, legte sich ins Gras und reckte sich. Ein eigentümliches, verschlossenes, sanftes Mädchen.

»Komisch . . . Ich fühle mich, als würde ich überlaufen. Es ist ein herrliches Gefühl, zu *sein*. Vielleicht sollte ich mich ganz einfach daran gewöhnen und Freude empfinden.«

»Warum nicht?«

Und das war genau das, was sie auch tat.

Aus dem Amerikanischen übersetzt von Ronald M. Hahn

RICHARD FREDE

Brief an einen Lektor

An
Mr. Robert Humus
Green House Publishers, Inc.
New York, New York

Lieber Bob,
Vielen Dank für Deinen langen und sehr schmeichelhaften Brief über meine Story in *Prestige.* Nein, ich kann Dir noch nicht sagen, ob die Story ein Teil meines neuen Romans ist oder nicht. Ich weiß es einfach noch nicht. Wieso ich es noch nicht weiß, wird Dir dieser Brief hoffentlich klarmachen.

Liebe Güte! Du kannst Dir gar nicht vorstellen, was für ein gutes Gefühl es ist, endlich diesen Brief zu schreiben.

Es ist ein herrliches Gefühl. Ich habe mir gerade einen Drink gemixt, und den werde ich genießen, während ich dies schreibe.

Es kommt mir vor, als wäre es gestern gewesen (dabei ist es auf den Monat genau fünfzehn Jahre her), daß ich ein naiver, frisch gebackener Abiturient war. Geradezu überfüttert war ich mit der Theorie und Praxis des Romanschreibens, und nichts stand zwischen mir und dem Berufsleben und der Universität als der Abschluß eines dieser Romane über den Schulalltag aus dem Blickpunkt des Primaners, *Und es ging ein kalter Wind.* Schmerzhaft erinnere ich mich an das lange Zögern, bis Du und Green House sich endlich entschließen konnten, ihn zu veröffentlichen. Beißend ist die Erinnerung an das beharrliche Schweigen, mit dem man auf die Veröffentlichung reagierte.

Aber, ach! Was für glückliche Tage! Denn, Bob, dies Buch habe ich wirklich *geschrieben.*

Mir fällt ein, wie ich nach der Veröffentlichung zahllose Bücher begonnen und keins beendet habe. Und dann entschied dieser verrückte mexikanische Produzent, daß die Zeit reif wäre für einen weiteren Film über den Schulalltag. Ein Film, der den Verfall unter dem Efeu zeigen sollte und die Primanerin unter dem Präsidenten des Komitees für geistige Gesundheit.

Da hatte ich nun endlich genug Geld, um die elterliche Wohnung in der östlichen 93sten Straße zu verlassen, mich zu befreien und mir ein eigenes Apartment auf der östlichen 90sten Straße zu mieten. Eine friedliche Zeit! Das Apartment habe ich selbst gestrichen, mir eine echte Stewardeß als Freundin angeschafft und eine Menge Sachen gekauft.

Was habe ich mir nicht alles gekauft: Posters aus Malboros Buchladen, Möbel vom Door Store, einen ledernen Rasierset mit meinen Initialen von Saks, ein Cordjackett von Broosk, eine Hi-Fi-Stereoanlage mit Säulen als Lautsprechern von Lafayette, eine gebrauchte Hasselblad bei Willoughbys, eine vom Designer entworfene Hausbar vom Designer selbst und, der Himmel steh mir bei (denn bis heute war ich nicht in der Lage, mir selbst beizustehen), eine gebrauchte elektrische Schreibmaschine bei Omega-Bürobedarf.

Bob, hier muß ich mich unterbrechen und Dich darauf hinweisen, daß ich diesen Brief auf einer alten nichtelektrischen Schreibmaschine schreibe. Dieselbe, auf der ich *Und es ging ein kalter Wind* schrieb. Meine Eltern schenkten sie mir zum Abitur, und keiner von uns hat es je bedauert. Sie sind nämlich sehr stolz auf mich und meine Schreiberei, und besonders seit ich den nationalen Buchpreis für schöngeistige Literatur erhielt.

Es ist mir so peinlich.

Wie dem auch sei, nachdem ich mir die elektrische Maschine gekauft hatte, war ich ein Jahr lang sehr fleißig und habe eine ganze Reihe verschiedener Romane begonnen und keinen beendet. Erinnerst Du Dich an die zahlreichen Abendessen, die Du und Green House mir spendierten, und bei denen wir meinen *neuen* Roman besprachen (im Gegensatz zu dem neuen Roman vor zwei Wochen). Bestimmt fallen Dir meine zahlreichen, vom Martini inspirierten Vorlesungen über die Theorie und Praxis des Romanschreibens wieder ein. Denk doch an all die neuen Verträge, die wir in dem Jahr abschlossen! Und sicher erinnerst Du Dich an Deine freundliche Verzweiflung, als Du, nachdem wir uns drei Jahre kannten, feststelltest, daß die einzige Sache, die ich je geschrieben und auch fertiggestellt hatte, diese Verträge waren.

Und dann Deine Begeisterung, deine positive Begeisterung, als plötzlich – im vierten Jahr unserer Autor-Herausgeber-Beziehung – fertige Manuskripte gleichsam aus mir hervorzuströmen begannen. Damals prägtest Du die hübsche Metapher: ›Als ob ein Damm gebrochen wäre, und ein Strom von Worten aus ihm hervorbräche, und alle so leicht verkäuflich.‹

Und, es stimmt schon, das waren sie auch. Obendrein noch sehr erfolgreich bei der Kritik. Nationaler Buchpreis, Pulitzerpreis, sogar eine Nominierung für den Nobelpreis, die ich in den nächsten zwanzig Jahren nicht erwartet hätte. (Du hast doch gemerkt, daß ich mir meine Bescheidenheit bewahrt habe, ganz wie es mir zusteht.) Verfilmungen, Theateraufführungen. Broadway. Hollywood. Lizenzen. Eine Hochzeit, eine Scheidung. Schlagzeilen. Talkshows. Starlets und Skandale. Ein zügelloses Sexualleben, nicht mal Zeit genug, an eine neue Heirat zu denken, so schnell ging die Fahrt. Der Jet-Set, die In-Clique. Und doch, ich war nicht glücklich. Ich denke daran, wie die ersten Manuskripte auf Deinen Schreibtisch flatterten. Sie kamen in so rascher Folge und behandelten so unterschiedliche Gebiete in einer Vielzahl von Stilen, daß Du auf einer Party mal ganz dicht an mich herangerückt bist und mir folgendes zugeraunt hast:

»Hast du also endlich auf mich gehört und damit begonnen, dich analysieren zu lassen. Offenbar gehst du fünfmal in der Woche zur Therapie. Wo nimmst du nur die Zeit zum Schreiben her?«

Und ich habe einfach nur gegrinst. Entweder war es so, oder ich habe Dir einen freundschaftlichen Stubs gegeben. Denn ich brauchte gar keine Zeit zum Schreiben.

Und das kam so:

Eines Morgens, ungefähr ein Jahr, nachdem ich die elektrische Schreibmaschine gekauft hatte, setzte ich mich an meinen Schreibtisch, um einen neuen Roman zu beginnen. *Und verdorrt ist der Brunnen.* Ich glaube, so sollte er heißen, er sollte auf einem Traum basieren, den ich in der Nacht zuvor gehabt hatte.

Ich spannte einen Bogen Papier in die Maschine und schaltete sie ein. PENG! Das Papier ratschte an die richtige Stelle, und die Typen ratterten los wie verrückt. Ich wurde richtig wütend. Ich hatte schon einigen Ärger mit der Maschine gehabt, und der Mechaniker war zweimal gekommen, um sie für zwölf Dollar in der Stunde zu reparieren. Er hatte mir versprochen, daß ich keinen Ärger mehr haben würde.

Gerade wollte ich das verdammte Ding ausschalten und zum Telefon greifen, als ich feststellte, daß es einen Sinn ergab, was das verdammte Ding tippte. Und es hörte gar nicht auf, Sinn zu ergeben. Als die Seite voll war, schaltete ich ab und spannte ein neues Blatt Papier ein. Es war faszinierend. Sobald ich sie wieder einschaltete, legte sie wieder los, und wieder legte sie sinnvoll los.

Natürlich gab es hin und wieder einen Schreib- oder Tippfehler, aber nach ein paar Seiten stellte ich fest, daß sie da einen prächtigen Anfang von einem prächtigen Roman tippte.

Also saß ich nur da, den ganzen Tag lang, schaltete sie aus und an, fütterte sie mit Papier und ließ sie einfach machen.

Vielleicht hing ihr Betragen irgendwie mit dem Gesetz der Wahrscheinlichkeit zusammen. Jedenfalls stellte ich mir vor, daß das, was immer in der Maschine durchgetickt war, ja jederzeit wieder Tritt fassen konnte, und die Maschine aufhören würde, sinnvolle Sätze zu schreiben, vielleicht würde sie nicht einmal mehr Wörter zustande bringen.

In der Zwischenzeit schrieb ich ein verdammt gutes Buch. Du erinnerst Dich sicher daran: *Gold und Schrott* hieß es. Schon nach zwei Wochen lag das Manuskript auf Deinem Schreibtisch. Alles, was ich daran getan hatte, waren ein paar Schönheitskorrekturen, hie und da wurden die Dialoge etwas aufpoliert, ein paar Kürzungen, die Maschine hat einen Hang zur Übertreibung und reitet manchmal eine Pointe tot. Ein bißchen mußte auch an der Orthographie, der Interpunktion und der Grammatik gefeilt werden. Mit dem Titel rückte die Maschine erst in der Mitte der Story heraus, er war in diesem Bettdialog zwischen dem Sandstrahler und dem Barmädchen eingebaut.

Tja, nun denkst Du vielleicht, eben weil die Maschine immer weiterschrieb, sooft ich sie auch einschaltete, daß ich es mir nur im Sessel gemütlich zu machen brauchte und die Manuskriptseiten zählen. Und das tat ich tatsächlich in den nächsten Jahren. Schließlich jedoch, vor zirka zwei Jahren, fühlte ich mich nicht mehr wohl in meiner Haut. Es lief einfach *zu* glatt.

Zwischendurch hatte ich eine Vorrichtung konstruiert, um die Maschine mittels einer gewaltigen Papierrolle speisen zu können. Alles, was ich zu tun hatte, war, wie heute morgen auch, kurz zu ihr hineinzugehen und sie einzuschalten. Nach acht Stunden schalte ich sie ab. Ich glaube nicht, daß ein guter Schriftsteller länger als acht Stunden an einem Stück arbeiten kann. Das Manuskript verstaue ich dann im Kühlschrank, ich denke mir, daß es dort einigermaßen feuersicher aufgehoben ist. Wenn ich Lust habe, korrigiere ich es ein wenig.

Durch den Einbau der Papierrolle stieg die Produktion in den letzten Jahren deutlich an. Die gelegentlichen Fettflecken auf dem Manuskript und der sanfte Salamigeruch sind natürlich auf den Kühlschrank zurückzuführen.

Natürlich schreibt sie nicht die ganze Zeit, wenn sie eingeschaltet ist. Manchmal steht sie nur so da und läßt den Strom durch sich hindurchfließen. Als das zum erstenmal geschah, erschrak ich zu Tode. Ich dachte, sie wäre hinüber, der Zauber wäre verflogen. Inzwischen weiß ich daß sie da einfach nur nachdenkt.

Aber, wie ich schon sagte, alles ging mir einfach zu glatt. Ich sehnte mich danach, wieder einmal selbst etwas zu schreiben. Vielleicht unter einem Künstlernamen. Vielleicht kann man es aushalten, gut zu leben, ohne allerdings von Kritikern und Lesern geliebt zu werden, aber dennoch, ein Mensch, besonders ein Schriftsteller, muß etwas aussagen können.

Darum habe ich vor zwei Jahren mit einem eigenen Roman begonnen. Das ist der, über den wir bei jedem Essen sprechen, und von dem ich immer sage, daß ich daran ständig arbeite, während ich gleichzeitig andere Bücher fertigstelle. Dieser Roman, mein Meisterwerk. *Mein* Buch!

Aber die Arbeit ging nicht besonders gut voran. In den vergangenen zwei Jahren habe ich knapp über sechzig Seiten geschrieben, mit denen ich einigermaßen zufrieden bin. In der gleichen Zeit hat die Maschine einen Bestseller getippt, der inzwischen prämiiert wurde. (Im Moment arbeitet sie an dem Drehbuch für die Verfilmung; ohne Zweifel wird sie dafür einen Oscar erhalten.) Dazu kamen einige Stories (auch die im *Prestige* gehört dazu, die Du in Deinem Brief erwähnst), ein wenig mittelmäßige Lyrik, die immerhin auch einen Verleger fand, und ein Artikel mit dem Titel: ›Die biologische Uhr und das Phänomen des Winterschlafs, seine Bedeutung für die bemannte Raumfahrt.‹ Er wurde in der *Nationalen Wissenschafts-Revue* veröffentlicht, jetzt will ihn die NASA nachdrucken.

Wieso sie eine solche Autorität auf diesem Gebiet ist, weiß ich nicht. Ich wußte nicht einmal, daß es ein solches Gebiet überhaupt gibt. Es gibt überhaupt keine Hintergrundliteratur darüber in meinem Haus. Und doch ist es so. Sie *ist* eine Autorität, und das macht *mich* zu einem Fachmann auf diesem Gebiet. Ich werde es einfach nicht los. Die Verantwortung ist eine unerträgliche Last. Einmal in der Woche ruft mich die NASA an, oder jemand, der in Verbindung zur NASA steht, und man weist mich darauf hin, daß meine Weigerung, mit den anderen NASA-Experten zusammenzuarbeiten, unser Raumfahrtprogramm um Jahre verzögert. Sogar das FBI war einmal bei mir, und ich konnte ihm nicht einmal sagen, an was für einer Art Untersuchung ich zur Zeit arbeite. Sie hat es mir schließlich nicht gesagt.

Das ist auch ein Grund für diesen Brief. Seit einiger Zeit glaubt man nämlich nicht nur, daß ich unkooperativ bin, man hält mich sogar für *unamerikanisch*. Ehe ich jedoch vor ein Kongreßkomitee zitiert werde, will ich ein schriftliches Geständnis ablegen. Ich möchte, daß jemand später in der Lage sein wird, meine Verfassungstreue zu bestätigen.

So, Bob, jetzt werde ich also die einzige ehrenhafte Handlung vollziehen, die mir noch bleibt. Ich gehe jetzt in dieses Zimmer und bringe die elektrische Schreibmaschine um. Selbst jetzt, während ich Dir dies schreibe, kann ich es drüben ticken hören.

Bob, gerade bin ich aus dem Zimmer zurückgekehrt. Die Maschine hatte gerade geschrieben: ›Selbst jetzt, während ich Dir dies schreibe, kann ich es drüben tickern hören . . .‹

Und *sie* hatte noch vor mir aufgehört zu tippen.

Darum hatte ich einfach nicht den Mut, ihr etwas anzutun. Ich konnte sie nicht abschalten, nicht den Stecker herausziehen, nicht einmal das Papier konnte ich ihr wegnehmen.

Jetzt heißt es also, sie oder ich, und da sie für die Gesellschaft entschieden wertvoller ist, werde ich jetzt die einzige *andere* ehrenhafte Handlung vollziehen, die mir bleibt.

Leb wohl und vielen Dank für alles. Ihr neuestes Manuskript liegt im Kühlschrank.

Aus dem Amerikanischen übersetzt von Ulrich Kiesow